岩波文庫

31-042-8

下谷叢話

永井荷風著

岩波書店

鷲津《わしづ》毅堂《きどう》肖像(部分)　西田春耕／筆

目　次

下谷叢話

自序

『下谷叢話《したやそうわ》』ハ初《はじめ》下谷のはなしト題シテ大正甲子《かっし》ノ初春ヨリ初稿《しょこう》ノ前半ヲ月刊ノ一雑誌ニ連載シタリシヲ同年ノ冬改竄《かいざん》スルニ当リテ斯《か》クハ改題セシナリ。大正十四年乙丑《いっちゅう》ノ歳晩予偶《たまたま》『有隣舎《ゆうりんしゃ》ト其《その》学徒』ト題シタル新刊ノ書ヲソノ著者ヨリ恵贈セラレタリ。著者ハ尾張国《おわりのくに》丹羽《にわ》郡丹陽村ノ人石黒万逸郎氏トナス。余イマダ石黒氏ト相識《あいし》ラズ。然《しか》レドモソノ書ニツイテ窺《うかが》フニ氏ハ尾張ノ人ニシテ久シク郷党ノ師ト仰ガルル篤学ノ士ナリ。石黒氏ノ近業ハソノ名ノ示スガ如ク往昔郷閭《おうせききょうりょ》ノ私塾ナリシ有隣舎ノ沿革ヲ調査シソレガ師弟ノ伝ヲ述ベタルモノニシテコレスナハチ拙稿『下谷叢話』ノ記述スル所トホボソノ事ヲ同ジクスルモノ也《なり》。然レドモソノ考証研覈《けんかく》*ノ如何《いかん》ニ至ツテハ彼ノ最《もっとも》詳確ニシテ我ノ甚シク杜撰《ずさん》ナルヤ固《もと》ヨリ日ヲ同ジクシテ語ルベキニ非《あ》ラズ。殊《こと》ニ有隣舎所在ノ地ノ風土人物ニ関スルヤ予ハイマダカツテソノ地ニ抵《いた》リシ事ナキヲ以テ鄙《ひ》著《ちょ》ノ遺脱謬誤《びゅうご》最甚シキモノアルガ如シ。予石黒氏ノ書ヲ読ミ大《おおい》ニ悟ル所アリ。三タビ稿ヲ改メントスルノ意図ナキニ非ラザリキ。然レドモ当初稿ヲ脱セシ時ヨリ既ニ半歳ヲ過ギ一時蒐集《しゅうしゅう》シタリシ資料ノ今蚤《はや》クモ座右ニ留《とど》メザルモノマタ鮮《すくな》シトナサズ。コレガタメニ遂ニ加筆スル所ナクシテ止《や》ミヌ。今彼我ノ二書ヲ比較スルニ東武ノ詩人大沼枕山《おおぬまちんざん》ノ事ニ関シテハ彼ハ我ニ比シテヤヤ簡略ナリトイヘドモ中京ノ詩人森春濤《もりしゅんとう》ノ事ニツキテハ遥《はるか》ニ精緻《せいち》ヲ極メタリ。マタ有隣舎ノ主人鷲津《わしづ》氏ノ事ニツイテ見ルモ彼ハ啻《ただ》ニ遺秉《いへい》ヲ拾ツテ遺サザルノミナラズマタ郷老ノ口碑ニ採ル所多シ。然ルニ我ハ纔《わずか》ニ下谷ナル鷲津氏ノ家人ニ聞キシ所ヲ識《しる》シタルニ過ギズ。古墳ノ掃苔《そうたい》＊ニオケルヤマタ彼ハ専ラ尾陽所在ノモノニノミ精《くわ》シキコトアタカモ我ノ東都ニ限ラレシニ似タリトイフベシ。此《ここ》ニオイテカ彼ニナキ所ノモノ往々我ニアリテ我ニ闕《か》キシ所ノモノ彼悉《ことごと》クコレヲ補ヘリ。有隣舎ノ沿革ヲ知ラント欲スルモノ拙著ト併《あわ》セテ石黒氏ノ近業ヲ読ミ玉《たま》ハヾ始メテ遺憾ナキニ庶幾《ちか》カラン歟《か》。コレ鄙稿ヲ篋底《きょうてい》ニ探リ出シテ新《あらた》ニ剞劂《きけつ》＊氏ニ託スル所以《ゆえん》ナリトイフ。大正十五年丙寅《へいいん》初春永井荷風識。

第一

わたくしが五歳になった年の暮にわたくしの弟貞二《ていじ》郎《ろう》が生れた。母はそれがためわたくしの養育を暫《しばら》く下谷《したや》の祖母に托した。祖母の往々にして初孫《ういまご》の愛に溺《おぼ》れやすきは世にしばしば見るところである。祖母に育てられた児《こ》の俚《り》諺《げん》にも三文《もん》やすいと言われているのも無理ではない。わたくしは小石川《こいしかわ》なる父母の家を離れて下谷なる祖母の家に行くことをいかに嬉《うれ》しく思ったであろう。当時の事は既に「下谷の家」と題した一小篇に記述した。雑誌『三《み》田《た》文学』の初《はじめ》て刊行せられた年の同誌に掲げんがため筆を秉《と》ったのであるから、これさえ早く既に十四、五年を過ぎている。

下谷の家は去年癸《き》亥《がい》九月の一日、東京市の大半を灰にした震後の火に燬《や》かれてしまった。わたくしが茲《ここ》に下谷叢話と題して下谷の家の旧事を記述しようと思立ったのは、これによって聊《いささか》災禍の悲しみを慰めようとするの意に他《ほか》ならない。

下谷の家はわたくしの外祖父なる毅《き》堂《どう》鷲津《わしづ》先生が明治四年の春ここに居《きよ》を卜《ぼく》せられて

より五十有二年にして烏有《うゆう》となった。その日下谷の家にはわたくしの伯父母とやがてその後《のち》を嗣《つ》ぐべきわたくしの弟貞二郎とその妻と児女三人とが住んでいた。幸にして老幼一家皆恙《つつが》なく、相扶《あいたす》けて難を上野公園に避けたのである。

下谷の家の旧主人鷲津毅堂は江戸時代の末造《ばつぞう》*から明治の初年にわたって世に知られた儒者である。向島白鬚《むこうじましらひげ》神社の境内に毅堂の姓名を不朽ならしめんがため、その事蹟と家系とを記した石碑が今なお倒れずに立っている。鷲津氏の家は世々尾張国《おわりのくにに》丹羽《わ》郡丹羽村の郷士《ごうし》であった。三島中洲《みしまちゅうしゅう》が撰した石碑の文を見るに、「系ハ県主稲万侶《あがたぬしいねまろ》ニ出《い》ヅ。稲万侶ノ後裔《こうえい》二郎左衛門尉《さえもんのじょう》直光知多郡鷲津ノ地頭《じとう》ト為《な》ル。因《よつ》テ氏トス。数世ノ孫甚左衛門諱《いみな》繁光徙《うつ》ツテ今ノ邑《むら》ニ居ル。コレ君ガ九世ノ祖タリ。」と言ってある。

『尾張名所図会《ずえ》』後篇巻の七丹羽郡のくだりには、「当村に鷲津氏なる人あり。もと美《み》濃国《ののくに》の太守土岐《とき》美濃守頼芸《よりよし》の末葉なり。天文《てんぶん》十一年斎藤氏に侵されこの地に来り蟄《ちつ》す。それより数代を経て寛政《かんせい》年間の主を幽林といひ博学多材にして門生多く一時に名をなせり。」としてある。

下谷の鷲津家に蔵せらるる系図について見るに、鷲津氏は丹羽県主を姓とし家の紋は六角内輪違《ろっかくうちわちがい》*とまた桔梗《ききょう》*とを用いる。丹羽郡爾波《にわ》神社及び中島郡太神社の神体なる仲臣子《なかのおみこ》上命《がみのみこと》をその始祖となし、子孫連綿として累世丹羽郡の領司または大領となった。その始めて鷲津氏を以て姓となしたのは清和《せいわ》天皇貞観《じょうがん》五年八月大領司に補した好蔭《よしかげ》なるものより三世の孫俊行《としゆき》というものからであるらしい。俊行より五世にして鷲津権太夫綱俊《ごんのたいふつなとし》なるものが治承《じしょう》四年に関東の軍に参加した。権太夫の長男太郎長俊《ながとし》と次子次郎長世《ながよ》とは承久《しょうきゅう》の乱に京方の供をなして討死《うちじに》し、三子四郎兵衛尉《ひょうえのじょう》宗俊《むねとし》は同じ合戦に関東方に加《くわわ》った。鷲津次郎長世より凡《およそ》十三世を経て、鷲津九蔵宗範《きゅうぞうむねのり》なるものが天正《てんしょう》十三年八月越《えっ》中《ちゅう》の国の合戦に前田利家《まえだとしいえ》に従い深手を蒙《こうむ》り、後に志津ケ岳《しずがたけ》の戦に手柄をなした。九蔵宗範の後嗣を鷲津長右衛門光敏《みつとし》という。光敏の後に同じく長右衛門光敏と名付けられたものが二代つづいて、その次男に名を幸八、諱《いみな》を応と称するものがある。『尾張名所図会』に言う所の博学多材の学者鷲津幽林は即《すなわち》この幸八である。わたくしの見た鷲津氏系譜は何《いずれ》の時何人《なんびと》の作ったものかを詳《つまびらか》にしない。三島中洲の撰した碑文と『尾張名所図会』の記事及び鷲津氏系譜の三種とを比較するに各異同がある。しかし武弁《ぶべん》の家から読書人を出したのは幽林応に始ったことは三者の言うところ皆同じである。

鷲津幽林の生涯はその三男松隠の撰んだ行状によってほぼ窺《うかが》い知ることができる。行状に曰く、「先生ハ尾人ナリ。幼ニシテ学ヲ好ミ精力人ニ絶ス。年十三、業ヲ佩蘭《はいらん》先生*ニ受ク。年二十二、京ニ適《ゆ》キ丹丘梅竜両先生*ノ門ニ遊ブ。常ニ先生ニ代ツテ経ヲ講ジ業ヲ授ク。諄諄《じゅんじゅん》トシテ倦《う》マズ。弟子相《あい》イッテ曰ク明鏡ハ照シテ疲レズ清流ハ風ニ擾《みだ》レズトハ鷲子《しゅうし》ノ謂《いい》カト。頃之《しばらく》ニシテ妙法院親王ノ召ニ応ジテ侍読《じとう》トナル。王ソノ才ヲ愛シ寵賜《ちょうし》年アリ。後親ノ病メルヲ以テ官ヲ辞シテ郷ニ還《かえ》ル。家産薄劣、加フルニ病患ヲ以テス。供養万出、以テソノ力ヲ尽スモ参価ナホ償フコト能《あた》ハズ。先生旁《かたわ》ラ方技《ほうぎ》*ニ通ズ。是《ここ》ニオイテ卒然トシテ医ニ寓《ぐう》ス。尾公ノ愛姫病メリ。先生ヲシテ診《み》セシムルニ一劑ニシテ癒《い》ユ。コレヨリ(治ヲ)請フ者日ニ多シ。居ルコト二、三年頗《すこぶる》三径*ノ資ヲ得タリ。偶《たまたま》唐人ガ僧院ノ詩ヲ読ミ帯雪松枝掛薜蘿《ゆきをおぶるのしょうしへいらをかく》*トイフニ至ツテ浩然《こうぜん》トシテ山林ノ志アリ。乃《すなわ》チ都城ヲ距ルコト五、六里、丹羽ノ里ニ就イテ荘一区ヲ買フ。地ヲ遍《めぐ》ツテ松ヲ種《う》ヱ、亭ヲソノ中ニ築キ以テ歌哭《かこく》*ノ地トナス。扁《へん》シテ万松亭トイフ。亭中ニ棋一枰《いっぺい》、書千巻ヲ蔵ス。以テ日ヲ消スルノ具ニ供ス。尾濃ノ間騒人緇流《しりゅう》*ソノ高風ヲ慕ヒ遊ブ者常ニ数十人。経ヲ抱ヘ策ヲ夾《はさ》ミ益ヲ請フ者マタ日ニ麕《むらが》リ至ル。居ルコト数年会《たまたま》尾公学校ヲ起シ以テ賢者ヲ招ク。儒員某ソノ能ヲ嫉《ねた》ム者アリ。悪言日ニ日ニ至ル。時ニ丹丘老師病メリ。先生乃《すなわち》コレヲ省スルニ託シ避ケテ京ニ適《ゆ》ク。実ニ天明丙午《てんめいへいご》(?)夏四月ナリ。老師卒ス。貧ニシテ棺槨《かんかく》ノ資ナシ。先生乃橐中《たくちゅう》ノ装*ヲ傾ケ匍匐《ほふく》シテコレヲ救ヒソノ家ヲ処分ス。撫卹《ぶじゅつ》スルコトマタ甚厚シ。ケダシ薬餌《やくじ》埋葬ノ費一ツニ先生ニ委墩《いとん》*ス。衆相《あい》イツテ曰ク丹丘ノ門ニハ人アリト。聖護院親王固《もと》ヨリソノ名ヲ聞ケリ。召シテ師トナス。先生ノ王門ニ遊ブヤ爵禄俸銭ハ辞シテ受ケズ。先生 適《たまたま》脚気《かっけ》ヲ病ム。勢 甚《はなはだ》危篤ナリ。先生男典ニイツテ曰ク墳墓ノ異郷ニアルハ子孫ノ累ナリ。ワレ病ヲ輿《よ》シテ帰ラント。先生遂ニ病ヲ尾ノ丹羽ノ里ニ養フ。寛政戊午《ぼご》ノ冬十月十七日家ニ終ル。年ヲ受クルコト七十有三。同月二十日日《ひ》待塚《まちづか》ノ松林ノ中ニ葬ル。墳ハ高四尺窆《ひそか》ニ馬鬣封《ばりょうほう》*ニ擬ス。ケダシ先生預《あらかじ》メ葬地ヲト《ぼく》セシトイフ。遠近会葬スルモノ百ヲ以テ数フ。先生玩好《がんこう》御セズ。飲酒嗜《たしな》マズ。尤《もっとも》声色《せいしょく》ヲ遠ザク。人ノ妓妾《ぎしょう》ヲ蓄フルヲ視《み》ルモナホコレニ唾《つば》セント欲ス。先生老荘ヲ好ミ兼テ禅理ニ通ズ。教授ノ暇香ヲ焚《た》キテ静坐シ寝食 殆《ほとんど》忘ル。玄冬和空皆方外ノ侶《りょ》ナリ。先生射ヲ善クシ、四矢反セズ*トイヘドモイマダカツテ彀《まと》ヲ出デズ。ケダシ術ヲ原芝助*ニ受ク。尾ノ竹林家*ナリ。先生京ヨリ帰ルノ後恢譚《かいだん》ヲ好ム。客ノ至リテ言ノ時事ニ及ブモノアレバ則《すなわち》佐譚以テソノ端ヲ折ル。先生名ハ応、字《あざな》ハ子順、一ノ字ハ子雲、号シテ幽林トイフ。鷲津ハソノ族ナリ。ソノ世系ノ如キハ野乗《やじょう》*ニ詳ナリ。母妊《はら》ムコト十三月ニシテ産ム。尾公ノ家臣原氏ノ女ヲ娶《めと》リ四男一女ヲ生ム。曰ク典。吉。混。茂。女ハ先ニ死ス。典ト茂トハ今征夷府《せいいふ》*ニ事《つか》フ。不肖ノ男混謹ンデ状シ、言ヲ四方ノ君子ニ乞《こ》フ。」

この行状は文化十一年の頃幽林の長子竹渓《ちくけい》典と三子松隠《しょういん》混との二人が亡父の詩稿を編輯《へんしゅう》し、『幽林先生遺稿』と題して四方の君子に題言批評を乞わんとした時これをつくったものであろう。わたくしは『幽林先生遺稿』を尾張丹羽郡の鷲津家から借り得てこれを閲読した。行状の中には年号干支に天明丙辰《へいしん》となしたるが如き伝写の誤がある。丙辰は丙午ならずば甲辰の誤であろう　また浅学寡聞のわたくしには読み得ざる所もある。

鷲津幽林は寛政十年十月十七日享年七十三で没《ぼっ》した。さればその生れたのは享保《きょうほう》十一年丙午である。即新井白石《あらいはくせき》の没した翌年にして安達清河《あだちせいか》*、立松東蒙《たてまつとうもう》*の生れた年である。(茲《ここ》に一言して置く。わたくしはこの拙著中人物の生死を記するに大抵没あるいは終の語を以てし縉紳《しんしん》公侯の死にも薨《こう》といい卒という語を用いないようにしている。)さて鷲津幽林は天明三年名古屋の城主徳川宗睦《むねちか》の再興した明倫堂の教官に挙げられたが儕輩《せいはい》の嫉みを受けたので、その旧師芥川《あくたがわ》丹丘の病を問うことに托して郷国を去ったという。然《しか》るに曾孫鷲津毅堂の言うところについて見れば、幽林の藩校を去ったのはその督学細《ほそ》井平洲《いへいしゅう》*と学術を論じて合わなかったがためで、幽林は「雪ヲ帯ルノ松枝薜蘿ヲ掛ク」の句を学館の壁に題して去ったという。わたくしはそのいずれに従うべきかを知らない。細井平洲は折衷の学派を興した学者である。然るに鷲津幽林は老荘の学を好み禅理に通じていたというので、二家各その好む所を異にしている。わたくしは高瀬代二郎*氏の著した細井平洲の詳伝と文部省編纂《へんさん》の『日本教育史資料』等を検したが、尾張明倫堂の教員の中に幽林鷲津幸八の名を見なかった。

『幽林先生遺稿』に「天明乙巳《いつし》ノ春張州ノ諸友ニ留別ス。」と題する五言律詩一首がある。詩に曰く「江亭春寂寂。山路樹重重。対酒交歓薄。看花別恨濃。依遅辞故国。迢逓向遥峰。京洛旧朋友。恐驚憔悴容。」〔江亭春寂寂トシテ／山路樹重重タリ／酒ニ対《むか》ヒテ交ハリノ歓《よろこ》ビ薄ク／花ヲ看テ別レノ恨ミ濃シ／依遅トシテ故国ヲ辞シ／迢逓トシテ遥峰ニ向フ／京洛ノ旧朋友／恐ラクハ憔悴ノ容ニ驚カン〕天明五年乙巳には幽林は齢既に六十に達している。再び京師《けいし》に滞留して聖護院法親王に仕えた時は「近衛《このえ》街《がい》」に卜居《ぼっきょ》した。

『遺稿』の中に「庚戌《こうじゅつ》家ニ還《かえ》ル。」と題した七律がある。これに由って観《み》れば幽林が脚気を病んでその男典を伴い丹羽村の万松亭に還ったのは寛政二年庚戌の年でその齢六十五の時である。

幽林に四男一女のあったことは既に行状に見えている。長男名は典、字は伯経、通称は次右衛門《じえもん》、竹渓と号した。その没年より溯算《そさん》すれば宝暦《ほうれき》十二年に生れた。次子名は吉についてはわたくしは知る所がない。三男名は混、字は子泉、松隠と号した。幽林が晩年の通称九蔵を襲《つ》ぎ丹羽村の家を継いだ。その生れた年月は詳でない。四男名は茂、後に基祐、字は某。通称次郎右衛門、号を杉井という。その没した年より考うれば寛政六年の生れである。

長男典は家を継がず江戸に出で幕府御広敷添番衆《おひろしきそえばんしゅう》大沼又吉なるものの養子となった。これは下谷の鷲津家所蔵の系譜に見る所であるが、当時の『武鑑《ぶかん》』には大沼又吉の名は記載せられていないようである。

大沼氏を冒した典は竹渓と号して化政の頃江戸の詩壇に名を知られた詩人である。そしてまた今日でもなお世人の記憶している大沼枕山《ちんざん》は竹渓の男である。

文化五、六年の頃稲毛《いなげ》屋山《おくざん》*が当時知名の儒者文人の詩を採って『采風《さいふう》集』三巻を編成した。その中に大田《おおた》南畝《なんぽ》の作と並べて竹渓の詩が載せられている。また菊池桐孫《まさひこ》*の『五山堂詩話』巻の九には「竹渓、源ノ典、字ハ伯経、尾張ノ人ナリ。今幕府ニ給仕ス。傲《ごう》骨崚嶒《こつりょうそう》、詩ヲ論ズルコト尤《もっとも》精厳ナリ。人多ク指摘《してき》ヲ蒙《こうむ》ル。余騒壇ニ相逢フゴトニ隠トシテ一敵国ノ如シ。」と言っている。

わたくしは鷲津氏の家系を討究して、偶然大沼竹渓父子が鷲津氏の族人であることを知り、大《おおい》に興味を覚え、先《まず》その墳墓をさぐり更に大沼氏の遺族を尋ねてこれを訪問した。

わたくしはわが外祖父鷲津毅堂のことを述るに先立って、しばらく大沼竹渓のことを語るであろう。竹渓は晩年下谷御《お》徒町《かちまち》に住した。その子枕山は仲《なか》御徒町に詩社を開き、鷲津毅堂もまたその近隣《きんりん》に帷《い》を下して生徒を教えた。わたくしがこの草稿《そうこう》を下谷叢話と名づけた所以《ゆえん》である。

第　二

大沼竹渓の墳墓は芝区三田台裏町《みただいうらまち》なる法華《ほっけ》宗妙荘山薬王寺の塋域《えいいき》*にある。今茲《ことし》甲子の歳八月のある日、わたくしは魚籃坂《ぎょらんざか》を登り、電車の伊皿子《いさらご》停留場から左へ折れる静な裏通に薬王寺をたずねた。寺の敷地は門よりも低くなっていて、石磴《せきとう》を下ること五、六段。掃除のよく行きとどいている門内には百日紅《さるすべり》の花のなお咲き残っているのを見た。墓地は本堂の後から更に石磴を下ってまた一段低いところにある。この三段になった土地の高低は境内におのずからなる風趣をつくっている。

住職は白頭赭顔《しゃがん》、体軀《たいく》肥大の人で年頃は五十あまり、客に応接すること甚《はなはだ》軽快にしてまた頗《すこぶる》懇切である。炎暑の日中にもかかわらずわたくしの問うごとに幾度か座を立って過去帳を調べ、また躬《みずか》らわたくしを墓地に案内してくれた。

住職は言う。「わたくしも枕山先生を知っております。まだ先代の住職がおりました時分のことですが、本家の大沼さんの後をついだ人だそうで、その人が石屋をつれて来て先祖の墓石を一個《ひとつ》弐円ずつに売ると申されるので、先代の住職はその事を下谷の枕山先生のところへ知らせました。すると枕山先生は早速車で寺へ御出《おい》でになりまして、とんでもない事だ。決してそんな事をさせてはならんと頼んで帰られましたが、その時先生は中風《ちゅうぶう》か何かと見えて歩くにもよほど難儀のように見えました。」

住職は語りながら石段を下り墓地の右手の隅に道を挟んで三基ずつ相対して立っている六基の古墳を指して、「これが皆大沼家の墓です。久しく無縁になっていますが、わたくしの代になってから倒れているのもこの通り皆建直したのです。枕山先生のお墓はここにはありません。どういう訳でわきの寺へ持って行かれたのでしょう。菩提所《ぼだいしょ》が別々になっていると御参りをなさる方も定めて御不便でしょう。」

住職はわたくしが枕山の子孫ででもあるかのように問掛けるので、わたくしは人から聞伝えたはなしをそのままに、「枕山先生の葬式は万事門下の人たちが取仕切《とりしき》ってやったのだという話です。谷中の瑞輪寺《ずいりんじ》へ葬ったのはお寺が近かったからだというはなしです。」

住職は領《うなず》付いて折から手桶《ておけ》に樒《しきみ》と線香とを持って来た寺男に掃除すべき墓石を教え示

して静に立ち去った。わたくしは墓地一面に鳴きしきる蟬《せみ》の声を聞きながら徐《おもむろ》に六基の古墳を展した。

小径を挟んで相対した三基の墓の左端にあるものが竹渓の墓である。仁譲院徳翁日照竹渓居士。側面に刻した墓誌に「先生姓藤原、名典、字伯経、一名守諸、号竹渓、称次右衛門、尾張人、給仕幕府、中興大沼氏、晩致仕《ちし》、以文政十年丁亥《ていがい》十二月二十四日没、享年六十六。孝子基祐建。」(先生姓ハ藤原、名ハ典、字ハ伯経、一名ハ守諸、号ハ竹渓、称ハ次右衛門、尾張ノ人、幕府ニ給仕シ、大沼氏ヲ中興ス、晩ニ致仕シ、文政十年丁亥十二月二十四日没ス、享年六十六。孝子基祐建ツ。)としてある。孝子基祐とは鷲津松隠の末弟次郎右衛門杉井のことで長兄竹渓の準養子となった。その墓には杉井院無夢日覚居士の法諡《ほうし》を刻し側面に「居士諱基祐、称次郎右衛門、杉井其号、姓大沼、襲世禄仕幕府、嘉永元年致仕、問禅於真浄和尚、削髪法名曰無夢、旁好俳歌、頗臻其妙、継芭蕉翁統、受其庵号、安政五年十一月十七日没、年七十五。」(居士諱ハ基祐、称ハ次郎右衛門、杉井ハ其ノ号、姓ハ大沼、襲世シテ幕府ニ禄仕シ、嘉永元年致仕ス、禅ヲ真浄和尚ニ問ヒ、削髪ノ法名ハ無夢ト曰フ、旁ラ俳歌ヲ好ミ、頗ル其ノ妙ニ臻《いた》ル、芭蕉翁ノ統ヲ継ギ、其ノ庵号ヲ受ク、安政五年十一月十七日没ス、年七十五。」また他の側面には「鳰《にお》なくやから崎の松志賀の花。槐陰《かいいん》。」となした発句が刻してある。

わたくしは竹渓を養ってその家をつがしめた大沼氏の何人なるかを知りたいと思って、墓石と過去帳とを調べた。しかし徒《いたずら》に幾多の法名と忌辰《きしん》とを見たのみで遂に一人として俗名の明なるものを見ることができなかった。長男に生れた竹渓は何故に鷲津氏を継がずして他姓を冒したのであろう。これは遂に知る道がない。今日竹渓の生涯を窺知《うかがいし》るにはその子枕山の後年に上木《じょうぼく》した遺稿二巻があるばかりである。

『竹渓遺稿』に「庚申《こうしん》ノ春竹渓書院ノ壁ニ題ス。」となした七言律詩がある。「竹渓書院竹渓傍。又値新年此挙觴。魏闕只言聊玩世。并州豈料竟為郷。官情一片春氷薄。旅思千重烟柳長。江戸東風三十度。空吹愁夢到南張。」〔竹渓書院竹渓ノ傍《ほと》リ／又新年ニ値《あ》ヒテ此ニ觴ヲ挙グ／魏闕只言フ聊カ世ヲ玩ブト／并州豈料《はか》ランヤ竟ニ郷ト為《な》ルヲ／官情一片春氷薄シ／旅思千重烟柳長シ／江戸東風三十度／空シク吹ク愁夢南張ニ到ルヲ〕この詩は竹渓の生涯を窺うに最必要のものである。「庚申春」は寛政十二年正月である。宝暦十二年に生れたはずの竹渓は年三十九。その父鷲津幽林の尾張に没してから三年の後である。律詩の前聯《ぜんれん》

「魏闕只言聊玩世。」〔魏闕只言フ聊カ世ヲ玩ブト〕またその後聯「官情一片春氷薄。」〔官情一片春氷薄シ〕の二句は薄禄の幕臣であった事を語っている。転結に「江戸東風三十度。空吹愁夢到南張。」〔江戸東風三十度／空シク吹ク愁夢南張ニ到ルヲ〕というのを字義の如くに解すれば寛政十二年より三十年前に竹渓は尾張の国を去って江戸に来った事になる。然りとすれば竹渓は纔《わずか》に十歳の時四十六歳になる父幽林の膝下《しっか》を去ったわけである。

わたくしはここに竹渓が寛政二、三年の頃には既に江戸にあったことを証することが出来る。それは竹渓が文化十三年細井徳昌の嚶鳴館《おうめいかん》至日《じつ》の詩筵《しえん》＊に出席した時の吟作に依ってである。作の題言に「嚶鳴館至日ノ宴ハ宝暦壬申《じんしん》二年ヨリ文化丙子十三年ニ至ルマデ凡《およそ》六十五年也。ソノ間累世二主、遷館三所、連綿トシテ絶エズ。カツテ虚歳ナシ。余モマタコノ会ニ参スルコト二十有七度、世ハ殊《こと》ナリ事ハ異ル。悲喜交《こもご》モ集ル。乃《すなわ》チ筆ヲ援《ひ》イテ詠ヲナス。辞ノ至ル所ヲ知ラザル也。」

これに由って観れば竹渓は文化十三年の冬至に、例年の如く嚶鳴館に開かれた詩筵に赴《おもむ》き、その既に二十七回目に及んだことを知って大に感慨を催したのである。文化十三年より二十七年前は寛政二年にして竹渓の年歯《ねんし》は二十九歳になる。

嚶鳴館は細井平洲の躬《みずか》ら家塾に命じた名である。平洲は尾張の人。宝暦紀元辛未《しんび》の年二十四歳にして始て江戸に来り芝三島町に家塾を開いたが宝暦十年二月の大火に遭《あ》い、身を以て免れ日本橋浜町《はまちょう》山伏井戸の近くに移居した。その後天明二年に至って尾州侯に聘《へい》せられその上屋《かみや》舗《しき》内なる市ケ《いちが》谷《や》合羽《かっぱ》坂《ざか》に住宅を賜った。竹渓が遷館三所といった所以《ゆえん》である。（しかし千葉子玄《しげん》の『芸閣《うんかく》先生文集』巻三を見るに平洲は向柳原《むこうやなぎわら》なる幕府天文台の近くに住居していた事がある。）その「累世二主」というのは享和《きょうわ》元年六月二十九日に平洲が寿七十四歳で没し養子徳昌が家を継いで嚶鳴館の新主となった事を言ったのであろう。

竹渓はとにかくに年少《わか》くして江戸に来ったがまた折々帰省して父幽林の安否を問うた。幽林の集に「男伯経尾陽ニ還ル。別後三日雨。」（男伯経尾陽ニ還ル。別後三日雨フル）と題して、「東西千里問安廻。傷別老懐鬱不開。遥憐山駅雨淫日。蓑笠穿雲独往来。」（東西千里安ヲ問ヒテ廻《かえ》ル／別レヲ傷ミテ老懐鬱トシテ開カズ／遥カニ憐レム山駅雨淫ノ日／蓑笠雲ヲ穿チテ独リ往来スルヲ）の絶句がある。

鷲津松隠のつくった幽林の行状にも竹渓は父の京師《けいし》にあって脚気を病んだ時その傍に

侍していたことが記されている。

竹渓は文化年間弟松隠をして亡父幽林の詩稿を編輯せしめ、これを菊池五山《きくちござん》に示して批評を請うた。五山は幽林父子の略伝とその作二、三首を採ってこれを『五山堂詩話』の第九巻中に掲げた。当時五山の詩話中にその作を採録せられることは非常なる名誉であったと思われる。松隠は兄竹渓から送られた手簡と『五山堂詩話』とを受取り、これに答るに次の如き漢文の尺牘《せきとく》*を以てした。

「混再拝シテ白《もう》ス。書並《ならび》ニ詩話ヲ辱《かたじけなく》ス。厳粛ノ候尊体福履、家ヲ挙ゲテ慰浣《いかん》セリ。俯《ふ》シテ賜フ所ノ詩話ヲ読ム。巻ヲ開イテ咫尺《しせき》ニシテ飢涎《きぜん》忽《たちま》チ流ル。直ニ賢兄ノ伝ニ至ルヤ手ノ舞ヒ足ノ蹈ムコト跛者《はしや》ノ忽《たちまち》ニシテ立ツガ如シ。凡ソ人ノ子トナルヤ父母ヲ顕スヲ孝ノ終トス。賢兄心ニコノ義ヲ主トシサキニ先人ノ遺稿中ニ就テ曾撰ノ二首ト自ラ賦スルモノトヲ合セテ天下ノ一大壇場ニ上シ以テ不朽ニ垂レシム。双竜ノ紫気殆《ほと》ド斗間ニ逼《せま》ル。箕裘《ききゅう》*ノ業誰カソノ盛ナルヲ知ラザランヤ。謹ンデ命ヲ受ケ盥嗽跪《かんそうき》拝《はい》シテ霊前ニ捧《ささ》グ。僕ヤ惰夫ニシテ徳行ヲ修メ立テ、以テ令聞ヲ祖考ニ加フルコト能《あた》ハズ。筋駑《ど》シ肉緩ミ飽《ほう》煖《だん》ヲノミコレ求ム。徒ニ遺産ヲ費シ安然トシテ妻子ヲ畜《やしな》フ。文子ノイハユル孝ハ妻子ニ衰フモノトハ僕ノ謂歟《いいか》。多罪。野君久シク病ニ伏シ書ヲ賢兄ニ修《おさむ》ルコト能ハズ。僕ニ属シテ懇《ねんごろ》ニ謝セシム。頓首《とんしゅ》死罪。」

わたくしはこの尺牘を鷲津松隠が手沢《しゅたく》の詩文稿について見た。詩文稿は尾張丹羽村なる鷲津家の当主順光翁の蔵する所である。

大沼竹渓の始めて幕府に出仕した年代とまたその致仕した時とは何年頃であったのであろう。これを知るには年々の『武鑑』を見るより外に道がない。然るにわたくしは多く『武鑑』を持っていない。たまたま文化九年、文化十三年及び文政元年、同六年の『武鑑』について、大沼次右衛門の名を西丸附御広敷添番衆の中に見出したのみである。御広敷とは大奥に出仕する役人の詰所《つめしょ》をいうので、役人には御広敷御用人を主席にして次に御用達、番頭、番衆等がある。凡《すべ》て奥向《おくむき》の事務及奥女中の取締を掌《つかさど》る。添番衆は極めて軽い身分である。大沼次右衛門は西丸御広敷添番衆を勤め高百俵を給せられ麴町《こうじまち》三丁目に住した。但しその遺稿を見るに五番町に住していたこともある。

わたくしは既に寛政十二年庚申の作を引いて竹渓が文化より以前夙《はや》く禄を食《は》んでいたことを記した。某年「歳晩書懐。」（歳晩懐ヒヲ書ス）の作を見るに、「吾年越五十。遊魂也有涯。頭顱已可知。（略）学隠叡麓家。杜門息交遊。養拙避浮華。」（吾年五十ヲ越ス／遊魂モ也《また》涯リ有ラン／頭顱已ニ知ル可シ／（略）隠ヲ学ブ叡麓ノ家／門ヲ杜ヂテ交遊ヲ息メ／拙ヲ養ヒテ浮華ヲ避ク）といっている。この作を見るに、竹渓は文化の末年その齢五十を越えた時には既に致仕して上野に近い某処に隠棲《いんせい》していたように思われる。然るに年々の『武鑑』は文政六年に至っても竹渓の住所を麴町三丁目となしている。『武鑑』は竹渓が住所の変更をそのまま改正せずに置いたものであろう。

わたくしは竹渓が晩年移居した地を下谷御徒町と定めている。それは大沼枕山の遺族を訪問した時、わたくしは特に許されて枕山が誕生の時の臍《へそ》の緒《お》書を見た。臍の緒書には「文政元戊寅《ぼいん》年三月十九日暁《あけ》六ツ時於下谷御徒町拝領屋敷誕生、父次右衛門儀小笠原《おがさわら》弾正《だんじょう》組之節」（文政元戊寅ノ年三月十九日暁六ツ時下谷御徒町拝領屋敷ニ於テ誕生ス、父次右衛門ノ儀小笠原弾正組ノ節ナリ）と御家流の筆致で書いてあったが故である。拝領屋舗《やしき》は伊予の国大洲の藩主加藤家上邸《かみやしき》の門前にあったという話である。

『竹渓遺稿』に「移居ノ後人ニ示ス。」と題して、「家縁易了一茅廬。五畝於吾尚有余。老脚只貪平地穏。下山近水又移居。」（家縁易《か》ヘ了《おわ》ル一茅廬／五畝吾ニ於テ尚《なお》余リ有リ／老脚只貪ル平地ノ穏ヤカナルヲ／山ヲ下リ水ニ近ヅカント又移居ス」の絶句がある。麹町の山の手から下谷御徒町に移った時の作と見れば、老の歩みに坂のない平地をよろこぶ情景言い得て最も軽妙である。「下山近水又移居。」(山ヲ下リ水ニ近ヅカント又移居ス」の七字おのずから不忍池《しのばずのいけ》の近きを思わしめる。

第 三

大沼竹渓が江戸の詩壇におけるその名声と、それが交遊の範囲とはこれをその詩賦について見ればおのずから詳である。

竹渓が柴野《しばの》栗山《りつざん》と交のあったことは「十月既望栗山翁碧瓦堂。」(十月既望栗山翁ノ碧瓦堂ニテ」と題した七律によって知られる。古賀《こが》精里《せいり》が牛込《うしごめ》見附《つけ》内の賜邸復原楼を題となすものは遺稿中三首の多きに及んでいる。その一に曰く「三畝竹陰唯一家。書窓恰好話烟霞。蓮峰背日如無雪。梅塢籠烟似有花。室絶繊塵占虚白。詩依古調去浮華。羨君来往茶渓路。朝命軽舟暮小車。」(三畝ノ竹陰唯《ただ》一家／書窓恰モ好シ烟霞ヲ話スルニ／蓮峰日ヲ背ニシテ雪無キガ如ク／梅塢烟ヲ籠メテ花有ルガ似《ごと》シ／室ハ繊塵ヲ絶チテ虚白占メ／詩ハ古調ニ依リテ浮華ヲ去ル／羨ヤム君ガ茶渓ノ路ヲ来往スルヲ／朝ニ軽舟ヲ命ジ暮ニハ小車）この転結の二句はわたくしをして古賀精里*が牛込見附とお茶の水との間を往復した光景を想像せしめる。復原楼は現時麹町区富士見町陸軍軍医学校のある処だという。鷗外《おうがい》先生が『伊沢蘭軒《いざわらんけん》』の伝に詳である。

竹渓は精里の男侗庵《とうあん》*の舅《しゅうと》に当る鈴木白藤とも相識《あいし》っていた。「清風館集。是日会者空空、白藤、南畝諸子凡七人。」（清風館ノ集ヒ。是ノ日会スル者ハ空空、白藤、南畝ノ諸子凡ソ七人ナリ。）と題する絶句がある。

空空は田安《たやす》家の近習番《きんじゅばん》後に御広敷御用人となった児玉喜太郎《こだまきたろう》である。心越《しんえつ》禅師の伝えた七絃琴の名手であったという。白藤は鈴木氏、名は成恭、通称は岩次郎。文化九年十一月より文政四年まで書物奉行《しょもつぶぎょう》を勤めた。白藤が大田南畝と友として善《よ》かったことは南畝が随筆『一話《いちわ》一言《いちげん》』に散見している。

斎藤拙堂がその壮時に竹渓を知っていたのは古賀精里を介してのことであろう。拙堂は精里とその男侗庵とについて業を受けたが故である。天保《てんぽう》のはじめ竹渓の遺子枕山がその集『枕山集』の序を拙堂に請うた時、拙堂は「昌卿ノ考竹渓先生ハ幕府ニ仕フ。余カツテコレヲ識《し》レリ。嶔奇《きんき》歴落号シテ奇士ト為《な》ス。昌卿ハケダシコレニ肖《に》タリ。先生ハ博学ニシテ詩ヲ善クス。好ンデ辺事ヲ研覈《けんかく》シ以テ世用《せいよう》ヲ希《ねが》ヒシガソノ才ヲ畢《おわ》ラズシテ没セリ。」となした。この序に由って観るに竹渓は慷慨《こうがい》の士であった。平生《へいぜい》天下有用の人物たらんことを欲していたが、志を得る機会なく碌々《ろくろく》たる小吏を以て身を終った。竹渓が「好んで辺事を研覈した」と拙堂の言っているのは、思うに蝦夷《えぞ》地の守備と開拓の事についてであろう。

竹渓の没した文政十年以前にあって当時の人心を恟々《きょうきょう》たらしめた辺事の重《おも》なるものは文化三年九月露人の蝦夷を寇《こう》した事と、文化五年八月英艦の長崎を騒した事件とである。これより先寛政十年に近藤重蔵《こんどうじゅうぞう》*は北蝦夷の探険を畢り、享和元年に間宮林蔵《まみやりんぞう》*は唐太《からふと》より満洲の地を跋渉《ばっしょう》して紀行を著した。幕府が北辺守備のために松前志摩守《まつまえしまのかみ》の領地を収めて奉行を置いたのは文化四年である。此《かく》の如くにして幕府は遂に文政八年に至り異国船打払《うちはらい》の令を沿海の諸藩に伝えたが、その時にはかつて嶔奇歴落奇士と号せられた竹渓も年既に六十四歳となり、東叡山《とうえいざん》南の草堂に隠退して「時事懶聞非我分。」（時事ハ聞クニ懶《ものう》ク我《わ》ガ分《ぶん》ニ非ズ」といい、また「門外紛紛属少年。」〔門外ノ紛紛タルハ少年ニ属ス〕というが如き歎声を漏すに過ぎなかった。

竹渓が細井平洲の嚶鳴館に出入したことは既にこれを述べた。遺稿の中に泉豊洲、倉《くら》成竜渚《なりりゅうしょ》、頼杏坪《らいきょうへい》らと賡酬《こうしゅう》の作あるは重に嚶鳴館の関係からであろう。大窪詩仏《おおくぼしぶつ》*、菊池五山、館柳湾《たちりゅうわん》*の詩社に参した当時の詩人は大概竹渓の相識であった。煩を避けて一々その名を挙げない。

文政九年正月竹渓は六十五歳の春を迎えた。その没する前の年である。元旦に大雨が降りそそいだので、竹渓は家に留《とど》り、座右の手函《てばこ》に蔵《おさ》めた詩草を取出してこれを改删《かいさん》しやや意に満ちたもの凡《およそ》一百首を択《えら》み、書斎の床の間に壇を設けて陶淵明《とうえんめい》の集と、自選の詩とを祭った。この時に賦した祭詩の詩の引は竹渓が平生の詩論を窺知《うかがいし》らしむるものである。それ故茲《ここ》にこれを掲げる。

「余ノ詩ニオケルヤ固《もと》ヨリ遊戯ノミ。人生ハ寄ルガ如キナリ。唯意ニ適スルヲ貴ブ。矉《ひん》ニ傚《なら》ヒ臭ヲ逐《お》フニ何ゾ必シモ抵死《ていし》センヤ。ソレ詩ノ道タルヤ切実ヲ美ト為ス。ケダシ少陵ハ忠憤ナレドモ頗《すこぶる》婆心ニ近シ。青蓮《せいれん》ノ仙風実ハ虚誕《きょたん》ニ渉《わた》ル。韓蘇《かんそ》ハ鉤棘《こうきょく》、白《はく》氏ハ浅俗ナリ。妙ハ則《すなわち》妙ナリトイヘドモヤヤ、清雅ナラズ。ア、詩聖詩仙、詩家詩伯、敬スベク遠《とお》ざクベシ。固ヨリワガ選ニ非ズ。然レバ則余ノコノ道ニオケルヤソレ誰ニカ適従セン。ソレ陶韋《とうい》*ヲ祖述シ王劉《おうりゅう》*ヲ憲章シテ枯淡ヲ骨トナシ菁華《せいか》ヲ肉トナシソノ志ヲ言ヒ以テソノ言ヲ永クスレバ則吟咏三昧《ざんまい》モマタ余師アラン。丙戌ノ元旦大雨澍《そそ》グガ如ク木氷花《ひょうか》ヲ成ス。遊杖《ゆうじょう》ヲ壁ニ掛ク。清閑《せいかん》消シガタシ。乃《すなわ》チ巾箱《きんそう》ヲ開キ客歳《かくさい》ノ詩ヲ閲シテ煩ヲ芟《か》リ冗ヲ除キテ一百首ヲ得タリ。窃《ひそか》ニ浪仙ニ擬シ詩ヲ祭リテ労ニ報フ。乃チ室ノ奥ニ就イテ壇ヲ設ケ位ヲ列シ先《ま》ヅ陶集ヲ展《ひら》キ配スルニ悪詩ヲ以テス。菜根一把、茅柴《ぼうさい》一斗、以テソノ神ヲ祭ルトイフ。」また祭詩の詩は「閑人閑事業。元旦祭新詩。天地感清絶。木氷粲満枝。」(閑人閑事業／元旦新詩ヲ祭ル／天地清絶ニ感ジ／木氷粲トシテ枝ニ満ツ)の二十字である。

文政九年丙戌の元旦に雨の雫《しずく》が樹の枝に凝結して花の如くに見えた。世人のこれを看《み》て奇観となした事は『五山堂詩話』にも記載せられている。『詩話』に曰く「今歳丙戌ノ元旦始メテ木氷ヲ見タリ。即麟経《りんけい》ニ載スル所ノ雨木氷ナル者ナリ。アマネク耆旧《ききゅう》ニ詢《と》フニ皆曰クイマダ経テ見ザル所ナリト。実ニ奇観ナリ。詩仏ノ詩アリ。極メテソノ状ヲ殫《つく》ス。凝不成花異霧淞。著来物物各異容。柳条脆滑蕁油膩。松葉晶瑩蛛網封。氷柱四檐垂繖角。真珠万点結裘茸。詩人何管休徴事。奇景看驚至老逢。〔凝リテ花ヲ成サザルハ霧淞ニ異ナリ／著来シテ物物各《おの》オノ容ヲ異ニス／柳条ハ脆滑ニシテ蕁油ノゴトク膩《なめ》ラカナリ／松葉ハ晶瑩ニシテ蛛網ノゴトク封《と》ヅ／氷柱四檐繖角ニ垂レ／真珠万点裘茸ニ結ブ／詩人何ゾ管セン休徴ノ事／奇景看《ま》ノアタリニ驚ク老イニ至リテ逢フトハ〕按《あん》ズルニ曾南豊《そうなんほう》*ノ集中ニ霧淞《むしょう》ノ詩*アリ。注ニ寒甚シク夜気霧ノ如ク木上ニ凝ル。旦《あした》ニ起キテコレヲ視《み》レバ雪ノ如シ。斉人コレヲ霧淞トイフ。詩仏ノコノ作アルイハ南豊ノ詩ト駢伝《へんでん》スベキ也。」

竹渓は文政九年の春も暮れて楝《おうち》の花の咲きかけた頃病に臥《ふ》した。「病中児ニ示ス。」という七律の作がある。しかし病は軽くして程なく癒《い》えたのであろう。竹渓は二、三の詩友と舟を隅田川《すみだがわ》に泛《うか》べて残花を賞し、また谷中にある林述斎《はやしじゅつさい》の別墅《べつしょ》をも訪うた。

林述斎は林家《りんけ》八世の祭酒*である。平生その身厳職にあるがため山水風月の間に放浪自適する暇がないので、都下に幾個所も別荘を築いて林泉に心を慰めたという。佐藤一斎《さとういっさい》の撰んだ墓誌に、「ソノ瓶《きずつ》ク所ノ園林ハ方向位置自ラ一種ノ幽致アリ世好ト同ジカラズ。」と言ってある。述斎が造庭の趣味は世間一般と同じでなかった。石を置けば必《かならず》松を栽《う》うるというような極《きま》りきった形式は述斎の能《よ》く忍得《しのびう》るものではなかったのであろう。「別墅ノ谷中ニアル者園ヲ賜春ト名《なづ》ク。多ク春花ヲ植ヱ、氷川ニアル者園ヲ錫秋《ししゆう》ト名ク。多ク秋卉《しゆうき》ヲ蓺《う》ウ。而シテ石浜ニ鷗窠《おうか》アリ。溜池《ためいけ》ニ八宜アリ。青山ニ聴松アリ。」と墓碑銘に言われている。

竹渓が林家の門に出入するの栄を得たのはいつの頃に始ったのか知るよしがない。しかし谷中の別業には既に度々招かれていたことは「初夏ノ二十三日林公ガ日暮ノ村荘ニ遊ブ。」七律の起句に「幾回卜日幾回違。」（幾回カ日ヲト《ぼく》シ幾回カ違フ）の七字によって知られる。殊更《ことさら》に春咲く花を多く栽培したという谷中の賜春園もその日（文政九年四月二十三日）には、大方の花は既に散尽して青葉ばかりとなり、崖上《がけ》から吹き来る風に棕櫚《しゆろ》の実はゆらめき、雨後の地湿《じしめ》り乾きもやらぬ木立の茂みには筍《たけのこ》が伸びかけていた。

それから半月あまりを過ぎて、蓮《はす》の巻葉もすっかり舒《の》び拡《ひろ》がった五月の十六日、谷中の別園に再び林氏の詩筵《しえん》が開かれた。その日招《まね》かれた賓客は当時の列侯中博学を以て推重《すいちよう》せられた冠山松平定常《かんざんまつだいらさだつね》*、土岐《とき》八十郎*、幕府の奥儒者成島東岳《なるしまとうがく》の養子稼堂《かどう》*、主人述斎の六男林復斎*、佐藤一斎の門人安積艮斎《あさかごんさい》*及び大沼竹渓その他合せて九人であった。この九人の中姓名の判明している人で最高齢であったのは竹渓である。次は松平冠山と林述斎。また最年少なのは成島稼堂であった。

林述斎が谷中別墅の光景は主人述斎が『谷口樵唱《こっこうしょうしょう》』、および佐藤一斎が『六閑堂記《ろっかんどうき》』などについて見ればほぼこれを窺知ることが出来る。『谷口樵唱』は述斎がこの別墅に遊ぶたびたび賦した絶句を収録したもので、その序詞に「文化戊辰重八」としてある。集中絶句の註に「コノ荘ハ薬師寺氏ナル者ノ創《はじ》メシモノナリ。イマダイクバクナラズシテ転ジテ杵築侯ノ別業トナル。後ニマタ豪商ノ有トナリ棄《す》テテ治メザルコト殆《ほとんど》四十年、今遂ニ我ニ帰ストイフ。」述斎は文化三、四年の頃この廃園を購《あがな》い荊棘《けいきょく》を伐り除いて林間に屋宇《おくう》を築き名《なづ》けて六閑堂と称した。六閑堂は甚質素にして閑雅《かんが》の趣があった。佐藤一斎の記に、「黝堊《ゆうあく》ヲ舎《す》テ、麤埴《そしょく》ヲ用ヒ彫琢《ちょうたく》ヲ去ツテ素樸《そぼく》ニ従フ。ソノ清迥閑曠《せいけいかんこう》ノ趣、一ニ山人逸士ノ棲止スル所ニ類ス。」といっている。また別墅の眺望と園中の光景については、「園ノ西南厓《がい》ニ倚《よ》ツテコレヲ径ス。眺観豁如《かつじょ》タリ。筑波《つくば》二荒《ふたら》ノ諸峰コレヲ襟帯《きんたい》ニ攬《と》ルベシ。厓下ニ池アリ。倒《さかしま》ニ雲天ヲ涵《ひた》シ、芰荷菰葦《きかこい》*叢然《そうぜん》トシテコレニ植ス。魚鳥マタ碕沂《きぎん》*ノ間ニ相嬉《あいあそ》ブ。池ノ南ハ密竹林ヲナシ、清流ソノ下ヲ穿過《せんか》ス。池ノ北ハ稲畦蔬圃墻《とうけいそほしょう》外《がい》ノ民田ト相接ス。園ハ喬木《きょうぼく》多ク、槎枿竦樛《さげつしょうきゅう》*、皆百年外ノ物タリ。而シテ堂独リ翼然トシテ池上ニ臨ム。」

この六閑堂には来遊者の心得として賓約なるものが掲げられてあった。わたくしは『好古雑誌』*の記事からこれを左に転載する。

六閑堂賓約

一、こゝに来遊するは一日世塵《せじん》を擺脱*して園林の幽趣をめづるなれば、たゞ風月を談じ詩歌を品するを専らとし時事を論議し人物を臧否《そうひ》するの類は無用たるべし。まして鄭《てい》狂淫褻《きょういんせつ》の談*はいふまでもなかるべし

一、来賓に希《ねが》ふ所は興寄之古調、唐律あるいは国風、各その長所に従ひ一、二首帋片《しへん》に留めらるべし、徒《いたずら》に風景に孤美《ママ》*して隻字もなく帰らるゝことあるべからず、但し俳句狂歌の類みだりに壁上に疥《かい》するは願ふ所にあらず

一、酒は釣詩鈎《ちょうしこう》の意をもて三五盞《さん》用ゆるは可なり、多《おおく》とも七盞を過ぐべからず、この数を越る飲徒は荘中に入るを許さず

一、詩歌の小集あらん時吟詠ならざるものは、金谷《きんこく》の罰*を用ゆる時は酗麺《くめん》*厭《いと》ふべし、姑《しばら》

く月川七椀《わん》*の倍数を茶に換ふべし

一、物音は古楽器の外を禁ず、流俗に用ゆる所の器を携来《たずさえきた》り奏するものあらば饒舌《じょうぜつ》の鶯《おう》速《すみやか》に飛振*すべし、しかあらん後はその人を謝絶して再び到る事を許さず

一、射騎銃鉋の場あり来人の演習その心に任すべし、但し官禁の域たれば鳥とる事を許さじ、いはんや魚鳥の人に親しむ会心の境なるをや

一、落花墜葉の外すべて狼藉《ろうぜき》を禁ず、来遊騒客さあらんといふにはあらず、童僕には戒勅のとゞかぬ事主人も常にあれば他も推はかり思ふなり、大なる花枝を折りまた竹萌《ちくほう》木萌*を穿《うが》ち去《さる》の類戒め給はるべし

一、夏夜の烟戯《えんぎ》は尤も厳禁なり、但し林間に黄葉を焼き霜旦《そうたん》雪夕柴火《さいか》もて寒を防ぐは制外とす

六月十六日竹渓は再び松平冠山に随伴し、同じくその眷遇《けんぐう》を蒙《こうむ》っていた人々と共に佃島住吉《つくだじますみよし》神社の祠官《しかん》平岡氏の海楼に飲んだ。その時の作七言古詩の末句に「水波四囲似蜃楼。脱衣槃礴曲欄下。蘋風颯颯六月秋。早涼於我千金重。」(水波四囲シテ蜃楼ノ似《ごと》ク/脱衣槃礴*ス曲欄ノ下《もと》/蘋風*颯颯タリ六月ノ秋/早涼ハ我ニ於テ千金ノ重ミ)と言っている。

蘆荻《ろてき》の中に蘋花《ひんか》の点々たる佃島往昔の勝景が歴然として目に浮ぶ。

大沼竹渓が平生冠山老公の知遇を受けていた事は西島坤斎《にしじまこんさい》＊の『慎夏漫筆』に記《しる》されている。『漫筆』巻の一に、「冠山南谷ノ二公ハ士ヲ好ムニ名アリ。イハンヤ二公ハ学徳兼テ優レルヲヤ。故ヲ以テ碩儒《せきじゅ》名流四方ヨリ坌集《ふんしゅう》ス。文酒ノ会ゴトニ客ノ来ルヤ貴賤トナク門ニ留メラル、ナシ。譾劣《せんれつ》余ノ如キモ辱知ノ末ニアリ。翠軒《すいけん》、西野、竹渓ノ諸老常ニ席賓タリ。諸老已《すで》ニ異物トナリ二公モマタ逝ケリ。緑苔《りょくたい》ハ閣ニ生ジ芳塵《ほうじん》ハ榭《しゃ》ニ凝ル。ア、。」としている。翠軒は水戸の儒者立原氏。西野は市河寛斎《いちかわかんさい》の別号である。

ここにまた『慎夏漫筆』の著者が松平冠山と相並べて学徳兼備の名公となしている南谷とは何人であろう。南谷の名は『竹渓遺稿』の中にも散見している。その一は「南谷君晩香園招飲之韻ニ賡《む》ユ。」と題する五言古詩。その一は「南谷滝川君六十寿詩。」（南谷滝川君六十ノ寿詩）となす七律である。わたくしは律詩の頷聯《がんれん》＊に「曾入甲山求大薬。元遊水府浴霊泉。」（曾テ甲山ニ入リテ大薬ヲ求メ／元《はじ》メハ水府ニ遊ビテ霊泉ニ浴ス）と言っているのと、滝川という姓氏の二事から漸《ようや》くにして南谷というのは禄四千石の旗本滝川出羽守利《とし》雍《やす》の雅号であることを知った。南谷は佐伯《さえき》侯毛利《もうり》伊勢守高標《たかすえ》の実弟にして旗本滝川大学利広の養子となり、寛政十年より甲府勤番支配の職にあったのである。

八月十一日、秋も半《なかば》に近《ちかづ》いた頃林祭酒は重ねてその別墅に竹渓を招いた。この日同じく招かれたものは大窪詩仏《おおくぼしぶつ》、菊池五山、市河米庵《いちかわべいあん》*、安積艮斎《あさかごんさい》の四人のみであった。詩仏五山の二人は市河寛斎、柏木如亭《かしわぎじょてい》*と相並んで詩学の四大家と称せられたものである。寛斎如亭の相ついで文政の初に世を去るや、江戸の詩界は天保の初梁川星巌《やながわせいがん》*の東遊を待つの日までこの二老を仰いで師表となした。林述斎が詩仏五山の二老と共に竹渓を招いだ事から考うれば竹渓が詩壇の地位は決して低いとは言われない。竹渓が遺稿に谷荘二十五勝の作がある。大窪詩仏の『詩聖堂集』にも同題の作が載っている。

この年文政九年秋の暮から竹渓は病みがちになった。時としては草鞋《わらじ》をはいて近郊に楓《かえで》を賞し日が暮れて家に帰ってきたこともあった。上野山王御供所の別当密乗上人《みつじょうしょうにん》*の催す詩会に出席したこともあったが、気力は日を追うて衰えて来たらしく遂に「比事歌」と題する古詩一篇を賦して、「吾入仏教欲剃髪。」（吾ハ仏教ニ入リテ剃髪セント欲ス）また「吾卜終焉叡山側。」（吾ハ終焉ヲ卜《ぼく》ス叡山ノ側《ほと》リ）の如き語をなすようになった。この比事歌一篇は赤羽橋《あかばねばし》に住したその友牧野鉅野《まきのきょや》*に贈ったものである。鉅野と竹渓との交際は甚《はなはだ》親密であったらしい。鉅野は名を履、字を履卿といい豊前《ぶぜん》小倉の人。林述斎の門人である。文政十年十月二十九日享年六十歳を以てその家に終り、高輪泉岳寺《たかなわせんがくじ》の後丘に葬られた。同寺の過去帳に「泰亮院養心牧翁居士俗名牧野泰輔」としてある。牧野鉅野は臨終の際大沼竹渓に遺嘱してその行状をつくらしめ碑銘を林檉宇《ていう》*に請うことを願ったが、竹渓もその時既に病篤くして鉅野の望を果すことができなかったという。これは檉宇の撰んだ碑文に言われている。碑文の搨本《とうほん》をわたくしは市河三陽氏から借覧した。

比事歌は恐らく竹渓が最終の作であろう。竹渓はこの比事歌を贈った牧野鉅野の死に後るること二個月にして、下谷御徒町の賜邸に没した。享年六十六。文政十年丁亥《ていがい》十二月二十四日である。

第　四

大沼竹渓の家はその実弟次郎右衛門基祐《もとすけ》がこれを継いだ。基祐は鷲津幽林の末子でこの時四十四歳である。その墓誌を見るに基祐も兄竹渓と同じく幕府の小吏であった。しかしわたくしは遂にその役柄並に俸禄を知ることができない。

竹渓の没した後その家には妻某氏と男捨吉とが遺された。捨吉は後の詩人枕山である。捨吉は何故父の家をつがなかったのか。これもわたくしの知らんと欲して知ることを得ざる大事件である。

捨吉は文政元年三月十九日暁六ツ《あけむ》時《どき》に生れた。父竹渓が五十七歳の時の出生で、他に兄弟のなかった事は竹渓が比事歌に「吾年六十唯一男。」〔吾年六十唯《た》ダ一男ノミ〕の一句あるに見て明かである。捨吉は十歳にして父にわかれた後、その母と共に叔父次郎右衛門に扶養せられていたのであろう。わたくしは少時捨吉が伊庭《いば》氏に従って剣術を学んだという事を佐藤牧山*の『牧山楼詩鈔』に加えた枕山の批語についてこれを知った。しかしこれ以外には、捨吉が十八歳になるまでの間の事については全く知る所がない。十八歳の秋、天保六年乙未の年には捨吉は尾張国丹羽郡丹羽村なる叔父鷲津松隠の家にあった。

わたくしが枕山の女芳樹女史を訪うて親しく聞いた所によると、捨吉は叔父次郎右衛門とは折合《おりあい》がよくなかったので、僅少《きんしょう》の金子《きんす》をふところにして家を出で道中辛苦して尾張に往《い》ったという話である。しかしその年月を詳にしない。

天保六年大沼捨吉が鷲津氏の家塾に寄寓《きぐう》していた時、松隠は隠居し嫡子徳太郎が家学をついで門生を教えていた。徳太郎、名は弘、字《あざな》は徳夫、益斎《えきさい》と号しその家塾を有隣舎と名《なづ》けた。益斎は時に年三十二。妻磯貝《いそがい》氏貞との間に既に三人の子があった。伯は通称郁太郎《いくたろう》後に貞助また九蔵。名は監、字は文郁、号を穀堂《きどう》という。しかしこの年にはまだ十一歳の小児である。次は女子某。叔は通称五郎、名は光恭、字は子礼、蓉裳《ようしょう》と号す。この年には僅《わずか》に三歳である。鷲津氏の家にはこの他に益斎の弟又三郎というものがいた。又三郎は後に大沼次郎右衛門基祐の家を継ぎ下田《しもだ》奉行《ぶぎょう》手附《てつき》となった人である。この時に年十八。既に江戸にあったか否かは詳でない。

天保六年乙未の歳も早く秋となった時、大沼捨吉は再び江戸に還ろうとしていたのである。事は森魯直《もりろちょく》の『春濤《しゅんとう》詩鈔』に載っている。

森魯直、通称は春道、字は浩甫、春濤と号す。尾張一ノ宮の医森一鳥《いっちょう》の長子で、この時年十七。鷲津益斎の家塾に学んでいた。

『春濤詩鈔』巻之一、「江楼夜酌。大沼子寿ニ贈ル。」と題する七律に「涼秋八月蓼花天。一笑相逢亦偶然。」〔涼秋八月蓼花ノ天／一笑シテ相逢フハ亦偶然〕の語を見る。子寿は捨吉の字である。名は厚。既に枕山と号していたか否か明でない。しかしわたくしは以後捨吉の名を記する所に枕山の号を以てする。枕山の号は人口に膾炙《かいしゃ》しているが故である。

春濤が枕山に贈った他の七律に曰く「妙齢固有好容儀。更見嶄然頭角奇。三日不逢人刮目。百年何愧豹留皮。新秋風月扁舟夢。故里煙花艶体詩。聞説東帰期在近。天辺岳色映朝曦。」〔妙齢固ヨリ好容儀有リ／更ニ見ル嶄然トシテ頭角奇ナリ／三日逢ハザレバ人刮目ス／百年何ゾ愧《は》ヂン豹ノ皮ヲ留ムルニ／新秋風月扁舟ノ夢／故里煙花艶体ノ詩／聞説《きくなら》ク東帰期近キニ在リト／天辺岳色朝曦ニ映ズ〕

江戸下谷に生れた枕山の風采《ふうさい》は春濤の言うが如く丹羽村の人々の目には「好容儀」であったに相違ない。その承句「更見嶄然頭角奇」〔更ニ見ル嶄然トシテ頭角奇ナリ〕は言うまでもなくその人の才気を称したものであろう。しかしわたくしはこの語によってたまたま枕山は背のすらりとした人で、顔は長く額の高く出ばっているのが目に立つほどであったという或人《あるひと》の談話を想い起した。

一日有隣舎の諸生が益斎先生の蔵書を庭上に曝《さら》して、春濤にその張番《はりばん》をさせたことがあった。春濤は番をしながらも頻《しきり》に詩を苦吟していたので、驟雨《しゅうう》の灑《そそ》ぎ来るのにも気がつかなかった。折から枕山も苦吟しながら外をあちこち歩いている中溝《みぞ》へ墜《お》ち泥まみれになって帰って来た。塾生らは苦吟のために一人は曝書《ばくしよ》を雨にぬらし、一人は衣服を泥にしたと言って笑った。この事は二人が詩を好むこと色食よりも甚しきを証する佳話として永く諸生の間に伝えられた。当時十一歳の小児であった毅堂文郁は後年戯《たわむれ》にこの事を賦して春濤に贈った。「旗鼓東西壇坫開。以詩為命況天才。当年佳話吾能記。高鳳庭前漂麦来。」〔旗鼓東西壇坫開キ／詩ヲ以テ命ト為ス況ヤ天才ヲヤ／当年ノ佳話吾能ク記ス／高鳳庭前麦ヲ漂《なが》シ来ル〕

わたくしは枕山が溝中に墜ちたという事から更にまたその近視眼であった話を想起した。わたくしの父執岩渓裳川《ふしゆういわたにしようせん》先生の『詩話感恩珠』に、枕山と星巌の門人遠山雲如とは倶《とも》に近視眼であったことが言われている。枕山雲如の二人は一日黎明《れいめい》に不忍池《しのばずのいけ》の荷《か》花《か》を観《み》んことを約し、遅く来たものは罰として酒を沽《か》う責を負うこととした。翌朝二人は暁霧の中に池塘《ちとう》に来ったが、倶に近視眼なので眼前に人影あるを知らず水烟散ずるの後始めて顔を見合せ、互にその遅速を争ったが遂に決するところがなかったという。

枕山は天保六年の秋有隣舎を去って東帰の途に上り、箱根の嶮《けん》を踰《こ》えんとする時、五言古詩一篇を賦した。わたくしはこの作中「天寒客衣単。朔風逾凜冽。」(天寒ク客衣単ナリ/朔風逾《いよ》イヨ凜冽タリ)の二句を見て、秋は早く山中に尽きてまさに冬ならんとしていた事を知る。わたくしはまた枕山が江戸に著《ちゃく》するや否や直に詩界の諸先輩を歴訪し、その詩を示して先輩を驚したことを疑わない。何故というに天保八年の春に梓行《しこう》せられた『広益諸家人名録』は夙《つと》に詩人として枕山の名と住所とを掲げているからである。枕山躬《みずか》らも後年『安政文雅人名録』の序をつくる時「余年十九、五山詩仏諸老ノ間ニ周旋シ早ク微名ヲ得タリ。勝会《しょうかい》アルゴトニ必末班《まつぱん》ニ列ス。」云々と言っている。

天保八年の『人名録』は枕山の住所を下谷泉橋通となし、その名を「台嶺、大沼又蔵、名厚、字子寿、一字捨吉、一号水竹居。」(台嶺、大沼又蔵、名ハ厚、字ハ子寿、一《いっ》ニ字ハ捨吉、一《いっ》ニ号ハ水竹居)となしている。「水竹居」はその父竹渓が文政八年歳晩「掃塵」の作中に「先生閑居号水竹。不洒不掃守老屋。」(先生閑居シテ水竹ト号シ/洒《ふ》カズ掃《は》カズシテ老屋ヲ守ル)というより考えてそのままこれを襲いだものと思われる。

わたくしはここに枕山が東帰した当時の江戸詩壇の状況について少しく知る所がなければならない。

そもそも江戸時代の支那文学がやや明かに経学《けいがく》と詩文との研究を分つようになったのは、荻生徂徠《おぎゅうそらい》の門より太宰春台《だざいしゅんだい》、服部南郭《はっとりなんかく》の二家を出してより後のことである。徂徠は林羅山《はやしらざん》出でて後幕府の指定した宋儒朱氏程氏の学説に疑を抱きこれを排斥して専ら明《みん》の復古学を主張し、その才学と豪邁《ごうまい》の気性とは能《よ》く一世を風靡《ふうび》するに至った。徂徠の奉じて立った復古学は徂徠に先立つこと凡《およそ》百五十年前明朝嘉靖《かせい》の頃の学者李于鱗《りうりん》王世貞《おうせいてい》らの称えたものである。その説く所は宋儒の註釈した孔孟《こうもう》の教義には註釈者の私見が混っているので、真に孔孟の教を伝えるものではない。真正なる孔孟の教を知らんとするには先《まず》宋儒の説を排斥し唐以前漢魏《かんぎ》の古文について研究すべきである。この研究にはまず古文を読むべき階梯《かいてい》として古文辞を修めなければならない。また文章の模範は漢魏を専らとなし、詩賦は盛唐を以て規矩《きく》となすべきことを主唱したのである。荻生徂徠は明代の学者の説いた所をそのままわが元禄《げんろく》時代の学界に移し入れた。我が国人に取って海外の新説はいつの時代にあっても必《かならず》歓迎せられ、またいつの時代にあっても必相応の効果を成すものである。江戸の詩文はその創始の時代において夙に林羅山の如き、後に新井《あらい》白石《はくせき》の如き名家を出したにかかわらず、なお容易にその継承し来った五山僧侶《そうりょ》の文学の余習を脱却《だつきやく》し得なかったのであるが、一たび徂徠の古文辞を唱えてよりここに始めてその形式と体例とを完成し、その感情と思想とを豊醇《ほうじゆん》ならしむる事を得るに至った。しかしながら明の復古学は元来古文辞の研究にのみ重きを置いたがため、徒《いたずら》に形式修辞の末端に拘泥《こうでい》する傾《かたむき》があったので、これを祖述した徂徠の末派に至っては、正徳享保の盛時を過ぎて宝暦明和の頃に及ぶや早くも沈滞して、当初の気魄《きはく》を失い、遂に一転して蜀山人《しよくさんじん》らが滑稽《こつけい》なる狂詩を生むに終った。ここにおいて徂徠派の病弊を指摘し、その偏見を道破し、汎《あまね》く支那歴代の文教を一般に渉《わた》って批判攻究すべきことを説く新しい学派が勃《ぼつ》興《こう》した。井上金峩《いのうえきんが》*、山本北山《ほくざん》*らの主張した考証折衷の学説が即《すなわ》ちこれである。あたかも好《よ》しこの時代に至って江戸の文物は一般に円熟し、詩賦文章は経学倫理より分離し、純然たる芸術として鑑賞せらるべき気運に到着していた。安永天明の時代にあっては狂歌川柳の如き庶民の文学すら既に渾然《こんぜん》としてその体例を完備させていた。さればこれより先、儒者の中より詩を専攻するものの輩出したのは敢《あえ》て奇とするに当らない。

江戸において始て詩学を以て門戸を張ったものは先に安達清河《あだちせいか》があり後に市河寛斎《いちかわかんさい》があるる。寛斎は久しく昌平黌《しようへいこう》の教官と林家の塾頭を兼ねていたが、天明の末白河楽翁公《しらかわらくおう》*の学制を改革するに際して、職を辞し浅草《あさくさ》の某処に移った後、やがて神田《かんだ》お玉《たまが》ケ池《いけ》に江湖《こうこ》詩社を開いた。寛斎が詩賦の友釈雲室もまた芝西ノ久保光明寺に詩社を結んでこれを小不朽社と称した。雲室は南画を善くしたので、詩人と画家との交遊がおのずから密接になった。山本北山《やまもとほくざん》もその孝経楼に経書を講ずるの旁《かたわら》、詩会を開いてこれを竹堤社と名《な》づけた。寛政以後江戸に名を知られた詩人は大抵この三社のいずれかに参したものである。而《しこう》してこの三社の詩風もまた大抵相同じであった。徂徠の古文辞派が唐詩を模範となしたのに反し、寛政以降化政の詩人は専《もっぱら》宋詩を尚《とうと》んだ。当時の詩風を代表すべきものは寛斎の門より出でた柏木如亭《かしわぎじょてい》、大窪詩仏《おおくぼしぶつ》、菊池五山《きくちござん》である。梁川星巌《やながわせいがん》に及んで唐宋元明の諸風を咀嚼《そしやく》し別に一家の風を成した。

天保六年の冬大沼枕山の江戸に還り来った時は、あたかも梁川星巌の居宅が神田お玉ケ池に新築せられた翌年である。

かつて江湖詩社の盟主であった市河寛斎は既に文政の初に没して、下谷長者町《ちようじやまち》なる旧邸の門前にはその男米庵《べいあん》の書を請うものが常に市をなしていた。寛斎の門人柏木如亭もまた既に京師《けいし》に没していたが、同門の大窪詩仏、菊池五山の二家はなお健在であった。

詩仏は文政十二年お玉ケ池の詩聖堂が焼亡して後、佐竹侯の邸内から下谷練塀小路《ねりべいこうじ》の家に移り、この年天保六年六十九歳の春には、「腕力于今猶健在。一揮千紙未為難。」〔腕力今ニ于《おい》テ猶健在ナリ／一《ひと》タビ揮ヘバ千紙モ未ダ難シト為サズ〕との意気を示していた。

菊池五山もまた矍鑠《かくしやく》として数年前にはその詩話の補遺四巻を上木し、連月十六日を期して詩会を本郷《ほんごう》一丁目の邸宅に開いていた。

菊池五山がかつて枕山の父竹渓と交をなしていた事はしばしば前章にこれを述べた。枕山が始めて五山をその家に訪うた時、五山は枕山の敝衣《へいい》をまとっているのを見て、乞《こ》食《じき》ではないかと思い戯にその詩才の如何《いかん》を試み驚いて席を設けたという。この逸事は人名辞書のたぐいには大抵載録せられている。枕山が敝衣をまとうて五山を訪うたのは「天寒クシテ客衣ノ単《ひとえ》ナル。」を歎じつつ江戸に還り来った当時のことであろう。しかしその時五山が亡友竹渓の遺子に枕山のあることを心づかなかったというのは頗《すこぶる》怪しむべき事である。もし仮に然《しか》りとすれば年少後学の枕山は父の友であった五山に対してまず刺を通じて、*然る後徐《おもむろ》に謁を請うべき*はずであろう。諸書に採録せられたこの逸事談は五山をして甚しく尊大の人たらしむるに非《あら》ざれば、枕山をして殆《ほとんど》礼を知らざるものたらしむる嫌《きらい》がある。わたくしはこの事を以て斉東野人《せいとうやじん》*の語に出でたものではないかと疑わざるを得ない。詩仏五山は倶《とも》に枕山の亡父竹渓の友であった。この二家と並んで天保の頃江戸詩人中の耆宿《きしゆく》を以て推されていたものは、目白台《めじろだい》に隠棲《いんせい》した館柳湾、その弟巻菱湖《まきりようこ》*、下谷練塀小路の旗本岡本花亭《おかもとかてい》*の諸家である。花亭もまた竹渓と相識っていた。

藤堂《とうどう》家の儒者塩田随斎*もまた当時有名の詩人にして同じく竹渓が生前の友である。文政八年随斎が本藩安濃津《あのつ》に開かれた藩校の講官に擢《ぬき》んでられて江戸を発する時、竹渓は七古一篇を賦してその行を送ったことがある。「三十而立塩田子。言行寡尤徳惟馨。」〔三十ニシテ立ツ塩田子／言行尤《とが》寡《すくな》ク徳惟《こ》レ馨《かお》ル〕随斎はその時二十八歳であったのである。

斯《か》くの如く列記し来れば天保の半における江戸詩界の諸大家は大抵枕山が亡父の友であったわけである。その中に就いて菊池五山、塩田随斎、梁川星巌の三家は年少の枕山を遇すること最《もつとも》厚かった。

第　五

わたくしは既に大沼枕山が十八歳にして江戸に還り来った時、あたかもその前年梁川星巌の詩社が神田お玉ケ池に開かれたことを述べた。

梁川星巌、名は孟緯《もうい》、字《あざな》は伯兎、後に公図。初め詩禅と号し後に星巌と改めた。通称は新十郎、美濃国《みののくに》安八《あんぱち》郡曾根《そね》村の人。年十四、五の頃父母を失うや、家をその弟に継がしめて江戸に来た。蒲生褧亭《がもうけいてい》＊の『近世偉人伝』には十二歳にして父母に別れ十五歳にして江戸に遊学したとしてある。星巌は古賀精里《こがせいり》、山本北山の二家に就いて業を受けたがいくばくもなくして帰省し、七年を経て年二十二、文化七年に至って再び江戸に来り、北山の奚疑塾《けいぎじゆく》にあること六、七年、夙《つと》に詩を以て儕輩《せいはい》の推す所となった。文化十三年江戸を去り翌年郷里に還って後、文政三年三月十七日稲津長好の女を娶《めと》った。時に星巌は年三十二であった。その妻は張香蘭と称して詩を善くした。星巌は妻張氏と相携えて長崎に遊び、山陽南海の諸州を遍歴し、京畿《けいき》の間に吟遊すること前後二十年。天保三年九月その齢四十四、三度東行の途に上らんとする時、その友頼山陽《らいさんよう》の病を京師に問い、江戸に来って巻菱湖《まきりょうこ》が鉄砲洲《てっぽうず》の家に旅装を解いた。それより一年ほど星巌は八丁堀《はっちょうぼり》に僦《しゅう》居《きょ》*していたが火災に遇《あ》い、遂に地を神田お玉ケ池に相して新に家を築き、天保五年十一月某日に移り住したのである。

お玉ケ池は今日神田松枝町《まつえだちょう》の辺である。和泉橋《いずみばし》の南方電車通の西側である。江戸時代にあってはお玉稲荷《いなり》の伝説と藍染川《あいぞめがわ》の溝渠《こうきょ》に架せられた弁慶橋という橋の形の変っていた事との二つから、汎《あまね》く人に知られた地名であった。寛政の初、市河寛斎がここに江湖詩社を開き、尋《つ》いで大窪詩仏が文化の末より文政の終までまたここに居邸を構えていた。これによってお玉ケ池の地は久しい間東都文雅の淵叢《えんそう》となっていたが、度々の火災に二家の旧居も蕩然《とうぜん》としてその跡なく「都門の文雅も遂に寥落《りょうらく》を致す。」が如き思あるに至った。然るに一たび星巌の西より還り来って江湖旧社の跡を尋ね、更に吟社を興すに逮《およ》んで玉池の名は復《ふたた》び詩人の間に言いつたえられるようになった。わたくしは星巌が移居当時の光景を想見せんがためその集より次の一首を摘録する。

「浚池畳石学幽棲。巷不容車門亦低。魚弄軽氷光瞥瞥。雲籠残日影凄凄。寒蔬儘有園

官贈。鮮鯽何労膾手批。聞説摂船多運酒。也要一勺到吾臍。」（浚池畳石幽棲ニ学ビ／巷ハ車ヲ容レズ門ハ亦低シ／魚ハ軽氷ヲ弄《もてあそ》ビテ光瞥瞥タリ／雲ハ残日ヲ籠《こ》メテ影凄凄タリ／寒蔬ハ儘《ことごと》ク園官ノ贈ル有リ／鮮鯽何ゾ膾手ノ批ヲ労サン／聞説《きくなら》ク摂船多ク酒ヲ運ブト／也要《またもと》ム一勺吾ガ臍ニ到ルヲ」

この一首を見ても星巌の風土に対する観察の精緻《せいち》であることが知られる。律詩の後半を仔細《しさい》に味《あじわ》えば、お玉ケ池の神田川に臨んで多町《たちょう》の青物市場に近く、また豊島町の酒問屋にも遠からざる近隣の景況がおのずから目に浮ぶ。

梁川星巌の声望は都門の青年詩人を一堂に会せしめ善く相交る機会をつくらしめた。大沼枕山が孤剣飄然《ひょうぜん》として江戸に帰るや否や忽《たちまち》にして莫逆《ばくげき》の友*を得たのは重に星巌が吟社の席上においてである。枕山が後年に至るまで交を棄《す》てなかった詩人は竹内雲濤*、鈴木松塘《しょうとう》*、横山湖山*、長谷川《はせがわ》昆渓《こんけい》*、関雪江*である。

この年天保七年江戸は春の末より雨のみ多く、梅雨は長延《ながび》いて初秋に至るもなお晴れる日がすくなかった。則《すなわち》天保凶作の歳である。星巌は「苦霖行」を賦して「雨毛更恐是兵凶。」（雨毛タリ更ニ恐ル是レ兵凶ナラン」といいまた「皇天降殃懲奢侈。」（皇天殃ヲ降シ奢侈ヲ懲シム〕の如き語をなして時世を諷《ふう》した。

六月の末大沼枕山は少壮の詩家両三人と相謀《あいはか》って不忍池の一酒亭に星巌を招待して藕《ぐう》花《か》を賞した。『枕山詩鈔』に「観蓮ノ節前二日梁川星巌翁ヲ招キ、宮沢竹堂、比志島文軒、嶺田《みねた》士徳ト同ジク小西湖ノ分香亭ニ飲ム。星巌翁詩先《まず》成ル。」としてある。しかし『星巌集』にはこの時に成った詩を次の天保八年に編録している。観蓮の節は六月二十四日である。我国において始めてこの節を賞したのは山本北山であるという。その事は詩仏の『詩聖堂詩話』に記述せられている。

枕山はこの時年十九、星巌は年四十八である。この日倶《とも》に荷花を賞した宮沢竹堂は『広益江戸諸家人名録』に従えば奥州の人にして、名は胖、字は広甫、通称左仲、青山五十人町に住した詩人である。『五山堂詩話補遺』巻之五にその作が載せられている。比志島文軒、名は良貴、字は士有、通称文左衛門。寄合《よりあい》加藤伊予守《いよのかみ》の家来で、下谷池《いけ》の端《はた》なるその邸内に住し、儒学と支那小説の講義をしていた。畑銀雞《はたぎんけい》*の『江戸文人寿命附』という俗書に「講釈もわけて手に入る水滸伝《すいこでん》江戸に名をえし大人《うし》の小説」としてある。

嶺田士徳は玉池吟社の同人で、名は雋、士徳はその字、通称右五郎、楓江また紫清と号す。天保七年の『広益諸家人名録』に田辺《たなべ》藩牧野家の臣海賊橋に住すとしてある。斎《さい》藤拙堂《とうせつどう》の文集に士徳の詩集『楓江集』の序が載せてある。これに由って見るに、楓江は奇骨稜々《りようりよう》たる青年にして、啻《ただ》に詩文を善くしたのみならず武芸にも達していたが慷慨《こうがい》家《か》を以て自ら任じ仕官の道を求めなかったので赤貧洗うが如く住所も不定であった。しかし楓江を知る者は皆その胸襟《きようきん》の歴落たるを喜び、目するに奇士を以てしたという。楓江は嘉永二年『海外新話』を著したため江戸構《かま》いの刑に処せられた。この事は後の章に記するつもりであるから此《ここ》には贅《ぜい》しない。

九月十四日に鷲津松隠が尾州丹羽村の家に没した。鷲津氏の子孫は今なお丹羽の旧邸に住しているので、わたくしは当代の主人鷲津順光氏に問合せてこの忌辰を知ったのであるが、しかしその行年《こうねん》の幾歳なるかを審《つまびらか》にしない。

森春濤の『詩鈔』に「松隠先生ヲ哭《こく》ス。」と題する七言律詩一首がある。「哀鴻叫侶水雲昏。到手凶函湿涙痕。蕙帳夜空如謦欬。松堂月落失温存。俊才多出高陽里。遺業久伝通徳門。天際少微今不見。誦将招隠当招魂。」(哀鴻侶ヲ叫《よ》ビテ水雲昏《くら》シ/手ニ到ル凶函涙痕湿《うるお》フ／蕙帳夜空シク謦欬ノ如ク／松堂月落チテ温存ヲ失フ／俊才多ク出ヅ高陽里／遺業久シク伝フ通徳門／天際少微今見エズ／誦スルニ招隠ヲ将《もっ》テ招魂ニ当ツ」『春濤詩鈔』にこの挽詞《ばんし》を天保八年の集に編入しているのは誤であろう。

わたくしは松隠の死を記するついでに、その教えを受けた佐藤牧山のことを茲《ここ》に言って置こう。牧山のことは後に言う機会がないからである。牧山は享和元年尾州中島郡山崎村に生れ、名を楚材、字を晋用といい、牧山と号しまた雪斎とも号した。文政二年齢十九の時江戸に出で昌平黌に入り古賀侗庵《こがとうあん》に従って学び、業卒《お》えて後尾張徳川家に仕え市ケ谷の藩邸に住していた。大沼枕山、鷲津毅堂ら後進の士とも交遊のあったことはその詩賦にも見えているがしかしその作の成った年月を審にすることができない。牧山の伝は死後門人の刻した『木曾紀行』の巻尾に審である。これによればその没したのは明治二十四年二月十四日にして享寿九十一である。

牧山が『老子講義』六巻の自序に、「始《はじめ》余ノ昌平黌ニアルヤ寺門静軒《てらかどせいけん》＊マサニ駒籠《こまごめ》＊ヲ去ラントシ、余ニ講帷《こうい》ヲ嗣《つ》ガンコトヲ勧ム。時ニ余一貧洗フガ如シ。コレヲ大沼竹渓翁ニ謀《はか》ル。翁大《おおい》ニ以テ可ト為《な》シコレヲ慫慂《しょうよう》ス。乃《すなわ》チ屋ヲ駒籠亀田《かめだ》鵬斎《ほうさい》ガ故居ノ近傍ニ僦《しゅう》ス。

前ハ老杉ニ対シ、後ハ則《すなわ》チ密竹掩映《えんえい》ス。破屋数間、蕭然《しょうぜん》タル几案《きあん》、始メテ老子ヲ講ジヌ。後ニ市ケ谷ニ移居ス。」云々としてある。牧山は枕山の父にして鷲津松隠の兄なる大沼竹渓の援助を俟《ま》ち、その頃駒込《こまごめ》に私塾を開いていた寺門静軒が他処に移るに際し、その後を受けついで始めて『老子』の講義をなしたのである。自序中の語より推察するに文政七、八年のことで、牧山は年二十四、五の時である。寺門静軒は駒込を去って浅草新堀に移ったのであろう。

鷲津松隠の没した時、嫡子益斎は年三十三。孫毅堂は年十二。森春濤は年十八である。天保七年の年も暮にせまった頃、枕山はしばしば塩田随斎が止至善塾を訪うて課題の詩をつくっている。随斎は下谷御徒町なる藤堂家の中屋敷内に住していた。その書庫を二、三千巻書閣と名《なづ》けその書斎を対古人斎といい、その家塾を止至善塾と称し常に酒を置いて来訪の士を迎え放談豪語することを好んだ。一たび妻を娶《めと》ったが和さなかったので離別し、終生独身でくらした。随斎はこの年三十九で枕山より長ずること二十歳である。

第　六

天保八年丁酉《ていゆう》二月十一日に大窪詩仏が七十一歳で下谷練塀小路の家に没した。詩仏に従って詩を学んだ品川正徳寺の住職密乗上人がその郷友に寄せた書簡に「天民翁去秋より病気に御座候処春来度々吐血等被致《いたされ》、即当二月十一日暁寅《とら》の刻物故《ぶっこ》被致、昨十三日午時浅草光感寺と申す浄家の寺に葬す。」と言っている。法諡《ほうし》は天真詩仏居士である。

詩仏の『詩聖堂集』に載する所の山本北山の序に「天民名ハ行、常陸《ひたち》ノ人ナリ。袁子才《さい》ヲ景倣シテ詩仏ト号ス。天民ノ父諱《いみな》ハ光近医ヲ業トシ宗春ト称ス。江戸ニ来ツテ銀街ニ僑居《きょうきょ》ス。顒顱《しんろ》*科ノ名医ナリ。天民幼ヨリ唯詩ヲ好ミ医術ヲ脩《おさ》メズ。父没シテ業ヲ改メ詩人トナリ、名海内ニ振ヒ公侯縉紳《しんしん》ノ間ニ優遇セラル。」と言ってある。

枕山は詩仏の訃《ふ》を聞いて輓詩《ばんし》一首を賦した。「満面桃花七十春。誰図化作九原塵。才如白也生無敵。骨似微之没有神。走卒猶能識詩仏。啼鵑也解喚天民。想公遺集不労囑。已見半彫梨棗新。」（満面ノ桃花七十春／誰カ図ラン化シテ九原ノ塵ト作《な》ルヲ／才ハ白ノ如クシテ生マレナガラ敵無ク／骨ハ微之ノ似《ごと》クシテ没シテ神有リ／走卒モ猶能《よ》ク詩仏ヲ識リ／啼鵑モ也《また》解《よ》ク天民ヲ喚《よ》ブ／想フ公ノ遺集嘱《たの》ムヲ労セズ／已ニ見ル半バ彫リテ梨棗新タナリ」この詩によってわたくしは詩仏の没する時、その『詩聖堂集』第三集の板木《はんぎ》がまさに彫刻の半であった事を知り得た。

大塩平八郎《おおしおへいはちろう》が事を大坂に挙げたのは二月十九日である。星巌は詠史二首を賦した。その一首に、「為惜先生空講道。可嗤豎子漫成名。」〔為ニ惜ム先生ノ空シク道ヲ講ズルヲ／嗤《わら》フ可シ豎子ノ漫ニ名ヲ成スヲ〕の聯句《れんく》を見る。

この年枕山の生涯には秋に入って房州に出遊するの日まで特に記すべきことがない。房州漫遊の行程は翌年の春出版せられた『房山集』一巻について見れば審である。『房山集』は枕山が世に公にした最初の集である。

天保八年の秋、枕山は鉄砲洲から武州金沢通《がよい》の船に乗った。鉄砲洲は江戸時代には諸国の廻船《かいせん》の発著する湊《みなと》である。『房山集』巻頭の絶句に「海面風収夕照閑。」〔海面風収マリ夕照閑ナリ〕と言っているから、金沢通の廻船が八丁堀の川口から纜《ともづな》を解いたのは静な秋の夕暮であった。枕山は金沢の酒亭に独酌し、猿島横須《さるしまよこす》の景を見て浦賀《うらが》に出た。浦賀の繁華はその律詩の中、「暮管朝絃声不断。西眉南瞼色無双。」〔暮管朝絃声断タズ／西眉南瞼色双《なら》ブ無シ〕の対句に言現されている。浦賀から再び船に乗って房州の高崎に著した。時節は既に冬近くなっていたが南国の山水はまだ夏のようであったと見えて、枕山は「南中景物従頭錯。路草過秋尚浅青。」〔南中ノ景物頭《はじめよ》従リ錯《たが》ヘリ／路草秋ヲ過ギテ尚浅青ナリ〕と吟じた。高崎から平久里《へぐり》に滞在して洲《す》ノ崎《さき》、白浜、野島の嶮路《けんろ》を跋渉《ばっしょう》して鏡ケ浦に出るや遥《はるか》に富岳を望み見た。布良《めら》から竹原村に来った時には「板橋の霜色沙よりも白く」、館山《たてやま》では冬も漸《ようや》く寒くなり、その年もいつか残り少くなっていた。

「客中雑吟」四首の中ここにその一首を採録する。「少小辞家事遠行。西征纔了又東征。貧来夔府玲玎句。夢裡揚州薄倖名。霜白村橋人有跡。月寒山駅馬無声。貂裘敝尽尚存舌。且説詩書代耦耕。」〔少小ヨリ家ヲ辞シテ遠行ヲ事《こと》トシ／西征纔《わずか》ニ了《おわ》リテ又東征ス／貧来夔府玲玎ノ句／夢裡揚州薄倖ノ名／霜白ク村橋人跡有リ／月寒ク山駅馬声無シ／貂裘敝尽スレドモ尚舌ヲ存ス／且《しばら》ク詩書ヲ説キテ耦耕ニ代ヘン〕枕山は旅行の先々で人の需《もとめ》に応じて詩を講じ書を揮《き》毫《ごう》してその報酬を旅費に当てたのである。

帰途についた日は審でないが、その歳もまさに尽きようとしていた頃であろう。海路を再び金沢に取りここより船を乗替え、海上雪に遇いながら品川の沖に一泊した。

『房山集』所載の詩は三田《みた》の薬王寺に先君子竹渓の墓を展した五言古詩を以て終っている。展墓の詩中わたくしは枕山の伝をつくる資料となるべき句のみを挙げる。

「十歳遇大故。夙志長已矣。」〔十歳ニシテ大故ニ遇ヒ／夙志長ズルノミ〕これによって枕山は十歳の時父にわかれた事がわかる。「骨肉亦無多。孑立*将何恃。」〔骨肉亦多キコト無ク／孑立シテ将《はた》何ヲカ恃《たの》マン〕枕山には兄弟骨肉の互に相恃《あいたの》むべきものがなかった。「鎮年走道途。無暇奉祭祀。地下若有知。豈謂克家子。惟有詩癖同。家声誓不墜。」〔鎮年道途ヲ走《ゆ》キ／祭祀ヲ奉ズル暇無シ／地下若《も》シ知有ラバ／豈謂《おも》ハンヤ克家ノ子ト／惟《た》ダ詩癖ノ同ジキ有ルノミ／家声誓ツテ墜トサズ〕枕山はこの誓言にたがわず家声《かせい》を墜《おと》すようなことはしなかった。

『房山集』一巻の詩は先輩の斉《ひと》しく称賛するところとなった。塩田随斎は『房山集』に序をつけて、将来菊池五山、梁川星巌二家の後を継いで江戸詩壇の盟主となるべきものは大沼子寿であろうとなした。菊池五山もまた序文の中に当時の詩人中詩律を論じて最厳格なるは星巌と随斎との二家である。この二家が枕山を推して畏友《いゆう》となしているのは、その前途洵《まこと》に測るべからざることを証して余《あまり》あるものであろうとの意を述べている。

『房山集』の刻せらるるに当って舟橋晴潭《ふなばしせいたん》が批点をつけ竹内雲濤が校字の労を取った。

雲濤の略伝は次回に記そうと思うのでここには言わない。舟橋晴潭は『広益諸家人名録』第二編に「下谷御《お》掃除《そうじ》町《まち》舟橋八三郎、名徴、字秋月、一号豁如軒《かつじょけん》。」（下谷御掃除町舟橋八三郎、名ハ徴、字ハ秋月、一号ハ豁如軒）としてある。幕府の奥儒者成島東岳《なるしまとうがく》とその養子稼堂《かどう》とに就いて学んだことは『枕山同人集』所載の作に見えている。作の題言に、「翠麓筑山《すいろくちくざん》ノ二先生ト同ジク新見伊州君ガ茅山《ぼうざん》ノ別業ニ遊ブ。」といい、また作中に「晩春仲五日。節属養花天。追陪両夫子。始此接芳筵。」（晩春仲五日／節ハ養花天ニ属ス／両夫子ニ追陪シテ／始メテ此ニ芳筵ニ接ス）の如き句がある。成島稼堂の死後その子柳北《りゅうほく》は初《はじめ》晴潭について詩を学んだようである。晴潭が生死の年月はいずれの書にも記載せられていない。わたくしは偶然遠山雲如が『墨水四時雑詠』の序によって、晴潭は雲如と同庚《どうこう》であることを知った。則《すなわち》文化七年庚午の生である。その没したのは安政三年丙辰八月二十五日、江戸の市街が風雨海嘯《かいしょう》の害を被ったその夜である。この事もわたくしは成島柳北の『硯北日録《けんぼくにちろく》』*と題せられた日誌を見て初めて知ったのである。日誌の文では晴潭の死したのは病のためであったか、あるいは風災のためであったか明《あきらか》でない。それ故ここに日誌の文を抄録する。「廿六日庚戌。晴又有熱。似七月中旬。早起点検。墻垣尽仆。樹木半倒。(略) 侯邸吏舎。商店農廬。或砕或傾。有水升屋。有風奪篭。噫亦甚矣。昨夜舟橋秋月没矣。吾聞訃慟而已。天何為者哉。(略)」(廿六日庚戌。晴又熱有リ。七月中旬ニ似ル。早ニ起キテ点検ス。墻垣尽ク仆《たお》レ。樹木半バ倒ル。(略) 侯邸吏舎。商店農廬。或ハ砕《くだ》ケ或ハ傾ク。水ノ屋ニ升ル有リ。風ノ篭ヲ奪フ有リ。噫《ああ》亦甚シイカナ。昨夜舟橋秋月没セリ。吾訃ヲ聞キテ慟スルノミ。天何為《なんす》ル者ゾヤ(略)」

第　七

天保九年戊戌《ぼじゅつ》正月元旦、梁川星巌大沼枕山らは池の端なる画家酒巻立兆《さかまきりつちょう》*の家に招かれた。星巌の集に「戊戌元旦、塩田士鄂《しがく》*、天野九成*、大沼子寿*、門田堯佐《もんでんぎょうすけ》*、名越士篤*、三上九如*、服部士誠*ト同ジク不忍池上酒巻立兆ガ氷華吟館ニ燕集《えんしゅう》ス。子寿詩先《まず》成ル、因テソノ韻ヲ次グ。」といってある。しかし『枕山詩鈔』にはこの席に成った作を載せていない。

この日星巌とその社中の詩人とを招いだ酒巻立兆とはいかなる画家であろう。わたくしは僅《わずか》にその名を『広益諸家人名録』と『江戸文人寿命附』とに見たのみである。立兆は安政二年十二月九日享年六十七を以て没したという。この日氷華吟館に招かれた賓客の中、塩田士鄂は津藩の文学随斎である。門田尭佐は福山侯阿部伊勢守正弘の侍読。名は隣、号を樸斎《ぼくさい》という。三上九如は名を恒、号を静一道人また赤城という。九如はその字である。『天保卅六家絶句』を編輯してあたかもこの年の正月にこれを刊行した。天野九成、名は韶、通称助四郎、錦園と号した。『五山堂詩話』補遺巻の五にその名が出ている。名越士篤、名は敏樹、緑草と号し、倶《とも》に玉池吟社の同人である。

枕山は上野や向島《むこうじま》の花も開きかけた頃再び房州に渡航せんとして寓舎《ぐうしや》の壁に、「鶯嬌柳䩞美人天。墨水東山春正妍。好箇家郷不能住。満簔風雨入蝁烟。」(鶯嬌《なまめ》キテ柳䩞《た》ル美人ノ天／墨水東山春正ニ妍ナリ／好箇ノ家郷モ住ム能ハズ／満簔ノ風雨蝁烟ニ入ル)の一首を題した。啻《ただ》に曾遊《そうゆう》の地を愛したのみではあるまい。叔父次郎右衛門の家にあることを快しとしなかった故であろう。枕山は暫く房州北条の町外なる谷向村《たにむかいむら》の豪農鈴木氏の家に寄寓した。

鈴木氏が家の嫡男元邦、名は甫、字は彦之、号を松塘という。後に姓を鱸《すずき》と書し枕山湖山と並んで詩名を世に知られたのは即この人である。松塘が始めて贄《し》*を星巌に執ったのは十七歳の時だという。この年天保九年には十六歳なのでまだ玉池吟社の詩席には出たことがなかったわけである。松塘が年二十八の時の偶作に「釣耕家世雑民編。誤学詩書廃力田。辛苦窓間何所獲。青灯賺我十余年。」〔釣耕家世雑民ノ編／誤リテ詩書ヲ学ビ力田ヲ廃ス／辛苦窓間何ノ獲ル所ゾ／青灯我ヲ賺《すか》スコト十余年〕と言ってあるので、その家は代々農作と漁業とを営んだように思われるが、『安房志《あわし》』と題した斎藤夏之助の著述を見るに、松塘の父道順は医を業としたと言ってある。

秋も早く尽きようとする頃、枕山は既に鎌倉小田原あたりを漫遊して江戸に還っていた。墨水即興の絶句に「漁汀秋老荻蘆黄。寒靄軽籠十里塘。」〔漁汀秋老イテ荻蘆黄ナリ／寒靄軽ク籠ム十里ノ塘〕と冬の光景が吟ぜられている。

第　八

天保十年己亥《きがい》の歳梁川星巌は五十一、枕山は二十二歳になった。桜花の時節に枕山は都門を去ってまたも南総に遊び、東金《とうがね》の富人河野克堂、字子貞の家に滞留して清明《せいめい》の節*をもここに過したが、夏の初には家に還っていて、星巌と共に不忍池の分香亭に詩筵《しえん》を催した。

六月に至って星巌は神田お玉ケ池の家を去り池の端なる画人酒巻立兆が園内に寄寓した。いわゆる蓮塘《れんとう》の小寓*である。園内の離座敷でも借りて住んだのであろう。枕山は蓮塘小寓七律二首を賦して星巌に贈った。星巌は絶句三十五首の作をなした。これに由って見るも星巌のいかに池塘の景を愛したかを知るに足りる。天保十年の夏は旱《かん》して六十日余も雨がなかったので、酒巻立兆の庭の芭蕉《ばしょう》が枯れかかった。家の者が日々唧筒《ポンプ》で水を濺《そそ》ぐのを、星巌は珍しく思ったと見えて、「竜吐水歌」を賦した。

この年尾張の森春濤は一ノ宮の家よりしばしば丹羽村に赴いて鷲津益斎を訪うている。「益斎鷲津先生ニ呈ス。」の作に「宅不三遷孟母賢。」（宅ハ三遷セズトイヘドモ孟母ノゴトク賢ナリ」と言うを見ればこの年益斎の母はなお健在であったと思われる。春濤は二十一歳である。

秋に入って枕山はまた旅に出た。この春寄寓していた南総東金なる河野克堂の家に来って、「身慣江湖稀旅恨。夜窓聴雨客眠安。」（身ハ江湖ニ慣レテ旅恨稀《まれ》ナリ／夜窓雨ヲ聴キテ客眠安ナリ）と言っている。森玉岡の著『両総吟嚢《ぎんのう》』という書に河野秀幹、字子貞、号克堂、俗称闇蔵、南東金人（字ハ子貞、号ハ克堂、俗称ハ闇蔵、南東金ノ人）として「秋日下墨水」（秋日墨水ヲ下ル）七絶一首が載っている。

枕山は秋より冬に至るまで房総の各地を漫遊し詩の講義と添削とに若干の礼金を獲て家に還り、十二月二十四日父竹渓が十三年忌の法事を営んだ。しかし貧窮にして十分の供物を仏前に飾ることができなかった。除日《じょじつ》には詩書までも売尽して家には殆《ほとん》ど余物なき有様であったが、枕山はなお泰然自若として「世事悠悠付一盃。」（世事悠悠トシテ一盃ニ付ス）と吟じて、酔中に新春を迎えた。

これより先梁川星巌は十一月冬至の日に池の端の蓮塘小寓から再び琴書《きんしょ》*を家僕に運ばせて神田お玉ケ池の旧居に還った。

第九

天保十一年庚子の歳星巌は五十二、枕山は二十三になった。春二、三月のころ枕山は『枕山詠物詩』一巻を刻した。『房山集』についで枕山が世に公にした第二の集である。詠物凡《およそ》七十九題、七言律詩一百首を載せている。序詞は再び菊池五山が撰した。五山は肖物体の作は詩人の作るに苦しむものであることを説き、枕山が能《よ》くこの一百首をなし得たことを激賞すると共に、その身の衰老したことを歎じている。星巌もまた題詩を寄せて、同じく老をなげき「後起駸駸有如此。衰残吾輩復何云。」〔後起駸駸トシテ此《か》クノ如キ有リ／衰残ノ吾輩復《また》何ヲカ云ハン〕といっている。

三月晦日《かいじつ》に枕山は例年の如く房総遊歴の途に上った。しかし今年は途次の風景にもさしたる興を催さなかったと見えて、「如糸官道傍汀湾。秋雨春風往又還。書剣三年飢走客。馬頭飽見総房山。」〔糸ノ如ク官道汀湾ニ傍フ／秋雨春風往キテ又還ル／書剣三年飢走ノ客／馬頭見ルニ飽ク総房ノ山〕と吟じた。東金の寓舎にあっては「只道悪帰勝美遊」〔只道《ただおも》フ悪帰ハ美遊ニ勝《まさ》ルト」といい泉村を過ぎては「山風不管帰愁切。」（山風管セズ帰愁切ナリ）の語を洩した。要するにこのたびの房総行は初より興がなかったものと思われる。これに加《くわう》るに枕山は或日道に酔うて折角懐中にした売文の銭を落してしまった。『詩鈔』に「遺金歎」五言古詩が載っている。

枕山が家に還ったのは五月の初である。正にこれ「蒲緑榴紅雨霽時。」（蒲ハ緑榴ハ紅雨霽《は》ルル時）にして、江戸の町々には鍾馗《しょうき》を画いた幟《のぼり》がひらめいていた。五月十二日に枕山は竹内雲濤、大沢順軒*らと共に都《すべ》て四人、舟を柳橋に艤《ぎ》して月を賞した。七律の頸聯《けいれん》に「只得佳人頻一笑。何妨才子共長貧。」（只《ただ》佳人ノ頻リニ一笑スルヲ得／何ゾ妨ゲンヤ才子共ニ長貧ナルヲ）と言っているから酒を侑《すすめ》る美人も舟の中にいたのであろう。

梅雨の一日、枕山は横山湖山と共に竹内雲濤が海棠詩屋《かいどうしおく》と称した神田旅籠町《はたごちょう》の家に往《ゆ》きその詩会に列席した。席間の作中「客来窮巷深泥裏。門掩連陰綿雨時。三載淡交直如水。一宵清話自成詩。」（客ハ来リ窮巷深泥ノ裏《うち》／門ハ掩ヅ連陰綿雨ノ時／三載淡交直《ただ》水ノ如ク／一宵ノ清話自ラ詩ヲ成ス）という聯句がある。雲濤が海棠詩屋は狭い路地《ろじ》の奥にあったと見える。霖雨《りんう》のために路のわるかった事は昔も今も変るところがない。

竹内雲濤は江戸の人、通称を玄寿、名を鵬《ほう》、字を九万という。雲濤また酔死道人《すいしどうじん》と号した。西島大車のつくった墓誌によるに、雲濤は小倉藩の医山上準庵《やまがみじゅんあん》の次男で、同藩の医竹内氏の家を嗣いだが、医者となることを好まず、梁川星巌に従って詩を学び、某氏の子を養って家をつがせた。後に養子が罪を得て主家を追われたため、雲濤は家族を引連れ諸処に流寓《りゅうぐう》していたという。横山湖山の「詩屏風《しびょうぶ》」に雲濤の為人《ひととなり》を記して次の如くに言ってある。「九万ハ性放誕不羈《ふき》、嗜酒任俠《ししゅにんきょう》、動《やや》モスレバ輙《すなわ》チ連飲ス。数日ニシテ止ムヲ知ラズ。ヤ、意ニ当ラザレバ則《すなわ》チ狂呼怒罵《どば》シテソノ座人ヲ凌辱《りょうじょく》ス。マタ甚生理ニ拙《つたな》シ。家道日ニ日ニ艱《くる》シム。琴嚢書籠《きんのうしょろく》典売シテ殆《ほとんど》尽ク。是《ここ》ヲ以《も》テ朋友親戚《ほうゆうしんせき》挙《こぞ》ッテソノ為《な》ス所ヲ咎《とが》ム。シカモ九万傲然《ごうぜん》トシテ顧ズ。誓フニ酔死ヲ以テ本願トナス。奇人トイフベシ。詩モマタ豪肆《ごうし》ソノ為人ノ若《ごと》シ。シカモ時トシテ児女婉柔《えんじゅう》ノ語ヲナス。コレマタ奇ナリ。但シ酣酔《かんすい》スルノ日多クシテ講習足ラズ。余モマタ深クソノ為ス所ヲ惜シムトイフ。」雲濤は文久二年の冬没した。その年は四十九、あるいは四十八というので、この年天保十一年には二十六もしくは二十七歳である。

五月二十七日の夜に枕山は横山湖山と共に涼風を両国の橋上に迎えた。あたかも河開きの前の夜である。枕山が絶句の後半に「明夜将呈烟花戯。涼棚架遍水西東。」（明夜将ニ呈セントス烟花ノ戯／涼棚架シテ遍《あまね》シ水ノ西東）と言ってある。

横山湖山はこの時星巌の塾に寓していた。『星巌集』に、「横山懐之《かいし》ハ江州《ごうしゅう》ノ人ナリ。自ラ湖山ト号ス。来ツテ余ノ塾ニ寓ス。年僅ニ二十七。志気頗《すこぶる》壮ナリ。客歳常房ノ間ヲ周遊シ、頃《ちかご》ロ江戸ニ還リソノ詩ヲ刻セント欲シテ余ノ題言ヲ索《もと》ム。」と言ってある。

湖山は明治四十三年まで生存していたので、わたくしの父母もよく湖山を知っておられた。湖山は文化十一年近江国《おうみのくに》東浅井郡高畑村の郷士某の家に生れた。文政九年湖山は十三歳の時、その父に伴われて京師《けいし》に往き頼山陽《らいさんよう》に謁してその門生となることを許されたが、贄《し》を執《と》るに至らずして郷里に帰り大岡松堂*の塾に入った。その始て江戸に来ったのは天保三年五月十九日である。湖山は麻布《あざぶ》市兵衛町《いちべえちょう》二丁目丹波谷という処に住した川崎麻渓という人の家に寄寓した。あたかもその時隣家なる同心中村武兵衛の家に小児が生れた。この小児は維新の後福沢諭吉《ふくざわゆきち》と並び称せられた洋学者中村敬宇《なかむらけいう》*である。湖山の始めて星巌に謁したのはいつの時であったか明《あきらか》でない。

天保十一年の夏も過ぎて秋は早く郊墟《こうきょ》に入り、上野の鐘声清夜の枕《まくら》に徹する頃となるや、枕山は俄《にわか》に筑波《つくば》登山を思立って雨中に江戸を発した。湖山はこの行を送って、「莫道羊腸行路険。也勝百折世途難。」(道《い》フ莫カレ羊腸ノ行路険シク／也勝《またまさ》ル百折ノ世途ノ難《かた》キニト」と言った。枕山は鬼怒《きぬ》川《がわ》を渡り土浦《つちうら》の城下を過ぎて霞浦《かすみがうら》に出で雨を衝《つ》いて筑波に向った。「筑波山歌」七言古詩一篇が『枕山詩鈔』に載っている。途上の作には「在家愁食乏。離家愁親老。」(家ニ在リテハ食ノ乏シキヲ愁ヒ／家ヲ離レテハ親ノ老イシヲ愁フ」と言ってある。枕山の家にはまだ老いたる母が残っていた。

枕山は筑波山を下って真壁《まかべ》より更に加波《かば》雨曳《あまびき》の諸山を踰《こ》えて笠間《かさま》の城下に赴いた。笠間の城主はこの時牧野角五郎貞勝《さだのり》である。枕山は笠間藩の儒者加藤有隣の家に宿泊すること二日ばかり、城内桜町にあった藩校時習館において藩の諸生と韻を分って詩を賦した。詩は皆『枕山詩鈔』に載っている。枕山は笠間を去って来路を南に下り再び土浦を過ぎ土屋《つちや》釆女正《うねめのしよう》寅直《ともなお》*の藩校郁文館にその督学藤森弘庵《ふじもりこうあん》*を訪うた。

藤森弘庵、通称は恭助、名は大雅《ひろまさ》、字は淳風《じゅんぷう》、後に改めて天山《てんざん》と号した。父は播州《ばんしゅう》加東郡小野の城主一柳《ひとつやなぎ》家の右筆《ゆうひつ》であった。弘庵は初《はじめ》松平隠《お》岐守《きのかみ》の儒臣長野《ながの》豊山《ほうざん》について学び、後に古賀侗庵の門に入った。十八歳にして父を喪いその家を嗣いだが、主家の権臣一柳左京の憎むところとなり、遂に主家を去って赤坂の某処に住し家塾を開き、旁《かたわら》板下《はんした》を書いて纔《わずか》に口を餬《のり》していた。大窪詩仏が『詩聖堂集』初篇、また館柳湾の翻刻した『金詩選』、『温飛《おんぴ》卿《けい》集』の板下の如きはいずれも弘庵が生計のために書いたものであるという。けだし文化の頃のことであろう。既にして弘庵は土浦侯土屋相模守彦直《さがみのかみよしなお》の知遇を蒙《こうむ》り、その世子寅直のために経書を講じた。天保九年戊戌十二月世子の封を襲《つ》ぐに及んで賓師となって土浦に赴き一藩の政務に与《あずか》った。蒲生褧亭《がもうけいてい》の『近世偉人伝』義集第三編には「天保甲午五年土浦侯聘為賓師委以学政。」（天保甲午五年土浦侯聘シテ賓師ト為シ委ヌルニ学政ヲ以テス）としてある。

天保十一年の秋枕山が弘庵を訪うた時、土浦の藩校郁文館は城内の旧舎を廃して郭外の外西町に新築せられて僅に一年を過ぎたころである。枕山は弘庵と相携えて霞ケ浦《かすみがうら》の高蔵寺に遊び藩校郁文館において韻を分って詩を賦した。幾日かを土浦に過した後、帰路を松戸に取り十一月冬至の節に至らざる中枕山は家に還った。

この年の除夜、枕山は既に御徒町なる叔父次郎右衛門の家を引払って芝増上寺の学頭寮に寄寓していたのである。『枕山絶句鈔』に「除夜。時ニ芝山梅痴《ばいち》上人ノ房ニ寓ス。」

と題して「烏影匆匆往事空。暁鐘声断已春風。残眠未覚僧窓白。二十三年一夢中。」（烏影匆匆トシテ往事空シ／暁鐘声断チテ已ニ春風／残眠未ダ覚メズシテ僧窓白ク／二十三年一夢ノ中《うち》）の作が載っている。

梅痴上人、名は秦冏《しんけい》、字は白純《はくじゅん》、別の字は笑誉《しょうよ》、梅痴また小蓮《しょうれん》主人と号した。中根《なかね》淑《きよし》*の『香亭雅談《こうていがだん》』によれば初め深川霊巌寺の末院本誓寺に住し、後に芝増上寺の学頭となった。「安政三十二家絶句」に梅痴の生年を寛政五年癸丑《きちゆう》となしているから天保十一年には四十八歳。枕山より長ずること二十六年である。

わたくしは増上寺学寮のことについては全く知るところがないので『三縁山志』を一読した。これについて見るに芝山内《しばさんない》の学寮は文化三年三月四日火災に罹《かか》った後、再建せられたものが八十二宇ほどあった。学寮は末寺子院と同じようなもので、各寮に住持があってその弟子になろうとするものは、随時寮主に請うて寄寓することを許される。八十二宇の学寮は山内の外郭に接して処々に散在していたが、大門を入って左側の小路を南に折れるあたりに大半並んでいた。枕山の寄寓した学頭寮は大門際浄運院の裏手なる袋谷の一隅にあった。その塀外は溝を隔てて片門前町の町家である。

学頭の職は山内僧官の中その首席に位するもので、他山の学頭と混同せらるることを恐れて公辺に対しては特に伴頭と称した。伴頭は一たび幕府の命を受け檀林の位に抜擢《ばつてき》せられる時は貫主《かんじゅ》*と同等の特遇を受けるという。釈秦冏は翌年天保十二年の冬檀林に叙せられて結城《ゆうき》の弘経寺《ぐきようじ》に赴きその法務を掌《つかさど》るようになった。

秦冏が始めて大沼枕山を識《し》ったのはいずれの時であったのか文書の徴すべきものがない。菊池五山の撰した『梅痴詠物詩』の序を見るに、秦冏は始め京師の知恩院にいた。当時頼山陽、中島棕隠《なかじまそういん》*らと詩文の交をなしていたというので、早くより梁川星巌をも識っていたはずである。江戸に来てからは玉池吟社の社中となり、また五山について折々作詩の添削を請うていたので、秦冏はこの二家の詩筵《しえん》において枕山を見、その詩才あるを知ると共に、またその家の貧しきを憫《あわれ》み、芝山内の学寮に寄寓せしめて、日夜親しく韻語の推敲《すいこう》につきて諮問しようと思ったのであろう。

第十

天保十二年辛丑の歳、枕山は二十四歳になった。『枕山絶句鈔』所載のこの年の作「早春即興」二首の一に、「今茲《こんじ》正月城北災アリ旧稿印本悉《ことごと》ク烏有《うゆう》トナル。」と註してある。わたくしは城北有災の四字を下谷辺の火事と解した。下谷御徒町なる大沼家の賜邸は枕山が増上寺学頭寮に寄寓している間に火災に罹った。しかし『武江年表』その他の書にはいずれもこの火災を記載していない。

天保十二年の正月には閏があって、その三日は大雪であったことが枕山の絶句に見えている。

二月二十日は世に大御所と称せられた徳川家斉《いえなり》の霊柩《れいきゅう》が東叡山《とうえいざん》に葬送せられた当日である。枕山が「二月二十日作」に曰く「天街塵斂静無風。羽衛煌煌晴旭中。満路哭声紛雨泣。霊輿今日入玄宮。」(天街塵斂《おさ》マリ静カニシテ風無シ／羽衛煌煌タリ晴旭ノ中《うち》／満路ノ哭声紛雨ノゴトク泣キ／霊輿今日玄宮ニ入ル」この日霊輿《れいよ》は西丸矢来門より竹橋を渡り一ツ橋見《み》附《つけ》を出で、右へ堀端を護持院《ごじいん》ケ原《がはら》について神田橋手前本多伊勢守屋敷の前通を右へ、現在の錦町《にしきちょう》通を北に進み、小川町に出で、稲葉丹後守屋敷前の通を左へ、現在の淡路町《あわじちょう》通を過ぎ、筋違《すじかい》見附より神田川を渡って御成道《おなりみち》を、上野広小路から黒門《くろもん》に入り文珠楼《もんじゅろう》前を右へ、凌雲院《りょううんいん》前通の松原を過ぎ、大師堂脇《わき》なる矢来門の通から龕前堂《がんぜんどう》に護送せられたのである。

三月九日、枕山は星巌夫妻の潮来《いたこ》に遊ばんとするのを行徳《ぎょうとく》まで送って行った。佐久間《さくま》象山《しょうざん》もこの日行を送る人の中に交っていた。象山は時に年三十一である。横山湖山は去年から星巌の家に寄寓していたので、倶《とも》に行徳まで送って行ったに相違ない。湖山が送別の作中に、「雲断鏡光湾上寺。潮高銚子港頭楼。江山皆我題名地。愧被先生問昔遊。」〔雲断鏡光湾上ノ寺／潮高銚子港頭ノ楼／江山皆我ガ題名ノ地／先生ニ昔遊ヲ問ハルルヲ愧ヅ〕云々。湖山が房総に遊んだのは天保十年である。『房山集』を著した枕山の感想も思うにまた湖山と多く異るところがなかったであろう。

星巌夫妻の遊跡をその詩賦に徴するに、行徳より道を北に取って、まず相馬《そうま》の城址《じょうし》を探り、三月十五日の夕暮に木颪《きおろし》から舟に乗り月夜利根川を下って暁に潮来に著した。香《か》取《とり》鹿《か》島《しま》を巡《めぐ》り佐原より舟行して銚子《ちょうし》に抵《いた》り、九十九里浜を過ぎて東金《とうがね》に往き門人遠山雲如をその村居に訪うた。雲如は江戸の人、詩酒風流のために家産を失い東金に隠棲している奇人である。星巌夫妻は東金を発して勝浦を過ぎ房州の沿岸を廻って洲ノ崎、館山《たてやま》を経て富津《ふっつ》に来り、木更津《きさらづ》より水路を行徳に還った。行徳より更に舟を倩《やと》い江戸鉄砲洲に向ったのは七月の某日であった。帰帆の作に曰く「六幅蒲帆破浪行。帰鳥没処是金城。喜心何啻坡翁鐸。到耳逢逢暮鼓声。」〔六幅ノ蒲帆浪ヲ破リテ行ク／帰鳥没スル処是レ金城／喜心何ゾ啻《ただ》坡翁ノ鐸ノミナランヤ／耳ニ到ル逢逢タリ暮鼓ノ声〕

枕山は星巌の東遊中ひとり芝山内の学頭寮に留っていたらしい。この年の集には僧房精舎《しょうじゃ》の光景また増上寺附近の勝地を詠じた作が多いからである。赤羽橋《あかばねばし》の絶句に「南郭《なんかく》翁ヲ懐《おも》フアリ悵然《ちょうぜん》トシテ咏《えい》ヲ成ス。」と題して「流水山前寒碧長。遺居何在草荒涼。一橋風月無人詠。漁唱商歌占夜涼。」〔流水山前寒碧長シ／遺居何《いずこ》ニ在リヤ草荒涼タリ／一橋ノ風月人ノ詠ム無ク／漁唱商歌夜涼ヲ占ム〕

枕山は明治十一年に刊行した『江戸名勝詩』にも赤羽橋を詠じて「想見当年詩道盛。我欽享保老才人。」〔想見ス当年ノ詩道盛ンナルヲ／我ハ欽《よろこ》ブ享保ノ老才人〕となし重ねて服部南郭を追慕している。赤羽橋は江戸時代の詩人にとっては、このほとりにかつて南郭の住していたがために永く忘るべからざる勝地となった。あたかもわれら大正の文学者が団子坂を登るごとに鷗外森先生を懐《おも》うて悵然とするが如きものであろう。

享保の老才人服部《はっとり》南郭の故居は芝森元町《もりもとちょう》中ノ橋の近くにあった。枕山は「遺居イヅレニアルヤ草荒涼タリ。」と言っているが、南郭の子孫は相継いで七世、江戸時代を経て明治に至るまで祖先の家を去らなかったのである。明治十四年刊行の『文雅人名録』にも「服部南梁名元彰芝森元町二丁目三番地」としてある。明治二十五年に至って服部氏の家は地主の変ったため転居を強いられ渋谷《しぶや》の某処に移ったという。委細は『風俗画報新撰東京名所図会《ずえ》』第三十五編に詳である。

この年辛丑十月に枕山は下総《しもうさ》結城に赴き十一月半頃まで弘経寺に留っていた。『枕山絶句鈔』辛丑の集に「結城雑題寓弘経寺。」（結城雑題弘経寺ニ寓ス）と題する作四首がある。また「十一月十六日発結城赴関宿。」（十一月十六日結城ヲ発《た》チテ関宿ニ赴ク）となすもの二首。「刀川舟中同梅痴上人。」（刀川舟中梅痴上人ニ同ズ）となすもの四首が載せてある。梅痴上人釈秦冏が結城弘経寺の住職となったのはこの時であろう。梅痴は弘化三年丙午の冬下総飯沼にある同名の弘経寺に転住するに莅《のぞ》んで、「双林投老閲六年。」（双林投老六年ヲ閲《けみ》ス）と言って、結城の寺に六年間いたことを明にしている。弘化丙午より六年前は則《すなわち》天保十二年辛丑の歳である。

結城の弘経寺は寂寞《せきばく》たる山間にあって、猿の声悲しく風の甚《はなはだ》寒い処であったことは、梅痴枕山二家の作にしばしば言われている。また弘経寺のある処は上野《こうずけ》下野《しもつけ》常陸《ひたち》三州の国境になっていることも二家の詩賦に見えている。梅痴が「結城山寺雑題」に「山囲孤寺雪霜早。地接三州肥瘠並。」〔山ハ孤寺ヲ囲ミテ雪霜早ク／地ハ三州ニ接シテ肥瘠並《なら》ブ〕の如き対句がある。

枕山は結城の山寺に年を送ったらしい。除夕《じょせき》の作に「家家家裏合家歓。児女団欒笑語親。底事寄居蕭寺客。梅花併影只三人。」〔家家家裏合家ノ歓／児女団欒笑語ノ親／底事《なにごと》ゾ寄居ス蕭寺ノ客／梅花影ヲ併《あわ》セテ只三人ノミ〕

第十一

天保十三年壬寅《じんいん》の年枕山は二十五になった。正月の始めには江戸に還って、大沢順軒と相携えて杉田《すぎた》の梅林を訪い金沢《かなざわ》に遊んだ。

結城弘経寺の梅痴上人は法務を帯びてしばしば江戸に来ったものらしい。三月中梅痴は梁川星巌、岡本花亭、大沼枕山らと谷中《やなか》天王寺の桜花を賞したことが諸家の作に見えている。八月十三日に梅痴は結城に帰る時枕山を伴って行った。枕山はこの年中秋の月を結城の山寺にあって観《み》たのである。七言古詩の作中に「流落何恨投千里。猶幸今年窮不死。」〔流落何ゾ恨マン千里ニ投ズルヲ／猶幸ヒニ今年モ窮スルモ死ナズ〕また「佳麗江都幾時還。野鶴敢期居鵷班。」〔佳麗江都幾時カ還ラン／野鶴敢テ期ス鵷班ニ居ルヲ〕の如き句がある。

この年十一月二十八日に鷲津益斎が尾州丹羽村の家に没した。年を得ること僅に三十九である。

森春濤が挽詞《ばんし》二首の一に「百年天未喪斯文。強自慰君還哭君。二子有才如軾轍。一時刮目待機雲。若将鉛槧纘先緒。応為彝倫遺大勲。惆悵吟魂招不返。幽蘭隔岸水沄沄。」〔百年天未ダ斯ノ文ヲ喪《ほろぼ》サズ／強ヒテ自ラ君ヲ慰メ還《また》君ヲ哭ス／二子才有ルコト軾轍ノ如シ／一時刮目シテ機雲ヲ待ツ／若《も》シ鉛槧ヲ将《もっ》テ先緒ヲ纘《つ》ガバ／応ニ彝倫*ノ為ニ大勲ヲ遺スベシ／惆悵吟魂招クモ返ラズ／幽蘭岸ヲ隔テテ水沄沄タリ〕この律詩の後聯には註がつけてあって益斎の著述に『秉彝録《へいいろく》』五巻のあることを言っている。わたくしは丹羽の鷲津氏について益斎の遺著を看《み》たいと請うたが、纔《わずか》に詩稿一巻を借り獲たのみであった。詩稿を見るに、益斎は文政十二年己丑の春江戸に来り大窪詩仏に従って書を学んだ。時に年二十六である。「詩仏老人ニ贈ル。」と題した七言古詩にお玉ケ池なる詩聖堂の類焼したことが言われてある。これ文政十二年三月二十一日神田佐久間町より起った大火である。益斎が江戸滞在の日数は詳でない。

益斎の病症もまたこれを審《つまびらか》にしない。しかし天保十三年十月八日に近村の栽松寺に催された詩会に赴いたことが『春濤詩鈔』に見えているから長く病んでいたのではないらしい。妻磯貝氏ていとの間に二男一女を挙げている。伯は毅堂文郁で、この年十八歳である。女児某は後に小塚利蔵という人に嫁した。明治大正の交《こう》大阪の実業界に名を知られていた小塚正一郎は利蔵の男である。叔光恭はこの年十歳である。

第十二

天保十四年癸卯《きぼう》五月四日大沼枕山は岡本黄石《おかもとこうせき》*に招かれて湯島《ゆしま》の松琴楼に飲んだ。黄石名は迪、字は吉甫、通称を半介という。井伊《いい》掃部頭直亮《かもんのかみなおあき》の家に仕えた老臣で、詩を星巌に学んでいた。この日枕山と同じく招がれた賓客は梁川星巌、大槻磐渓《おおつきばんけい》＊、森田梅磵《もりたばいかん》＊、鈴木松塘、西島秋航《にしじま》＊、竹内雲濤の諸家であった。枕山が席上の作中に「分襟在近意逾親。」〔分襟近クニ在リテ意逾《いよ》イヨ親シム〕また「預想明年重晤日。」〔預メ想フ明年重晤ノ日ヲ〕の語を見る。井伊家の出府と帰国の期日は毎年五月の定めであるから、黄石はこの日詩文の友を招いで別筵《べつえん》を張ったものと思われる。井伊掃部頭直亮は三年前天保十二年五月の役《やく》替《がえ》に大老職を罷《や》めたのである。また湯島の酒楼松琴楼は松金屋のことで、広重《ひろしげ》の錦絵《にしきえ》「江戸高名会席尽《づくし》」に不忍池を見渡す楼上の図が描かれている。

枕山の詩賦には毎篇酒の一字を見ざるは罕《まれ》である。この年枕山は「酒痴歌」と題する長句を作って梅痴上人に示した。その引に曰く「余ガ性、酒ヲ飲ンデ少シク量ヲ過スヤ則チ省記スル所ナク、殆《ほとん》ド健忘者ニ類ス。寓院ノ主梅痴上人毎夕飲ヲ許ス。上人ハ灯ヲ点ジテ韻ヲ検シ、余ハ座傍ニ酌《く》ム。一句ヲ得ルニ及ンデコレヲ余ニ質《ただ》ス。余已《すで》ニ沈酣《ちんかん》シテ何ノ語タルヲ弁ゼズ。答フル所アルイハソノ問フ所ニ異ル。然リトイヘドモ上人ノ寛懐固《もと》ヨリコレヲ罪セズ。余醒《さ》メテ後赧然《たんぜん》トシテ自ラ愧《は》ヅ。因ツテ酒痴ノ歌一篇ヲ作リ以テ上人ニ謝シ兼テ自ラ嘲《ちょう》ヲ解クトイフ。」わたくしはこの引《いん》を読んで清絶言うべからざる思に打たれた。芝山内の僧房に老僧は端座して詩巻を攤《ひら》き、年少の詩人は酒盃を手にして灯下に相対している光景が歴然として目に浮び来った故である。

この年八月十五日の夜には月が明かであった。『枕山詩鈔』に「中秋。横山懐之、県《あがた》晴峰《せいほう》、中茎孔通ト同ジク墨水ニ遊ビ月ヲ棹月楼《とうげつろう》ニ賞ス。夜半舟ヲ僦《やと》ツテ帰ル。」として七言絶句六首を載せている。この夜枕山湖山らの月を賞した棹月楼は橋場の酒楼柳屋のことである。柳屋は天保十一年八月から新に店を開いた事が『武江年表』に記載せられている。わたくしは天保の改革当年の世相を窺《うかが》う一端として枕山が観月六首の中から次の一首を摘録する。「禁奢令出城中粛。無復遊船簇水津。好在白鷗沙上月。最円夜属最閑人。」〔禁奢令出デテ城中粛タリ／復《ふたた》ビ遊船ノ水津ニ簇《あつ》マル無シ／好在《あたかも》白鷗沙上ノ月／最モ円ナル夜ハ最モ閑ナル人ニ属ス〕

十二月二十四日は枕山が父竹渓の十七年忌に当るので、梅痴上人は枕山のために竹渓父子の知人を増上寺の学寮に招いで盛大なる法筵《ほうえん》を営んだ。枕山は「ア、上人ノ先考ニオケルヤ半面ノ識アルニ非ズ。シカモ高誼《こうぎ》此《かく》ノ如シ。豈《あに》不肖余ノ故ヲ以テニアラズヤ感歎ニ堪ヘズ。」となし絶句六首を賦した。この日法筵に列した人の中その姓氏の明なるものは塩田随斎、南園釈密乗《なんえんしやくみつじよう》、横山湖山の三人である。

南園上人、姓は平松《ひらまつ》、名は理準《りじゆん》、字は密乗また麗天、その号は南園また小自在庵《しようじざいあん》という。寛政八年某月某日、美濃国大垣なる浄土真宗の某寺に生れ、少《わか》くして京師《けいし》に遊学し旁《かたわ》ら中島棕隠、頼山陽の二家について詩を学び、文政六年頃、その年二十五、六歳にして江戸に来り、上野東叡山の学寮に入りまた詩を大窪詩仏、大沼竹渓について学んだ。いくばくもなくして上野山王御供所の別当となり、天保の初《はじめ》北品川宿二丁目なる日夜山《にちやさん》正徳寺の住職釈大霊の養子となり、明治十四年七月某日享年八十六を以て寂《じやく》した。わたくしは今茲《こんじ》甲子の春正徳寺に赴きその孫女に面会した。その時聞き得た南園の逸事談は『葷斎漫筆《くんさい》』と題した鄙著《ひちよ》に記してあるので茲《ここ》には言わない。唯南園上人は西ノ久保光明寺の雲室、王子金輪寺の混外についで天保以降汎《あまね》く騒壇に知られた詩僧であることを言うに止めて置く。

第十三

天保十五年甲辰の歳枕山はなお増上寺の学頭寮にあって新年を迎えた。前年除夕の作に「不材空愧逢昭代。多難猶欣過厄年。」（不材空シク愧ヅ昭代ニ逢フヲ／多難猶欣《よろこ》ブ厄年ヲ過《こ》ユルヲ）というを見れば、甲辰の年には二十五の厄年《やくどし》に一歳を加うべきである。

二月上午の前一日枕山は梅痴上人のために宣和硯の歌を賦した。宣和硯は当時文人墨客の間に伝称せられた有名なる古硯で、梅痴は某人の手よりこれを購求したのである。今枕山が詩の引によってその来歴をしるせば、宣和硯は趙宋《ちようそう》の宣和年間に製せられたもので、天保五年八十四歳で没した江戸の書家中村仏庵が久しくこれを秘蔵していた。仏庵、字《あざな》は景蓮といい、世〻神田岩井町に住した幕府御畳方大工の棟梁《とうりよう》で、通称を弥太夫という。仏庵は秘蔵の古硯を蒸雲と名づけた。柴野《しばの》栗山《りつざん》*の銘に「天造地設。待仲景蓮。柴彦作銘。皇寛政年。冉冉征途。来者何人。任爾千回。蒸出五雲。」（天造リ地設ケ／仲景蓮ヲ待ツ／柴彦銘ヲ作ル／皇ノ寛政ノ年／冉冉トシテ途《みち》ヲ征ク／来者ハ何人ゾ／爾ニ任《まか》スニ千タビ回《めぐ》リ／五雲ヲ蒸出ス）というに因ったのである。阿波《あわ》の藩主松平阿波守が栗山についてこの古硯を一見した時所望の意を漏した。然るに栗山は藩主が阿波の国の半を割《さ》いて引替《ひきかえ》にしようと言われても所蔵者はなお応じまいと答えたという事から、仏庵が古硯の名はいよいよ高くなり、知名の士の題詩を贈るもの日に多きを加えた。仏庵の死後十年を経て海内無双と称せられた蒸雲の古硯は天保十四年の秋偶然梅痴上人の有に帰した。

梅痴上人の集に、「近ゴロ仲景蓮ガ蔵セシ所ノ宣和硯ヲ獲タリ。身後子寿ニ貽《のこ》サントス。」と題して、「艮岳伝遺宝。端渓見古硯。千年余斐亹。当日向明光。筆影雲煙起。墨痕沈麝香。山僧成仏後。付汝鎮書房。」(艮岳遺宝ヲ伝ヘ/端渓古硯ヲ見ル/千年斐亹ヲ余シ/当日明光ニ向フ/筆影雲煙起リ/墨痕沈麝香ル/山僧成仏ノ後/汝ニ付シテ書房ヲ鎮《しず》メン) 梅痴上人は宣和硯を獲た当初より成仏《じょうぶつ》の後はこれを枕山に貽そうと思っていたのである。梅痴は安政五年九月九日に没した。そして明治二十四年枕山の没した後稀世《きせい》の古硯はその子新吉の売却《ばいきやく》するところとなった。しかし宣和硯の所在は今日といえども古硯を愛する好事《こうず》の士に質したならあるいはこれを知ることができるかも知れない。

この年四月十三日に詩壇の耆宿《きしゆく》を以て目せられていた館柳湾《たちりゆうわん》が目白台の邸に没した。年を享《うけ》ること八十三である。南園上人は画工某に嘱して柳湾の肖像を描かせ岡本花亭に題詩を請い、六月十三日に詩友を北品川の正徳寺に招いて画像を展拝せしめた。枕山が始めて柳湾に謁したのは七年前天保八年であったという。この日枕山は「晩年最恨及門遅。杜牧当年鬢有糸。記得酒家楊柳句。一聯猶幸受公知。」（晩年最モ恨ム門ニ及ブコト遅キヲ／杜牧当年鬢ニ糸有リ／記シ得タリ酒家楊柳ノ句／一聯猶幸ヒニ公ノ知ルヲ受ク）の一絶を賦してその像を拝した。

柳湾、姓は館、名は機、字は枢卿、通称を小山雄二郎という。宝暦十二年壬申《じんしん》三月十一日越後国新潟に生れその地の儒医高田仁庵につきて詩書を学び、少壮江戸に出で亀田《かめだ》鵬斎《ほうさい》の門に入った。柳湾は幕府の郡代田口五郎左衛門の手代《てだい》となり飛騨《ひだ》出羽《でわ》その他の地に祗役《しえき》し文化九年頃より目白台《めじろだい》に隠棲し詩賦灌園《かんえん》に余生を送った。刊行の著書に『柳湾漁唱』三巻、『林園月令』二十四冊、その他『晩唐詩選』、『金詩選』の如き纂著《さんちょ》数種がある。その男俊蔵は御先手組《おさきてぐみ》の与力《よりき》で文人画を善くし霞舫と号した。柳湾は江戸詩人の中わたくしの最も愛誦《あいしょう》するものである。鄙稿《ひこう》『葷斎《くんさい》漫筆』にその伝と並《あわ》せて記述する所があるから茲《ここ》には除いて言わない。

この年中秋、枕山は去年の如く横山湖山と相携えて隅田川《すみだがわ》に月を賞した。五言律詩の題言に「墨水ニ到ツテ去年ノ遊ビヲ継グ。」としてある。この夜も三年つづいてまた良夜であった。

十二月に入って枕山は梅痴上人が芝山内の学頭寮を去り下谷御徒町に家を借りた。『枕山詩鈔』には移居の日を記していない。わたくしは鈴木彦之が『松塘詩鈔』について「十二月二十八日子寿ガ都下ノ書ヲ得タリ。子寿新ニ居ヲ徒士街ニト《ぼく》ス。」という題語を見てほぼその日を知った。新居の縁先には梅の樹があったと見えて枕山は「当門寧著五株柳。沿砌聊存一樹梅。把古人詩差自慰。茅檐猶勝竟無家。」〔門ニ当リテ寧ロ五株ノ柳ヲ著《お》カン／砌ニ沿ヒテ聊カ一樹ノ梅ヲ存ス／古人ノ詩ヲ把《と》リテ差《すこ》シク自ラ慰ム／茅檐猶竟《つい》ニ家無キニ勝《まさ》ル〕と言っている。この新居は五年の後嘉永二年に至って新築せられた三枚橋の考詩閣とは別の家であるらしい。

天保十五年は十二月二日に弘化《こうか》と改められた。

第十四

弘化二年乙巳《いつし》の歳枕山は御徒町の新居に二十八歳の春を迎えた。この年の作には独棲の不便なるを歎じた作が二、三首に及んでいる。「春夜不寐。」〔春夜寐《い》ネズ〕と題した長句の中には「独臥空床展転頻。帳影如烟闃無人。紅袖娯夜非我分。青灯長伴苦吟身。」〔独臥空床展転スルコト頻リナリ／帳影烟ノ如ク闃《しず》カニシテ人無シ／紅袖娯夜ハ我ガ分ニ非ズ／青灯長ク伴フ苦吟ノ身ニ〕と言い、「秋夜書懐」〔秋夜懐《おも》ヒヲ書ス〕の作には「薪水偏愁良僕少。杯盤最怕雑賓多。」〔薪水偏ニ愁フ良僕ノ少キヲ／杯盤最モ怕ル雑賓ノ多キヲ〕と言っている。独身の家に良僕を得ざると雑賓の多きとは洵《まこと》に忍びがたきものである。独居のわたくしが常に書賈《しょこ》新聞記者等の来訪を厭うのは敢《あえ》て自ら高しとなすが故ではない。

二月二十八日に藤堂《とうどう》家の儒臣塩田随斎が下総国大貫《おおぬき》にある主家の釆邑《さいゆう》に赴かんとする途上遽《にわか》に病んで没した。享年四十八である。随斎の伝は『日本教育史資料』に載っている。

桜花の時節に至って江戸町々の光景は夙《はや》くも天保禁令以前の繁華に復して来た。枕山が「墨川行」に「君不見去年堤上此時節。禁奢令厳春凄絶。」〔君見ズヤ去年堤上此ノ時節／禁奢令厳ニシテ春凄絶タリシヲ〕また「近日漸復旧繁華。墨川春色有如此。」〔近日漸ク復ス旧繁華／墨川春色此《か》クノ如キ有リ〕といってある。衆庶の怨府《えんぷ》となった水野越前守忠邦《ただくに》はこの年の二月に老中の職を免ぜられたのである。

夏の末に梁川星巌が神田お玉ケ池の家を引払って帰郷の途に上った。発程の日は詳でないがその集に「乙巳季夏」とあるから六月下旬であろう。庭には石榴《ざくろ》の花が灼然《しやくぜん》として燃るが如く開いていた。星巌は御玉ケ池にあること正に十二年。江戸に来った日より算すれば十五年である。寓館留題に曰く「臨別誰能不黯然。無情花竹亦纏綿。空桑一宿人猶恋。況我淹留十五年。」(別レニ臨ンデ誰カ能ク黯然タラザランヤ／無情ノ花竹モ亦纏綿タリ／空桑一宿人猶恋フ／況ヤ我ノ淹留スルコト十五年ナルヲヤ)

枕山は横山湖山その他の詩人と共に星巌を送って板橋駅に到って袂《たもと》を分った。星巌は道を中山道《なかせんどう》に取って美濃《みの》に還らんとしたのである。鈴木松塘は房州那古《なこ》の家から出府し倉皇《そうこう》として板橋駅に来ったが恋々として手を分つに忍びず、そのまま随伴して美濃に赴いた。古人師弟の情誼《じようぎ》はあたかも児の母を慕うが如くである。大正の今日に至っては人情の異なることもまた甚しい。

わたくしはここに一言して置きたいのは星巌と枕山との関係である。世人は今なお枕山を以て星巌の門人となしているようである。けれども二家の集について仔細《しさい》に見れば、星巌はその門生として枕山を取扱っていたのではない。枕山もまた星巌を先輩として尊敬していたのみで、贄《し》を執って師弟の関係を結んだのではない。もし枕山が文字の教を請うた人の誰なるかを捜《もと》めたなら、それは鷲津益斎と塩田随斎の二家である。随斎が撰した『房山集』の序に「予ハ乃《すなわ》チ竹渓先生ト忘年ノ交ヲ辱《かたじけの》フス。子寿モマタ推シテ父執トナシ時時来ツテソノ文字ヲ質ス。予乃チソノ美ヲ賛揚シソノ瑕《か》ヲ指摘ス。子寿欣然《きんぜん》トシテコレヲ受ケ改メズンバ措《お》カザルナリ。」云々。今送別の作の題詞を見るに、枕山は「星巌梁翁ノ西帰ヲ送ル。」と言っているのに、湖山は「星巌先生ノ美濃ニ還ルヲ送ル。」となし、また鈴木松塘は「星巌先生西ニ帰ル云々。」と言っている。わたくしは枕山の女芳樹女史を訪うてこの事を問うたが女史の言う所もまたわたくしの推定に違《たが》わなかった。

星巌の去った後、玉池吟社の跡は化して何人の居となったのであろう。近年星巌の伝を詳にしたものは、わたくしの知る所では町田柳塘《まちだりゅうとう》*の著書より外にはない。しかし町田氏の著述はわたくしの知りたいと願う所を語っていない。蒲生褧亭の『近世偉人伝』を見るに小野湖山*は註して「備後《びんご》ノ五弓《ごきゅう》士憲カツテ翁(星巌)ノ年譜ヲ作ル。イマダ世ニ行ハレズ。惜シムベシ。」と言っている。嘉永五年に湖山がお玉ケ池に居を卜したことがあるが、それは星巌の旧居より少しく隔った地蔵橋のほとりであった。湖山の家はいくばくもなくして火災に罹《かか》り、その後江戸時代には再び詩人の来ってこの地に卜居する者はなかった。世態一変して後明治七、八年の頃に至り名古屋藩の医にして詩を森春濤と鷲津毅堂とに学んだ永阪石埭《ながさかせきたい》*が、星巌の邸址《ていし》を探り求めて新に亭榭《ていしや》を築き、顔《がん》して玉池仙館と称した。其処《そこ》は神田区松枝町二十三番地である。大正六年玉池仙館は主人石埭翁の名古屋に帰臥《きが》するに臨んで日本橋の富商某氏の有となり、大正十二年九月の大火に燬《や》かれた。その翌年某月石埭翁もまた世を去った。庚《こう》を享《う》くること八十歳という。

弘化二年の季夏星巌西帰の後、枕山湖山の二詩人は中秋の夜相携えて隅田川に例年の遊びを継いだ。『湖山楼詩稿』に「是日《この》陰雲四塞。」〔是ノ日陰雲四《よも》ニ塞《ふさ》グ〕といってある。湖山は星巌の帰国した後芝山内の或学寮に寄寓していたのであるがあたかもこの八月中に麹町《こうじまち》平川天神の祠畔《しはん》に家を借りて移り住んだ。

十二月に枕山はかつて天保十一年に刊刻した『枕山詠物詩』を再板するに当り、梅痴上人の詠物詩をも編選して併せてこれを刊刻せんとした。『梅痴詠物詩』の初に載せてある枕山の序を見るに、「余梅痴上人ノ山房ニ寓スルコト殆《ほとんど》五、六年ナリ。ソノ間啻《ただ》ニ禅ヲ談ジ道ヲ問フノミナラズ花月ノ唱和マタ虚日《きょじつ》ナシ。故ヲ以テ余ノ上人ニオケルヤ交情最《もっとも》熟ス。上人夙《つと》ニ相宗ノ学ヲ以テ叢林《そうりん》ニ称セラル。ソノ韻語ニオケルヤ固ヨリ遊戯余事ニ属ス。就中《なかんずく》著題ノ詩ハ特ニソノ長ズル所ナリ。篇什《へんじゅう》二百余首ニ及ブ。富メリトイフベシ。今茲《こんじ》乙巳余鄙作《ひさく》『詠物詩』ヲ再刊スルノ挙アリ。乃《すなわち》上人ノ詩ノ尤《もっと》モ傑スル者百有余篇ヲ採リ、マサニ併セテコレヲ梓《し》セントス。集中ニハ花ニ月ニ唱和シタリシ作十ノ六、七ニ居ル。以テ当時ノ興会ヲ存ス。」云々。『梅痴詠物詩』の板刻が竣成《しゅんせい》したのは翌年の三月頃である。

第十五

弘化三年丙午正月十五日、本郷丸山《ほんごうまるやま》から起った火災は江戸大火中の大火に数えられているものである。湯島《ゆしま》の聖堂は幸にして類焼を免れたが昌平黌《しょうへいこう》の校舎と寄宿寮とは共に灰燼《かいじん》となった。

この時鷲津毅堂は既に江戸にあって昌平黌に学んでいた。毅堂の随筆『親灯余影』の序に「丙午ノ春余昌平黌ニアリ祝融《しゆくゆう》ノ災ニ罹リ平生ノ稿本蕩然《とうぜん》トシテ烏有《うゆう》トナル。」としてある。毅堂の江戸に到着した日は詳でない。しかし前後の事情より考るに弘化二年の冬より以前ではない。

蒲生褧亭が『近世偉人伝』中星巌の伝後に附けてある毅堂の評語を見るに、「余笈《おい》ヲ負フテ東ニ来ルヤ星翁既ニ西ニ帰ル。イマダカツテ面識アラズ。癸丑ノ冬翁薩藩ノ士鮫《さめ》島《じま》正介ニ托シ突然書ヲ恵マル。ア、余ノ翁ニオケルヤ文字ノ交ニ非ラズ。慷慨《こうがい》ノ意気相投ズル者。」としてある。星巌の江戸を去ったのは弘化二年の夏の末である。そして毅堂がその母に別れて東行の途についた時雪が降っていたという事を思合せると、それは冬でなければならない。毅堂は弘化二年の冬も残り少くなった頃、江戸に到着するや直に昌平黌の寄宿寮に入り、翌年正月火災に遭ったわけである。

これより先毅堂は天保十三年十一月二十八日にその父益斎を喪ったことはこの書の第十一回に述べて置いた。毅堂はそれより三年の後弘化元年某月、その齢二十歳の時、先《せん》考《こう》の遺命を奉じて伊勢安濃津《あのつ》に赴き、藤堂家の賓師猪飼敬所《いかいけいしよ》について主として三礼の講義を聴《き》いていたのである。毅堂の碑文に、「年二十。考《こう》既ニ亡シ。マサニ遺命ヲ奉ジテ遊学セントスルヤ、妣《ひ》コレヲ戒メテ曰クワガ門中《なか》ゴロ圮《やぶ》ル。汝当《なんじまさ》ニ勉学シテ再興スベシ。然ラザレバワレ汝ヲ子視セジト。因ツテ手ヅカラ紅白ノ帛《はく》ヲ剪《き》リ、コレヲ襟ニ結ビ以テ遺忘ニ備フ。君泣イテコレヲ拝シ、伊勢ニ赴キ敬所猪飼氏ニ従ツテ学ブ。既ニシテ江戸ニ遊ビ昌平黌ニ入ル。」としてある。碑文は中洲三島毅《ちゅうしゅうみしまつよし》*の撰したものである。

猪飼敬所*は当時博学洽識《こうしき》を以て東西の学者から畏敬せられていた老儒である。佐藤一斎の集『愛日楼文』の如きまた頼山陽の『日本外史』の如き皆予《あらかじ》め敬所の校閲を俟《ま》って然る後刊刻せられたといわれている。敬所は経義を講ずるにはまず周の世の儀式と礼法とを攻究しなければならない。この攻究は則《すなわち》孔子の言った所のものを正確に会釈する道であるとなした。毅堂が安濃津に赴いて敬所に謁しその門生となった時、敬所は年既に八十四歳に達し耳目倶《とも》に殆《ほとんど》官を失っていたので、当時贄《し》を執って従遊するものは毅堂の外には一人もなかったという。これは丹羽花南《にわかなん》*が『毅堂集』の賛評に言う所である。毅堂は敬所に従って学ぶこと一年ばかりにして弘化二年十一月十日にその老師を喪った。

当時安濃津の藩校有造館には斎藤拙堂*が石川竹崖《ちくがい》*の後をついで督学の職にあった。教授には川村竹坡《ちくは》＊、平松楽斎《ひらまつらくさい》＊、土井聱牙《どいごうが》＊の諸儒があって、一藩の学術大《おおい》に見るべきものがあった。然るに毅堂は永くこの地に留まらず空しく尾州丹羽の家に還った。母磯貝氏はその子の学成らずして中途に還り来ったのを知り、折から雪の降っていたにもかかわらず家に入ることを許さなかった。初《はじめ》母氏は愛児の安濃津に行かんとする時、紅白の小帛《こぎれ》を毅堂が著衣の襟裏に縫いつけ、これを母の形見となし名を成すまでは決して家の閾《しきい》を履《ふ》んではならぬと言いきかせた。毅堂は雪の夕わが家の門を鎖され、ここに翻然として志を立て蓙ながら母を拝して直に東遊の途に上った。かくて毅堂は元治《げんじ》元年四十歳の時、暫時帰省するの日まで、凡《およそ》二十年の間慈母の面を拝することができなかったのである。

毅堂の母は丹羽郡赤見村の豪農磯貝氏の女で名を貞《てい》とよばれた。毅堂は生涯深く母の恩を感じ、晩年雪を見るごとに子弟門生に向ってその身の今日あるを得たのは、母のよく情を押えて雪夜家に入る事を許さなかった故である。もし慈君の激励に会わずばその身は碌々《ろくろく》として郷閭《きょうりょ》＊に老いたのであろうと語っていた。これは下谷の鷲津氏の家について聞き得たことである。

往昔儒教の盛であった時代には、人は教訓を悦び美談を聴くことを好んだ。古人は事に臨んで濫《みだり》に情を恣《ほしいまま》にせざる事を以て嘉《よみ》すべきものとなした。喜怒哀楽の情を軽々しく面に現さないのを最《もっとも》修養せられた人格となした。今日はこれに反して情を恣にする事を以て人間真情の発露を見るものとなし、たまたま情を押えて忍ぶものあれば、目するに忍人《にんじん》を以てせんとするが如くである。江戸先哲の嘉言善行にして世に伝えらるるものは既に鮮《すくな》くない。鷲津毅堂母子の逸事の如きは特に記すべき価なきものかも知れない。しかしわたくしは大正十二、三年の世にあってたまたまこれを聞くに及んで、そのままこれを棄去《すてさ》るに忍びない心地がした。その理由と合せて茲《ここ》にこれを記する所以《ゆえん》である。

毅堂は始《はじめ》て江戸に来って昌平黌に入るに先《さきん》じて、何人の家に旅装を解いたのであろう。「金山仙史私記」と題したその自伝が存在していたなら、あるいはこれを詳にすることを得たかも知れない。しかしこの貴重なる記録は壮時の詩稿と合せて共に大正癸亥《きがい》の災禍に烏有《うゆう》となった。今日毅堂の生涯を窺知《うかがいし》るべき資料は『薄遊吟草』一巻。『親灯余影』四巻。『毅堂丙集』五巻。三島中洲の撰した碑文と安政以後刊行せられた『詩家選集』の中に散見するその詩賦が存するのみである。

弘化三年秋七月の半から降りつづいた雨に、武総の諸河が暴漲《ぼうちょう》して、災害は本所《ほんじょ》浅草のあたりに及んだ。青木《あおき》可笑《かしょう》*の『江戸外史』に「官舟ヲ備ヘテ窮民ヲ府内ノ逆旅《げきりょ》ニ致スモノ五千余人。」としてある。千住小塚原《せんじゅこづかっぱら》の石地蔵が水の上に首ばかり出していたというのもこの時である。しかし八月に入って中秋の節には水害の騒ぎも既に鎮《しず》ったのであろう、湖山枕山の二人は例年の如く墨田川に舟を泛《うか》べた。この夜は雨のふり出したにかかわらず新に長谷川昆渓《はせがわこんけい》、鷲津毅堂、菊池秋峰《きくちしゅうほう》*の三人が加った。

菊池は『安政文雅人名録』に「儒。秋峰、名藎、字脩夫、小石川御門外菊池新三郎。」〔儒。秋峰、名ハ藎、字ハ脩夫、小石川御門外菊池新三郎。〕としてある。

長谷川昆渓は上毛《じょうもう》高崎の城主松平右京亮輝充《うきょうのすけてるみち》の儒臣。名は域、字は子肇、通称を与一郎という。この時年三十五である。

湖山がこの夜の作中に、「秋峰瀟洒質。子肇豪宕才。文郁齢猶弱。清詩絶点埃。子寿交最旧。辛勤十載偕。姓字馳海内。吟壇推雄魁。」〔秋峰瀟洒ノ質／子肇豪宕ノ才／文郁齢猶弱《わか》シトイヘドモ／清詩点埃ヲ絶ツ／子寿交リ最モ旧《ふる》ク／辛勤十載ヲ偕《とも》ニス／姓字海内ニ馳セ／吟壇雄魁ニ推ス〕と言っている。ほぼ諸子の風概を想見《おもいみ》ることができる。文郁は毅堂の字で、二十二歳である。毅堂の名が江戸の詩人枕山湖山ら先輩の作中に見えたのはこの時を以て始とする。（毅堂は後に湖山の需によってその著『火後憶得詩』の賛評を書いた時、弘化丙午の年には二十一であったと言い、慶応二年には四十一歳となしているが、その生れた文政八年より数うれば丙午には二十二歳のはずである。）

九月十五日に鷲津毅堂は長谷川昆渓を駒込《こまごめ》吉祥寺門前の幽居に訪い偶然寺門静軒《てらかどせいけん》の来るに会った。静軒が『江戸繁昌記《はんじょうき》』の著者たることは言うを俟《ま》たない。

寺門静軒名は良、字は子温、通称は弥五左衛門。寛政八年江戸に生れた。水戸の人寺門勝春の次子である。静軒は自ら「母は田中氏、生母は河合氏。」といっているから庶腹の子であろう。家貧きが上に幼時怙恃《こじ》を失い諸方に流浪し、山本緑陰の家に食客となること三年。上野寛永寺に入って独学し、文政年間始めて駒込に僦居《しゅうきょ》し帷《い》を下《くだ》して徒に授けた。天保三年より『江戸繁昌記』を刊刻し、六、七年に至って全部五編を出した。書中に浅草新堀端《しんほりばた》に住したと言ってある。天保八年某月『繁昌記』のために罰せられて江戸市中に居住することを禁ぜられたので、髪を削って武州秩父《ちちぶ》辺より上毛《じょうもう》の間を流浪し知人の家に泊り歩いていた。『文鈔』二巻および『詩鈔』一巻を検するとほぼその流寓した跡を窺うことができる。嘉永二年その年五十四、知友某氏が向島の別墅《べっしょ》に居を定め『江頭百咏《ひゃくえい》』を著し、また人に勧められて自ら寿碣誌《じゅけつし》をつくった。寿碣誌は没後石に刻せられて浅草橋場総泉寺の境内に建てられたというが、わたくしはまだこれを見ない。静軒は安政三年に東海道を遊歴して京摂に留《とどま》ること半年ばかり。詩集『緹肩瓦嚢《ていけんがのう》』を刻した。安政六年には新潟に遊び滞在すること数月、『新斥繁昌記』の著がある。江戸に還って後また四方に出遊し居所常に定まらず、晩年に至り武州大里郡吉見村冑山の豪農根岸氏の三余堂に寓すること一年あまり、慶応四年三月二十四日に没した。享年七十三。一男一女があった。男は殤《しょう》し、女は吉見村の根岸氏に嫁した。著書には既に記したものの他に『静軒一家言』二巻。『痴談』一巻がある。静軒は此《かく》の如く阨窮《やくきゅう》*流離の一生を送ったが、異腹の兄の零落するを見てはこれを扶助し、友人の子孫の淪落《りんらく》するものにもまたその獲る所の金を分ち与えたという。静軒は滑稽諧謔《こっけいかいぎゃく》の才あるに任せ動《やや》もすれば好んで淫猥《いんわい》の文字を弄《もてあそ》んだが、しかしその論文には学識頗《すこぶる》洽博《こうはく》なるを知らしむるもの鮮《すくな》からず、またその詩賦には風韻極めて誦《しょう》すべきものが多い。

この年九月、横山湖山が九段坂下俎橋《まないたばし》に家を遷《うつ》した。『火後憶得詩』を見るに、湖山は去年乙巳の八月に麴町平川町に卜居し、この年丙午の三月に至って某処の谷町に移り更にまた俎橋に転居したのである。

十月に結城弘経寺《ぐきょうじ》の梅痴上人が紫の袈裟《けさ》を賜《たまわ》り飯沼なる寿亀山弘経寺の住職に任ぜられた。

弘経寺という寺は結城と飯沼との両処にあって倶《とも》に浄土宗関東十八檀林《だんりん》に列せられている。飯沼の弘経寺は元禄《げんろく》十三年祐天上人《ゆうてんしょうにん》が住職の時累《かさね》の怨霊《おんりょう》を化脱させたというので世に知られている。梅痴上人が飯沼に移るに当って平生その知遇を受けていた詩人は宮沢雲山、*横山湖山、大沼枕山を始めいずれも祝賀の詩を賦した。ここには鷲津毅堂の七律のみを録する。「徳望既高霄漢間。緋裟椹服列崇班。思量権実履中道。抖擻有無帰一関。浄業長修小蓮社。法輪又転寿亀山。丹梯自此開仙路。玉歩重重便可攀。」〔徳望既ニ高シ霄漢ノ間*／緋裟椹服崇班ニ列ス／権実ヲ思量シテ中道ヲ履ミ／有無ヲ抖擻シテ*一関ニ帰ス／浄業長ク修ム小蓮社／法輪又転ズ寿亀山／丹梯此自《よ》リ仙路ヲ開キ／玉歩重重便《すなわ》チ攀ヅ可シ〕

第十六

弘化四年丁未の年枕山は三十歳になった。枕山が妻を迎えたのは『松塘詩鈔』について按《あん》ずるに弘化三年の冬にあらざればこの年四年の春であろう。新婦は和歌を善くしたらしい。鈴木松塘が祝賀の絶句に、「絶世才華絶世姿。当筵新咏国風詩。」〔絶世ノ才華絶世ノ姿／筵ニ当《あ》リテ新タニ咏ズ国風ノ詩〕と言ってある。わたくしは大沼家についてその姓氏を問うたがこれを詳にすることを得なかった。三田《みた》薬王寺の過去帳には忌辰と法諡《ほうし》とを載するのみである。

夏六月梅痴上人が飯沼の弘経寺から書を裁して枕山に寄せた。今妄《みだり》に送《おくり》仮名を附して次の如く書き改めた。

「一書差上候。凌暑《りょうしょ》の候起居 倍《ますます》御《ご》佳迪《かてき》*欣勝 奉《たてまつり》候。然れば先日ハ両度の朶雲《だうん》*謝し奉候。五翁観蓮の儀宜しく御取計らひ、例年は百疋《ぴき》に候所此度製本等差越し候故弐百疋とリキミ申候。

一咏物製本此度は上出来。定めて御配念の事と察し入候。過日京師《けいし》へ差出し下され候由是亦《これまた》謝し奉候。扨《さて》阿波へも遣《つかわ》し度《た》く先に之有《これあ》り候五、六部も拙方へ御遣しの程希《ねが》ひ申上候云々。五翁の子息に相頼み讃州へも遣し度候得共是《そうらえどもこれ》は七月に足下《そっか》御曳杖有之《ごえいじょうこれあり》候はゞ其節御話し申上可《べ》く候。

一近作五首何とぞ湖山へも御見せ下され可く候。此度は十分に御推敲《ごすいこう》下され大痴帰山候節御遣し下されたく御失念なく願上候。猶《なお》又過日の絶句四首此の間久振《ひさしぶり》(?)参候故見せ申すべくと存じ草稿尋ね候処紛失。御許《おんもと》へ差出し置き候を一併せに御推敲《ごすいこう》下され御遣しの程希《ねが》ひ申上候。猶是は足下の高作を別紙に認《したた》めを願ひ猶拙の悪作も相認め候て二枚戸に張り候つもりに御座候云々。

一懐之《かいし》屛風集の催し有之候由申越し。是は新趣向大に面白き様存じ候。付いては拙の詩此の度愚意を懐之まで述置き候間猶宜しく御願申候。右の訣《けつ》は『玉池集』へ出し候詩は都《すべ》て删《けず》り度く存候間此度遣し候詩□□御高評下され十分に御斧正《ごふせい》願上候。実は纔《わずか》に七首と申すもの故如何《いかん》ともいたし方無し。名作なれば一首にても宜しく候得共古今の駄作困り果て候。先《まず》ハ右の段まで早々不備。六月十七日。梅痴。枕山雅伯。□□細君へ宜しく御伝言。」

右の尺牘《せきとく》は大沼芳樹女史の所蔵に係るもので、尺牘には行間の余白を縫って後から書添えた文言がなお一カ条ある。しかし細字の甚《はなはだ》読みやすからぬが上にその文意を解しかねたので、遺憾ながら記載しない。

文中に「懐之屏風集の催し」ということがある。これによってわたくしはこの書簡の裁せられた日を推定して弘化四年となしたのである。懐之は横山湖山の字《あざな》である。湖山が『湖山楼詩屏風』二巻を刻したのは弘化五年二月以後嘉永改元のころである。巻首の小引《しよういん》には「弘化丁未春日」としてある。湖山は唐の白居易《はくきよい》がその友元微之《げんびし》から贈られた詩を屏風に書きつけたという風雅の故事に倣《なら》い、江戸当時の詩人の中平生師と尊び、友として交っている諸家の吟咏《ぎんえい》一百首を屏風に録し朝夕諷詠《ふうえい》して挙目会心の楽しみを得たいという。これが序言の大意である。従来刊行せられた詩家の選集は例えば『文政十家絶句』、『天保卅六家絶句』というが如きものであった。湖山が『詩屏風』は少しく趣を異にしているので、梅痴は預《あらかじ》めこれを聞知って「是は新趣向大に面白き様存じ候」と言ったのである。梅痴は湖山から『詩屏風』に採録すべき近作を請われたについて、既に客歳(かくさい)『玉池吟社詩』に掲載したものは除いて、過日枕山の手許に送った近什の中から佳作を択みなお十分添削の労を取るようにと言っている。書簡の初に「五翁観蓮の儀」とあるのは、菊池五山が観蓮の詩会をいうのであろう。梅痴は例年百疋ずつ五山に心付《こころづけ》を贈っていたが今年は何やら書冊を贈って来たので弐百疋にしたと言う。百疋は銭二百五十文《もん》、即《すなわち》銀一分《ぶ》である。

詠物製本の一くだりは『枕山詠物詩』と『梅痴詠物詩』との二書の事である。わたくしは「製本此度は上出来」というのは『枕山詠物詩』の改版本が天保十一年の旧版に比して体裁の優っている事を言ったものと解した。「五、六部も拙方へ」云々は『梅痴詠物詩』の新刊本であろう。「京師へ御差出し」とは梅痴の詩友の京師にあるものをいう。「阿波」は梅痴の生れた国。「讃州」は菊池五山の郷国である。それ故詩集を送るについて五山の子息を煩すとの意であろう。文言の終りごとに「云々」としてあるのは梅痴一家の慣用語と見える。「大痴帰山の節」とあるのは梅痴の弟子に大痴というものがいたのであろう。

枕山は梅痴の書簡に言ってあるように、七月秋に入るを待ち、北総飯沼の寺に赴いた。

『枕山詩鈔』丁未の集に、「梅痴上人ヲ訪フ途中ノ口占《こうせん》、門生桂林に示ス。」と題して、「蕭然野服便登程。一路看山不世情。応似淵明向廬岳。肩輿此添一門生。」（蕭然野服便チ程ニ登ル／一路山ヲ看レバ世情ニアラズ／応ニ似ルベシ淵明ノ廬岳ニ向フニ／肩輿此ニ一門生ヲ添フ）という絶句がある。この一門生は嘉永二年の冬に『飯沼詩鈔』一巻を編輯刊刻した増田存、号を桂林といった飯沼の人であろう。

枕山は飯沼に赴く途次、豊田郡水海道《みつかいどう》村を過ぎてその地の里正秋場氏を訪うた。秋場氏、名は祐、字は元吉、桂園《けいえん》と号して詩を枕山に学んだ。「丁未秋日枕山詞伯ノ訪ハル、ヲ喜ブ。」と題した七律が『名家詩録』に載っている。水海道は旗本日下《くさか》氏の采邑《さいゆう》で秋場氏は代々その代官をつとめていた。明治戊辰の春日下氏は江戸を逃《のが》れて水海道の領地に来って病死したが墓を建てるものもなかったので、秋場桂園は故主の恩を思い石を建てて自ら墓誌を撰した。その撰文は『明治詩文』に載っている。また桂園の父なる桂陰の墓誌は藤森弘庵の『如不及斎文鈔』に載っている。

水海道はミツカイドウと訓《よ》むべきことは高田与清《たかだともきよ》*の『相馬日記』に説かれている。日記を見るに水海道は筑波山を見渡す鬼怒川《きぬがわ》の岸に臨んだ村で、河を渡り岡田郡横曾根村を過ぎて飯沼に抵《いた》るのである。祐天僧正の弘経寺にあった時累《かさね》の怨霊を救った事、また境内の古松老杉鬱々《うつうつ》たる間に祐天の植付けた名号《みようごう》桜のある事などが記されている。

枕山は例年の如く中秋観月の詩筵《しえん》を開くがためにその時節には江戸に還っていた。良夜を約して枕山湖山雲濤の三詩人は舟を墨水に泛《うか》べ橋場の柳屋に登ったが、この夜月は蝕《しよく》した。枕山が作に「自古佳期動相失。天時人事足長吁。独有旧交尋旧約。年年此夕不負余。観月之伴有時闕。観月之遊無歳無。」（古《いにしえよ》自リ佳期動《やや》もスレバ相失ヒ／天時人事長吁スルニ足ル／独リ旧交ノ旧約ヲ尋ヌル有リテ／年年此夕余ヲ負《あざむ》カズ／観月ノ伴時トシテ闕《か》クコト有ルモ／観月ノ遊歳トシテ無キコト無シ）云々と言ってある。枕山が横山湖山と中秋の良夜を期して舟を墨水に泛べたのは天保十四年に始ってここに五年となった。わたくしは年々枕山がつくる所の詩賦を誦《くちずさ》み、昔江戸の詩人の佳節に逢うごとに、いかにその風月を賞して人生至上の楽事となしたかを思い、翻って大正の今日にあっては此《かく》の如き往時の慣習既に久しく廃せられてまた興すに道なきことを悲しまなければならない。

第十七

弘化五年戊申《ぼしん》二月二十八日に嘉永と改元せられた。

この年の春横山湖山が『湖山楼詩屏風』二巻を刻し、五月に長谷川昆渓が『名家詩録』二巻を上木し、大坂の書肆《しよし》が『嘉永二十五家絶句』四巻を刊行した。

この年詩壇の耆宿《きしゆく》菊池五山が八十歳の春を迎えたので、枕山を始めとして江戸の詩人はいずれも寿言《よごと》を賦してこれを賀している。

中秋の夜、枕山は例年の如く墨水に月を賞した。『詩鈔』を見るに、「中秋、懐之及ビ田村考叔、植村子順ト同ジク舟ヲ東橋ニ買ヒ、棹月楼ニ至ル。コノ夜月色奇明ナリ。夜半マタ某楼ニ上ル。」として七律三首を載せている。

植村子順、名は正義、通称は某、蘆洲《ろしゆう》と号した。下谷車坂町《くるまざかちよう》に住した某組の与力《よりき》で詩を枕山に学んだ。明治十八年享年五十六で没したので、嘉永元年には年十九である。田村考叔は枕山が詩の註に千住駅の吏とあるのみでその人を詳にしない。考叔は翌年己《き》酉《ゆう》の秋、享年四十歳で病死したこともまた枕山の作中に見えている。

第十八

嘉永二年己酉の正月枕山は『枕山絶句鈔』一巻を刻した。天保七丙申の年より天保十三年壬寅に至る七年間の作中七言絶句のみを採って凡《およそ》二百三十余首を載せたのである。齢十九より二十五に至る壮時の作である。自序に曰く「余カツテイヘラク、詩ノ道タルヤ精ナルヲ貴ビ多ナルヲ貴バズ。簡ニアツテ繁ニアラザルナリ。唐宋諸賢ノ集中往往ニシテ粗笨《そほん》冗長ナルガ如キ者アリトイヘドモ、ソノ実ハ句鍛ヘ字錬リ一語モ苟《いやし》クセズ。故ニ長篇ニ至ツテハ則《すなわち》北征南山長恨琵琶《びわ》ノ数首ノミ。豈《あに》今人ノ韻ヲ逐《お》ヒ字ヲ塡《う》メテ動《やや》モスレバ千百言ヲ成スノ比ナランヤ。韓昌黎《かんしようれい》ハ硬語横空。元微之《げんびし》ハ玉磬《ぎよつけい》ノ声声ニシテ徹シ金鈴ノ箇箇円ナルヲ以テ二ナガラ聯《つら》ネテコレヲ称ス。陸剣南《りくけんなん》ノ古体イマダ三百言以外ニ至ル者アラズ。趙雲松《ちよううんしよう》イヘラク、言簡ニシテ意深ケレバ一語人ニ勝ルコト千百ナリト。コノ中ノ消息ハ詩ニ深キニ非ラザレバ知ルコト能《あた》ハザル也。カツソレ王之渙《おうしかん》ノ出塞《しゆつさい》。

劉禹錫《りゅううしゃく》ノ石頭。皆小詩ヲ以テ名一時ニ動クモノ。今ノ世ハ長篇ヲ作レバ人ハ輙《すなわ》チ以テ大家鉅匠《きょしょう》ト為《な》シ、小詩ヲ作レバ輙チ以テ儇子佻夫《けんしちょうふ》*ト為ス。法度格律ノ何物タルヲ知ラズ。笑フベキノ甚シキ者ナリ。ソモソモコレニ従事スル者ハ、精ト簡トノ要タルト、長ト短トノ異ルコトナキトヲ知レバ、則《すなわち》始メテ与《とも》ニ詩ヲ言フベキノミ。近日余ガ『絶句抄』ノ梨棗《りそう》*竣功《しゅんこう》ス。因テコレヲ以テ序トナス。嘉永己酉孟春《もうしゅん》。試灯ノ節。枕山居士《こじ》大沼厚。下谷ノ凞凞《きき》堂ニ識《しる》ス。」

この年四月七日に尾張の藩主徳川慶臧《よしつぐ》が世を去った。鷲津毅堂は書を尾張の森春濤に寄せたついでにこれらの事を報じている。書簡は佐藤六石*氏の『春濤先生逸事談』に掲げられてあるのをここに転載した。

「朶雲拝誦《だうんはいしょう》、先以《まずもっ》て老兄足下《そっか》御勝常賀し奉候。随《したが》つて小官無異勤学、御省念是《これ》祈る。然れば御草稿拝見感吟の処少からず。仰せに従ひ僣評《せんぴょう》并《ならび》に枕山評仕《つかまつ》るべく候。然し篤と拝見仕る可《べ》く候間今度の便差上げず候。急ぎ業を卒《お》へ後便是非差上げ申候。一後藤春草*篠崎小竹《しのざきしょうちく》*へ御草稿御見せ。一段の御事に奉存《ぞんじたてまつり》候。固より二老は天下の大老に御座候間お為に相成候事□余益これ有る可くと存じ奉候。

一昨年差上げ候蟬丸《せみまる》の拙作韻脚の処書損じ仕り候まゝ差上げ申候。迹《あと》にて気付き疎漏の至《いたり》に候。後便認《したた》め直し差上げ可く候。

一『名家詩録』後編出来いたし候はゞ社中老兄を始め一両輩は編入仕るべくと兼て心懸け置き候間、御近作律絶の中御得意の作四、五十首拝見仕度候。しかし後編出板は容易に出来申さず候。『湖山楼詩屛風』と申す中へなりとも編入相願《あいねがい》申可《もうすべ》く候間、何《いず》れ律絶共に五十首宛《ずつ》後便御送り下されべく候。」

わたくしはここに説明の語をつけて置く。『名家詩録』上下二巻は長谷川昆渓の編輯したもので、嘉永改元の年の夏出版せられた。枕山が序に、「ワガ友長子肇、カツテ茗《めい》黌《こう》ニ寓シ、アマネク諸老先生ノ門ニ遊ブ。今復《またい》帷ヲ駒籠《こまごめ》ニ下シ、泛《あまね》ク江湖知名ノ士ニ交ル。博ク近詩ヲ採リ佳什麗篇ヲ得レバ則《すなわち》蒐羅《しゅうら》シテ措カズ。荒陬僻邑《こうすうへきゆう》識ラザル者トイヘドモ、必《かならず》橐中《たくちゅう》ニ入レ、釐《おさめ》テ二巻トナシ命ジテ名家詩録トイフ。今茲《こんじ》戊申梨棗《りそう》竣成ス。」云々としてある。『名家詩録』の後篇は遂に出でずして止《や》んだものらしい。『湖山楼詩屛風』二巻も既に嘉永改元の春出板せられてその後集は同じく出でずに終った。毅堂の書簡はなお次の如く書き続けられている。

「一此度中納言様御薨去《ごこうきょ》。大に歎息の至り御同愁に奉存候。故中納言様御事殊《こと》に御賢明に渡らせられ御学問好ませられ御会読等有之候。末頼母《すえたのも》しく存じ奉候処、右様の次第恐入り奉り候御事に御座候へども、別段歎息の至に存じ奉り候。且《かつ》又国家凶事相続き御経済の程も思ひ遣《や》り痛哭《つうこく》の至に候。箇様《かよう》の御事老兄等風流才子の面前に開口候御事には之無く候へども、国家の御事と思はず一筆之に及び候。」

この文中「国家の凶事相続き」というのは弘化二年六月に前代の藩主大納言斉荘《なりたか》が世を去り、数年にしてこの度また藩主の逝《ゆ》いたことを言ったのであろう。

「一幽林翁遺稿御写し下され有難く存じ奉候。」

「一阿弟《あてい》官吉御督責成し下され候様呉々《くれぐれ》も願上げ候。」

「一詩箋《しせん》後便迄《まで》に社中の者どもに書かせ差上げ申す可く候。万《よろ》づ後便に申し洩《もら》し候。頓首《とんしゅ》。春道様。四月二十日。監。」

「春道」とは医を業となした春濤の通称である。

この年の中秋、枕山は遠山雲如*、石川艇斎《ていさい》*、鷲津毅堂、鈴木松塘、秋場桂園*、横山湖山の六人と同遊の約をなしたが、その当夜前約を履《ふ》んで来り会したものは横山湖山一人のみであった。枕山は「惆悵今年観月社。六人佳約五人空。」(惆悵タリ今年観月ノ社／六人ノ佳約五人空シ)と言っているが、湖山の集には「己酉ノ中秋子寿九万ト同ジク墨水ニ遊ブ。」としてある。九万は竹内雲濤の字である。枕山らの観月が七回に及んだことは湖山枕山二人の言うところに違いがない。枕山は「同遊已看七回円。」(同遊已ニ看ル七回円《まどか》ナルヲ)といい湖山は「城東明月七年秋。」(城東明月七年ノ秋)といっている。

鷲津毅堂はこの夕武州金沢の旅亭総宜楼(東屋)にあったので、枕山の会に赴くことを得なかった事が『火後憶得詩』の評語にしるされている。

毅堂は独《ひとり》金沢にあって中秋の月を賞した後、房州に渡り鈴木松塘を訪うたらしい。『松塘詩鈔』に「鷲津文郁ノ野《の》島碕《じまざき》ニ遊ンデ月ヲ翫《もてあそ》ブヲ送ル。」また「鷲津文郁ノ都ニ帰ルヲ送ル。兼テ大沼子寿横山舒公ニ寄ス。」また「那山寺ノ閣ニ上リ重テ文郁ヲ送ル。」と題した作がある。

秋冬の交、枕山は下谷御徒町三枚橋の南畔に地所を買って新に家を建てた。梅痴上人の作に「枕山居士ニ贈ル。兼テソノ新築落成ヲ賀ス。」として日附には「庚戌王正」となした七言古詩がある。詩に曰く「去年買地新移家。家具一担書五車。閑園日渉能成趣。

五畝之間純是花。敢期戸外停香騎。却喜門前通古寺。」（去年地ヲ買ヒ新タニ家ヲ移ス／家具一担書五車／閑園日ニ渉レバ能ク趣ヲ成シ／五畝ノ間純《すべ》テ是レ花／敢テ期ス戸外香ニ停マルノ騎ヲ／却テ喜ブ門前古寺ニ通ズルヲ）云々。

枕山は維新の後に至るまで永くこの新居を去らなかったという。わたくしは下谷区役所に赴き明治五年調査の戸籍簿を見た。これが同区役所最古の戸籍簿だという事である。それには「明治五年壬申十一月入籍、仲御徒町三丁目七十一番地、田屋伝内借地居住、父故幕府旗本大沼次右衛門亡、明治十六年十二月隠居、大沼厚。」としてあって、次に継妻うめの名が載っている。

仲御徒町三丁目は上野広小路三橋《みはし》より少しく南に下った処から東に入って、俚俗摩利《りぞくまり》支天《してん》横町を行尽し、鉄道線路を踰《こ》えたあたりである。枕山の家は忍川の溝渠《こうきょ》に架せられた三枚橋の南側にあったという事であるが、今日溝渠は既に埋められて橋の跡も尋ねにくくなったので、従って枕山の邸址も唯番地によってこれを探るより外に道がない。

枕山が維新後の住所の番地については明治七年九月松浦宏*の作った『東京大小区分絵図』第三号仲御徒町三丁目四十番地の処に大沼枕山と明記されてある。また翌八年十一月出版の『下谷吟社詩』三巻の奥附面にも仲徒士町三丁目四十番地としてあるが、明治十一年十月出版の『江戸名勝詩』には町の名も変って単に御徒町三丁目四十番地としてある。しかし明治十五年出版の『文雅都鄙人名録』を見るに仲御徒町三丁目七十一番地となっている。

嘉永二年は枕山の生涯には最《もっとも》多幸なる年であった。前の年には妻を迎えこの年には新に家を築造したのみならず、枕山はその比《ころ》に至って自らその詩風の旧調を脱して新生面を開き来ったことを知り欣喜《きんき》措くべからざるものがあった。「近時余ガ詩格一変ス。偶《たまたま》一絶ヲ得タリ。」として「自喜新編旧習除。才仙詩訣在吾廬。一窓梅影清寒夜。月下焚香読詩書。」(自ラ喜ブ新編旧習ヲ除クヲ／才仙詩訣吾ガ廬ニ在リ／一窓ノ梅影清寒ノ夜／月下香ヲ焚キテ詩書ヲ読ム)

六月二十七日、菊池五山が下谷長者町の家に没した。明和六年己丑の生より寿を享《う》くること八十一歳。下谷北稲荷町なる広徳寺に葬られた。

この年の冬横山湖山が『乍浦集詠鈔』一巻を刊刻した。『乍浦集』の原本は西暦千八百四十二年即《すなわち》我が天保十三年壬寅の年英国の軍隊が南清《しん》の諸州を寇《こう》し遂に香港《ホンコン》を割譲せしむるに至った時、この兵乱に遭遇した清国諸名家の詩賦を採って沈約なる人の編成した集である。湖山がこの書の抄録を出版したのは言うまでもなく説詩に托してわが国海防の一日もゆるがせにすべからざる事を知らしむるためであった。序詞には枕山、柳窩《りゅうか》、毅堂の名が連ねられ、巻尾には頼士峰《らいしほう》*の文が載せてある。この書は幸にして幕府の忌む所とならなかったようである。

第十九

嘉永三年庚戌《こうじゅつ》の年枕山は門人溝口桂巌《みぞぐちけいがん》*に編輯の労を執らしめて『同人集』初編二巻を刊刻した。溝口桂巌、字は景弦、名は子直といい相州三浦郡津久井《つくい》の素封家であったが、明治維新の後産を失い、明治三十一年正月八十一歳で没したという。

この年『枕山詩鈔』所載の作を見るに「東都春遊雑詠」といい、「戯《たわむれ》ニ行楽ヲ勧ムルノ歌ヲ作ル。」というが如き艶麗《えんれい》なる文字を弄《ろう》するものが多い。「雑言」と題する絶句には、「未甘冷淡作生涯。月榭花台発興奇。一種風流吾最愛。南朝人物晩唐詩。」(未ダ甘ンゼズ冷淡モテ生涯ト作《な》スヲ／月榭花台興ヲ発《おこ》シテ奇／一種ノ風流吾ハ最モ愛ス／南朝ノ人物晩唐ノ詩」と言っている。

枕山がかくの如く三春《さんしゅん》の行楽を賦している時、鷲津毅堂は辺海の武備を憂い『聖武記採要』と題する三巻の書を板刻した。この書は清《しん》の道光二十六年内閣中書舎人《しゃじん》魏源《ぎげん》の著した『聖武記』十四巻の抄録である。原本は清朝の国初より歴代の武事兵制の沿革を説き各章の終に著者の論評を加えたもので、全篇の主旨となす所は近年英魯《ろ》両国の入寇《にゅうこう》および回教匪徒《ひと》の反乱とに際して、清国の武備の甚《はなはだ》到らざることを慨歎し、以て世を警醒《けいせい》するにあった。『聖武記』の始めて成ったのは道光二十三年であるが、二年の後補綴《ほてい》せられ更に二十六年に至ってまた増訂せられた。道光二十六年は則《すなわち》わが弘化三年である。さればこの書は当時舶載の新書の中最も新しきものというべきである。

『採要』の巻首に掲げた毅堂の自序を見るに、「孫子ハ火攻ヲ以テ下策ト為ス。然レドモ方今英夷《ほうこんえいい》ヲ防グノ術火攻ヲ除イテハ則チ手ヲ措クベキナシ。ケダシ時勢ノ変ニシテ兵法ノ一定シテ論ズベカラザルモノ也。戦国以降明清ニ至ル兵家ノ書、孫呉、司馬法《しばほう》、尉繚子《うつりょうし》、素書《そしょ》、李衛公《りえいこう》問対、大白陰経、武経総要、虎鈐経、何博士ノ備論、守城録、江南経略、紀効新書、練兵実記、武備志ノ数百数部ニ止マラズ。シカモソノ取ツテ以テ今日ニ用フベキ者ヲ求ムレバ僅僅《きんきん》ノミ。予頃ロ《ちかご》『聖武記』ヲ一貴権ノ家ニ借観ス。凡《およそ》十四巻。清ノ人魏源ノ撰述ニ係ル。天命天聡《てんそう》ヨリ嘉慶道光ニ至ル大小ノ征戦一々コレヲ縷述《るじゅつ》ス。マタ附録四巻アリ。一ニ曰ク兵制兵餉《へいしょう》。二ニ曰ク掌攻考証。三ニ曰ク事功雑述。四ニ曰ク議武。コノ篇諸書ニ比シテ最晩《おそ》ク出ヅ。故ニソノ論ズル所頗《すこぶる》時勢ニ切ナリ。而《しこう》シテ議武ノ一篇最作者ノ意ヲ注グ所。ケダシ道光壬寅鴉片《あへん》ノ変魏源身《み》ヅカラソノ際ニ遭遇シ清国軍政ノ得失、英夷侵入ノ情状コレヲ耳目ノ及ブ所ニ得タリ。是《ここ》ヲ以テ能《よ》クソノ機宜ヲ詳ニシソノ形勢ヲ悉《ことごと》クス。然レバ則海防ノ策コノ篇ヨリ善キハ莫《な》シ。予乃チ抄シテコレヲ梓《し》ニ付シ題シテ『聖武記採要』トイヒ以テ世ニ問フ。辺疆《へんきょう》ノ責ニ任ズル者能クコノ篇ヲ熟読シ以テ斟酌《しんしゃく》シテコレヲ用レバ則チソノ実用アルイハ孫呉ニ倍セン。今二人アリ。一人ハ古器ヲ好ミ一人ハ新器ヲ好メバ則チ人ハイマダ古器ヲ好ムヲ以テ勝レリトナサズンバアラズ。夷《たいら》カニコレヲ考フレバ則チ古器ハ雅ナリトイヘドモイマダ新器ノ時用ニ適シテシカモ便ニカツ利ナルニ若《し》カザル也。ア、今ノ兵ヲ説ク者コノ篇ノ晩出ヲ以テコレヲ軽ンズルコトナクンバ則《すなわち》可ナリ。嘉永三庚戌ノ夏四月穀堂学人鷲津監。夕陽楼ノ無人処ニ撰ス。」としてある。

幕府が令を発して世人の漫《みだり》に海防の論議をなし人心を騒すことを禁じたのはあたかもこの年の五月である。毅堂は『聖武記採要』を刊行したために町奉行所の詮議《せんぎ》するところとなった。毅堂の碑文に「有司マサニ中《あつ》ルニ法ヲ以テセントス。乃チコレヲ房総野ノ間ニ避ク。」といっているのは即この事である。毅堂は窃《ひそか》に江戸を逃れてまず房州に走ったのであるが、それはこの年もまさに尽きようとする十二月下旬のことで、中秋の頃にはなお無事で江戸にいた。枕山が中秋観月の題言に、「庚戌中秋、湖山昆渓毅堂ト同ジク舟ヲ墨水ニ泛《うか》べ棹月楼ニ登リ例年ノ遊ヲ為《な》ス。」云々。

毅堂が町奉行所の訊問を避けんがため房州に走った時の消息は、これより三年の後嘉永五年の秋に刊刻せられた詩集『薄遊吟草』によってほぼ知ることができる。吟草の巻首に録せられた絶句に「十二月二十日夜霊岸港ニ泊ス。」と題して「欠月籠沙遠溆平。酒醒黙算水雲程。尋常一等城楼鼓。聴到船窓恰有情。」〔欠月沙ヲ籠メ遠溆平ラカ／酒醒メ黙シテ算フ水雲ノ程／尋常一等城楼ノ鼓／聴キ到リテ船窓恰モ情有リ〕

毅堂が霊岸島から房州通《がよい》の夜船に乗込む時、遠山雲如が一人これを見送った。雲如は

『吟草』の巻末に「庚戌ノ冬鷲津文郁マサニ房州ニ遊バントス。余送ツテ江戸橋ニ抵《いた》ル。詩アリ、曰ク。楼灯紅少見船灯。欲買離杯貧不能。記否前宵同被煖。篷窓無月海雲凝。」〔楼灯紅少《か》キ船灯ヲ見ル／離杯ヲ買ハント欲シテ貧ニシテ能ハズ／記スヤ否ヤ前宵同被ノ煖／篷窓月無ク海雲凝ル〕と識している。

毅堂は房州のいずこに上陸しいずこに年を送ったか詳でない。しかし翌年正月には府中谷向村なる鈴木松塘の家に身を寄せていた事は、松塘が『房山楼集』所載の詩賦によって明である。

松塘と毅堂との交遊は弘化三年に始った。『松塘詩鈔』の巻尾につけた毅堂の跋《ばつ》を見るに、「丙午ノ春余大沼子寿ノ許《もと》ニ飲ム。座ニ一人余ト年相若《し》クモノヲ見ル。白晳《はくせき》ニシテ長大、意気倜然《てきぜん》トシテ顧譲スル所ナシ。酒酣《たけなわ》ニシテ詩ヲ賦シ筆ヲ下スコト縦横、大篇立《たち》ドコロニ就《な》ル。駿発《しゆんぱつ》一座ヲ驚ス。子寿指シテ余ニ告ゲテ曰クコレ房州ノ艫子《ろし》彦之《げんし》ナリト。予心窃《ひそか》ニコレヲ奇トス。乃チ与《とも》ニ交ヲ訂ス。イクバクモ亡クシテ彦之ハ房州ニ帰リ彼此《かれこれ》訊問杳然《ようぜん》タルコト数年ナリ。庚戌ノ秋余事アリ房州ニ赴キ過《よぎ》リテ彦之ヲ見ル。」云々としてある。「庚戌之秋」はおそらくは「庚戌之冬」となすべきであろう。

わたくしはこの当時幕府の探索の甚《はなはだ》急激でなかったことを喜ばねばならない。幕府当路の役人は毅堂が房州にあることを全く心づかなかったらしい。金森慎徳なる者の手録した『温古新聞記』というものに、毅堂の『聖武記採要』に関する町奉行所の申渡しが載録されている。それを見ると著者の毅堂は罰せられずして板木《はんぎ》を摺《す》ったものが過料に処せられている。『温古新聞記』の録する所嘉永四年辛亥二月二十四日の条に曰く

「同月二十四日落着『聖武記採要』一件。北御町奉行所御掛ニテ去ル戌年十二月十七日御呼出相成ル。是《こ》ハ牛込通寺町《とおりてらまち》松源寺ニ同居致候浪人ニテ鷲巣(原本ノママ)郁太郎ト申ス者右ノ書ヲ出板致シ、板行摺《はんこうずり》ハ神田松永町半次郎ニテ摺上候処右ノ書物段々六ケ《むつか》敷《しく》相成御詮議厳敷《きびしき》ニ付キ、郁太郎儀半次郎へ摺手間ヲ遣ハサズ板木ハ預ケ置キ候儘《まま》ニテ欠落致候故半次郎右ノ板摺本等御番所へ持出候所郁太郎行衛《ゆくえ》御詮議有之候得共《これありそうらえども》一向ニ相分ラズ。去ル暮三度迄《まで》半次郎御呼出有之当春三度御呼出有リ。今日落着也。過料三貫文。板行摺半次郎。」

この時の町奉行は南御番所が遠山《とおやま》左衛門尉《えもんのじょう》景元《かげもと》*、北御番所が井戸《いど》対馬守《つしまのかみ》覚弘《さとひろ》*である。

わたくしは『温古新聞記』を見て、試に牛込通寺町なる松源寺を尋ねて見たが寺は既

に他所に遷《うつ》された後で、毅堂がこの寺に寄寓していた関係を詳にすることができなかった。

毅堂が『聖武記採要』の事を述べたについて、わたくしはここに嶺田士徳の『海外新話』なる著述についてもまた一言して置きたい。士徳は楓江と号して、梁川星巌の江戸にあった頃、枕山湖山らと交遊のあった事は既に本書の第五回天保七年の条に記した。楓江は早くより蝦夷《えぞ》開拓の志を抱《いだ》き兵法を清水赤城《しみずせきじょう》に、蘭学を箕作阮甫《みつくりげんぽ》について学び、天保十二年の夏江戸を去って松前に赴いた。枕山湖山らの集にはいずれも楓江に寄せた詩が載っている。楓江はその後江戸に還って、嘉永二年の秋『海外新話』五巻を出版した。この書は英清鴉片戦争の顚末《てんまつ》を通俗平易に書きつづり挿画を入れて、軍記の如き体裁となし、英人侵略の懼《おそ》るべきことを説いたのである。幕府は徒《いたずら》に人心を騒すものとしてこの書を差押え、著者を捕えて獄に投じ、嘉永四年の春に至って放免したがなお江戸大坂京都の三都市に居住することを禁じたので、楓江はそれより南総の諸邑に流寓し、南総請西村《じょうざいむら》に学舎を開き生徒を教えていた。安政の初江戸に還り外交に関する意見書を時の老中安藤対馬守に献じ初てその知遇を受けるようになった。元治元年幕府征長の役には楓江は田辺藩の陣中にあって軍議に与《あずか》った。維新の後再び南総に遊び、夷隅《いすみ》郡布施村に学舎を興して子弟の教育に晩年を送り、明治十六年十二月某日その寓居に没した。時に年六十七であった。楓江の伝は『事実文編』第七十六巻に載せられた重田保の「嶺田翁寿碑銘」および林天然氏の『房総の偉人』に詳である。

第二十

毅堂が『薄遊吟草』所載の作の第三首目に「逢春」と題して「予時年二十七。」と註を施した七律がある。毅堂は嘉永四年辛亥の年二十七歳の春を房州の客舎に迎えたのである。律詩の前聯に「逢迎到処忘為客。得失従来嬾問天。」(逢迎到ル処客為《た》ルヲ忘レ／得失従来ヨリ天ニ問フニ嬾《ものう》シ)と言っているのを見れば、毅堂は行く先々でその土地の人々から大に歓迎せられたものらしい。この律詩は後年植村蘆洲、真下晩菘の二人が編纂した『六名家詩選』に採録されているが、それには「客舎逢春予時年二十八。」(客舎春ニ逢フ予時ニ年二十八)となされている。わたくしはそのいずれに従うべきかを知らない。

鈴木松塘の『房山楼集』辛亥の部に松塘は谷向村なるその家にあって、毅堂と共に「八新詩」を賦したことが見えている。また「人日《じんじつ》文郁ニ示ス。」と題した七律がある。これに由って見れば毅堂は七草の夕にも、松塘の家にいたのである。あたかもこの時江戸においては正月より二月の末に至る間、北の町奉行所では『聖武記採要』の件についてその著者なる毅堂を召喚すること再三に及んだが、その行衛《ゆくえ》がわからぬので遂に同書の板刻をなした者を過料に処した事は前章に述べた如くである。

毅堂は春より秋も半に至る頃まで松塘の家に寄寓しそのあたりの名所古蹟を見歩いていた。「鋸《のこぎりやま》山ニ登ル。」の作に「我来正逢清秋月。錦嚢将補前遊欠。」(我来リテ正ニ逢フ清秋ノ月/錦嚢将ニ補ハントス前遊ノ欠ヲ)の句がある。毅堂は二年前嘉永二年の秋始て房州に遊んだことがあるが、その時には鋸山には登らなかったものと思われる。

鈴木松塘がその最初の集なる『松塘詩鈔』を刻したのはこの年の夏六月で、丁度毅堂がその家に寄寓していた時である。毅堂は「鈴木彦之新刻ノ詩集ヲ読ム。」と題する絶句三首をつくっている。

この月のはじめに毅堂は江戸から意外なる書信に接した。それは尾張一ノ宮にいた旧友森春濤が突然江戸に来ている事を知ったことである。佐藤六石氏の『春濤先生逸事談』に毅堂が春濤の書に答えた手紙が採録されている。今妄《みだり》に送仮名を附して左の如く書改めた。

「朶雲拝誦《だうんはいしょう》。老兄忽然《こつぜん》ノ御出府、意外驚異仕《つかまつり》候。先以《まず》テ御壮健ニ御座ナサレ賀シ奉候。折悪《おりあ》シク昨年来房州へ遊歴留守中早速ニ拝眉《はいび》ヲ得ズ、消魂ニ堪ヘズ候。貴諭ノ如ク七年来悲歓得失御同然、一晤《いちご》握手快談仕リ度ク、小官当地書画会相済ミ直様《すぐさま》帰府ノ心組《こころぐみ》ニ御座候。遠カラザル中拝眉仕ル可《べ》ク候。小官モ春来帰心矢ノ如ク、特ニ老兄ノ御出府、猶更《なおさら》ノ事是非帰府早々仕ル可ク候。左様御承知下サル可ク候。此度順軒兄出府ニ付キ幸便ニ任ジ一封ヲ呈シ候。小官近況ハ順軒兄口頭ニ付シ候。向暑ノ時節旅中折角御《お》厭《いと》ヒ専一ニ存ジ候。草々頓首。監再拝。六月十一日。春濤老兄客窓ノ下。尚々順軒兄御渡海ノ節御同道、房州御一遊如何《いかん》。左様ナレバ小官御同道ニテ帰府致ス可ク、シカシ此レハ思召《おぼしめし》ナリ。」

書簡にいう「順軒」は大沢順軒、字は子世のことであろうか。その人を詳にしない。

森春濤はこの年三十三歳である。尾張一ノ宮の家を去って江戸に来り、上野東叡山の或学寮に寄寓し、日々枕山が三枚橋の家に来って共に詩学を研鑽し、旁《かたわら》生計のために篆刻《てんこく》をなしたが依頼する者もなかった。春濤は失意に加《くわ》うるに瘧《おこり》を患《わずら》い、毅堂の帰府を待ち得ず悄然《しょうぜん》として西帰の途に上った。これらの事は皆『春濤先生逸事談』に記述せられている。

毅堂の江戸に還った日は明でない。しかし枕山が中秋観月の作の題言に「中秋、毅堂、香巌、楽山ト同ジク舟ヲ墨水ニ泛《うか》ベ百花園ヲ訪ヒ薄暮棹月楼ニ抵《いた》ル。コノ夜月色清佳ナリ。」としてある。八月に入って帰府したのであろう。この夜横山湖山の来り会しなかったのはその事を詳にしないが、枕山との間に面白からぬことがあって一時交遊が絶えていたからである。これもまた『春濤先生逸事談』の伝える所である。同遊の人香巌は結城の人中茎氏、字は公通。楽山は江戸の人服部氏。一は毅堂の友、一は枕山の門人である。

毅堂が『薄遊吟草』所載の作中に「七月十日独《ひとり》南檐《なんえん》ニ臥《ふ》ス。涼風西ヨリ来リ梧竹《ごちく》蕭然《しょうぜん》タリ。因テ憶《おも》フ。余南中ニアルコト殆《ほとんど》一年ト。悲ミ中ヨリ生ズ。一絶句ヲ賦シテ懐ヲ遣ル。」と題するもの及び「八月八日マサニ北総ニ遊バントス。鈴木彦之ニ留別ス。」と題する七律一首がある。わたくしは枕山の作によって毅堂が辛亥の年の中秋には江戸に還っていた事を知ると共に、『吟草』中のこの二首を以てまさに房州を去ろうとする際の作であろうと推察するのである。去年十二月に江戸を去ってから七月までの時間を正確に算すれば八個月である。題言に「殆一年」となしたのは半年余の意ではないのかと思われる。

山崎美成《やまざきよししげ》の編輯した『江都名家詩選』三巻の刊刻せられたのはあたかもこの年辛亥の六月である。山崎美成は下谷長者町《ちょうじやまち》に住した薬種問屋長崎屋の主人で通称信兵衛、後に久作、字は久卿、好問堂と号した。博識を以て知られた雑学者である。美成と枕山とは交遊があったと見えて、『江都名家詩選』の巻首には枕山の序がかかげてある。序に曰く「今人ノ選集、刻本若干種アリ。而シテ『天保嘉永絶句』及ビ『摂西摂東詩鈔』(『摂西六家詩鈔』、『摂東七家詩鈔』の二書のことか)頗《すこぶ》ル諸州ヲ収ムトイヘドモ、然レドモイマダ一方ノ都会ヲ専取スル者ハアラザリシ也。イハンヤワガ江戸ノ大ナルヤ、文章ノ淵藪《えんそう》ニシテ、牛耳《ぎゅうじ》ヲ執リ盟主トナル者騒壇ニ角立スルヲヤ。余故ニカツテ曰ク江戸諸公ノ詩ハ海内学者ノ模楷《もかい》規矩タリ。因テ二、三ノ従游スルモノト相謀《あいはか》リ諸家ノ麗藻ヲ選ンデ梓《し》シテコレヲ伝ヘントシタリ。適《たまたま》同人集ノ挙アリ遷延シテ果サズ。友人山崎久卿モマタ斯《ここ》ニ見ルトコロアリ博ク江戸ノ詩ヲ採リ、命ジテ『江都名家詩選』トイフ。来ツテ余ガ冕《べん》言《げん》*ヲ徴ス。余展《の》ベテコレヲ観ルニ一集ノ中、各体具備シ光彩爛然《らんぜん》トシテ殆《ほとんど》遺珠ナシ。乃チ左右ニイツテ曰クコノ編一タビ出デンカ、海内ノ学者模楷規矩ヲ得テ、ワガ江戸ノ文章ノ淵藪タルヲ知ラン。マタ一大快事ナリ。ソモ〳〵久卿ガ力能ク余《よ》ガ志ヲ成ス。余安《いずくん》ゾ欣然トシテコレニ叙セザルヲ得ンヤ。嘉永辛亥皐月《さつき》江戸枕山大沼厚撰。」『江都名家詩選』の巻頭に置かれた名家は岡本花亭である。花亭は御鎗《おやり》奉行岡本近江守《おうみのかみ》の雅号である。

この年冬十月、横山湖山はその妻の始めて児を挙げたのを見て、「酔筆匆匆報故国。乃生載衣語偏繁。遥知阿母多喜色。今日天涯添一孫。」(酔筆匆匆故国ニ報ズ/乃《すなわ》チ生マレ載《すなわ》チ衣《き》セ語偏《ひとえ》ニ繁ナリ/遥カニ知ル阿母ノ喜色多キヲ/今日天涯一孫ヲ添フ)の絶句にその喜びを言っている。湖山が俎橋《まないたばし》からお玉ケ池に家を移したのはこの年の冬にあらざれば次の年の春であろう。

第二十一

嘉永五年壬子の歳鷲津毅堂は二十八歳、大沼枕山は三十五歳になった。わたくしは毅堂が結城藩に聘せられてその学館の教授となったのを、この年の春か、あるいは前年の冬からであろうと推測している。『枕山詩鈔』を見るに、枕山もまた結城の藩校に招がれて経書の講義をなしたと見え、「結城侯ノ時習館。学而筵《がくじえん》ヲ竟《お》フ。青山君静卿ニ呈ス。」と題し、「黌館延余主講筵。誰知老陸太狂顚。聖経平日東高閣。靦面説人時習篇。」〔黌館余ヲ延《まね》キ講筵ヲ主《つかさど》ル／誰カ知ラン老陸ノ太《はなは》ダ狂顚ナルヲ／聖経平日高閣ニ東ヌ／靦面人ニ説ク時習ノ篇〕となした作が嘉永四年の集に載っている。枕山は出遊の途次結城を過ぎ請わるるがままに、『論語』の「学ンデ而《しこう》シテ時ニコレヲ習フマタ説《たの》シカラズヤ。」の一章を択んで、臨時の講演をなしたのであろう。毅堂はこれとは異って、学館内の一室に起《き》臥《が》し日々講堂に出でて生徒を教えたのである。その事は「聴水簃襍吟《ちょうすいいざつぎん》」十五首に言われている。

襍吟の一に講筵の光景を叙して、「城鼓鼕鼕聚一庁。安排小案傍山屏。高人公事無多子。説与残経広坐聴。」（城鼓鼕鼕一庁ニ聚《あつ》マリ／小案ヲ安排シテ山屛ニ傍フ／高人公事多子無ク／残経ヲ説与シテ広坐ニ聴カシムﾑ）となした絶句がある。放課の後毅堂は独《ひとり》茶を煮て閑坐読書することを娯《たのし》んだ。「静中愛聴煮茶声。日与風爐訂好盟。一笑従来慣閑坐。人将閉目先生。」（静中聴クヲ愛ス茶ヲ煮ルノ声／日ニ風爐ト好盟ヲ訂《むす》ブ／一笑ス従来閑坐ニ慣レタルヲ／人閉戸ヲ将テ先生ヲ目ス）毅堂はまた来訪の客と酒を酌《く》んで夜のふくるを忘れた。「夜窓留客一灯幽。酔後陶然解旅愁。談笑何妨渉奇怪。匹如坡老在黄州。」（夜窓客ヲ留メテ一灯幽《しず》カナリ／酔後陶然トシテ旅愁ヲ解《と》ク／談笑何ゾ妨ゲンヤ奇怪ニ渉《わた》ルヲ／匹《たと》フレバ坡老ノ黄州ニ在ルガ如シ）また或時は墻《かき》を隔てて隣家の女の琴を弾ずるに耳を傾け、戯《たわむれ》に「唔咿纔断玉絃鳴。一帳梅花月正横。蓄妓後堂非我分。付佗隣女譜春声。」（唔咿纔《わず》カニ断テバ玉絃鳴ル／一帳ノ梅花月正ニ横《よこざま》ナリ／妓ヲ後堂ニ蓄《たくわ》フハ我ガ分ニ非ズ／佗ノ隣女ニ付シテ春声ヲ譜セシム）の如き絶句を賦した。

当時結城の藩主は『武鑑』について見れば水野日向守勝進《ひゅうがのかみかつゆき》である。わたくしは藩校時習館の沿革を知ろうと思って『日本教育史資料』を見たが記載を欠いているので校舎の位置教員の姓名等を詳にすることが出来なかった。按《あん》ずるに結城の藩中は維新の際佐幕と勤王との両派に分れ、時の藩主水野勝知《かつとも》は二本松の城主丹羽氏より出でたもので、上野の彰義隊と気脈を通じて結城の城に拠ろうとした時、勤王党の藩士はこれと戦って火を城に放った。これがため結城藩の記録文書は悉《ことごと》く烏有《うゆう》となったので、後年文部省が『日本教育史資料』を編纂するに当って、同藩学館の沿革を調査することができなかったのであろう。

毅堂はこの年嘉永壬子の夏六月に至って時習館の教授を辞して江戸に還り、名を宣光《のりみつ》、字を重光と改めた。通称郁太郎を改めて貞助《ていすけ》となしたのも恐らくこの時であろう。爾後《じご》幕府は復《ふたた》び毅堂が出版物の罪を問わなかったという。これらの事と毅堂が帰府の年月とは、明治九年佐田《さた》白茅《はくぼう》*の編輯に係る月刊雑誌『名誉新誌』第十七号以下に載せられた毅堂の小伝に見えている。

毅堂の江戸に還り来ったころ大沼枕山は伊香保《いかほ》に遊びまた房州に鈴木松塘を訪い、秋に入るを俟《ま》って家に帰った。しかしこの年中秋観月の会は八月十日に風雨の荒狂ったためかそのまま催されずにしまったようである。枕山湖山二人の集を検するに、いずれもこの年には中秋の作を見ない。八月十日の風雨には親船が永代橋《えいたいばし》に衝突して橋を破壊したと『武江年表』に記載せられている。『枕山詩鈔』には「風雨歎」七言古詩の作が載っている。写本『温古新聞記』に曰く「八月十日前夜通し大降りにて今朝北風にて大降四ツ時頃風替り南に相成り大嵐《おおあらし》に相成る。天保四年巳八朔《はっさく》の大嵐より此方の大荒のよし所々破損多分有之《これあり》。昼後より晴。日当り又曇り、大風吹き夕七ツ時前又々雨降り雷鳴致す也。」

毅堂は結城から帰って後、一昨年来房総流寓中の詩賦を集め『薄遊吟草』と題してこれを刊刻した。枕山の小引及び遠山雲如の跋があっていずれも重陽《ちょうよう》前三日あるいは一日としてある。枕山の小引七言古詩は鷲津氏の家系とまた毅堂枕山二人の関係とを知るに便宜であるから、その全篇をここに掲げる。

「薄遊吟草小引。吾之祖父君曾祖。氏族雖異血肉同。万松亭畔開村塾。郷閭著称幽林翁。吾父有故冒異姓。官遊千里客江東。青雲雖不遂宿志。騒壇建幟衆所宗。松隠丈人承祖業。王李詩筆策余功。継之而立益斎叟。首唱韓蘇変祖風。惜哉天不仮之寿。卅歳辛勤付一空。君乎夙為克家子。七齢李賀声已隆。吾嘗西遊寓君舎。吾未弱冠君猶童。対床一

堂事講習。灯火達旦度三冬。嗟吾破産成何事。爾来落托十年中。江湖載酒甘薄倖。狂名留在煙花叢。君亦不屑郷閭誉。汗漫之遊無定蹤。房南総北遍討勝。雨裏蹇驢月裏篷。錦嚢包括錦様句。都門揖我気太雄。為示長短三百首。豈唯玉白与花紅。細看即我曾遊地。菱花之湾月波峰。吾口未言君手及。麻姑搔痒自然工。斯集一出名藉甚。已卜後来興我宗。乃祖隠徳到此顕。吾左君右如駏蛩。子美詩法存審言。定国事業覬于公。君更少年須努力。文章小技何足攻。儒術遠窺洛閩域。台閣必期徳望崇。嘉永壬子重陽前三日異姓従兄枕山大沼厚題於晩香書院。」（薄遊吟草小引　吾ノ祖父ハ君ノ曾祖／氏族異ナリト雖モ血肉同ジ／万松亭畔村塾ヲ開キ／郷閭著シク称ス幽林翁／吾ガ父故《ゆえ》有リテ異姓ヲ冒シ／官遊千里江東ニ客タリ／青雲宿志ヲ遂ゲズト雖モ／騒壇幟ヲ建テ衆ノ宗トスル所／松隠丈人祖業ヲ承ケ／王李詩筆余功ヲ策ス／之ヲ継ギテ立ツ益斎叟／韓蘇ヲ首唱シテ祖風ヲ変ズ／惜イ哉天之ニ寿ヲ仮サズ／卅歳辛勤一空ニ付ス／君ヤ夙ニ克家ノ子為《た》リ／七齢李賀声已ニ隆《たか》シ／吾嘗テ西遊シテ君ガ舎ニ寓ス／吾未ダ弱冠ナラズ君猶童タリ／対床一堂講習ヲ事トシ／灯火旦ニ達シ三冬ヲ度《わた》ル／嗟《ああ》吾産ヲ破リテ何事ヲカ成サン／爾来落托十年ノ中《うち》／江湖酒ヲ載セテ薄倖ニ甘ンジ／狂名留マリテ煙花ノ叢ニ在リ／君亦郷閭ノ誉ヲ屑《かえりみ》ズ／汗漫ノ遊定蹤無シ／房南総北遍ク勝ヲ討《たず》ネ／雨裏ノ蹇驢月裏ノ篷／錦嚢包括ス錦様ノ句

／都門我ニ揖シテ気太《はなは》ダ雄ナリ／為ニ示ス長短三百首／豈ニ唯玉ノ白キト花ノ紅キトノミナランヤ／細看スレバ即チ我ガ曾遊ノ地ナリ／菱花ノ湾月波ノ峰／吾ガ口ハ未ダ言ハザルニ君ガ手ハ及ブ／麻姑ノ掻痒ハ自然ノ工ナリ／斯ノ集一タビ出ヅレバ名藉甚シカラン／已ニトス後来我ガ宗ヲ興スト／乃チ祖ノ隠徳此ニ到リテ顕《あら》ハル／吾ハ左君ハ右駈蛩ノ如シ／子美ノ詩法ハ審言ニ存シ／定国ノ事業ハ于公ニ俶《はじま》ル／君更ニ少年須ク努力スベシ／文章ハ小技ニシテ何ゾ攻《おさ》ムルニ足ラン／儒術遠ク窺《うかが》フ洛閩ノ域ヲ／台閣必ズ期ス徳望ノ崇《たか》キヲ　嘉永壬子重陽ノ前三日異姓ノ従兄枕山大沼厚晩香書院ニ題ス〕

毅堂は『吟草』の刊刻を機会に詩会を薬研堀《やげんぼり》の草加屋という酒楼に開き汎《あまね》く同好の詩人の来会を求めた。その回状を見るに、

薄遊吟草刻成発会。十月六日於薬研堀草加屋楼上相催候。不拘晴雨《せいうにかかわらず》御恵臨可被下《くださるべく》候

補助　大沼枕山
〃〃　宗像蘆屋
会主　毅堂鷲津監拝請
当時　大沼同居

としてある。毅堂は結城より帰府した当時は枕山の家に寓していたのである。

この年江戸市中には万年青《おもと》の変り種を弄《もてあそ》ぶことが流行した。武士僧侶《そうりよ》までが植木屋と立交り集会を催し万年青の売買をなして損益を争うようになったので、これを禁ずる町《まち》触《ぶれ》が出た。これ嘉永五年十一月十五日のことである。市井のこの瑣事《さじ》に枕山は詩興を催したものと見えて、「万年青」と題する七言古詩を賦した。その一節に曰く「吾俗好奇何至此。小草大花殆弟兄。昨日官家俄下令。罪其尤者価太軽。富家失望売諸市。花戸色沮《うしな》厭《いと》品評。」〔吾ガ俗奇ヲ好ムコト何ゾ此ニ至レルカ／小草大花殆ンド弟兄ナリ／昨日官家俄カニ令ヲ下シ／其ノ尤アル者ヲ罪シ価太ダ軽《かろ》シ／富家失望シテ諸《これ》ヲ市ニ売リ／花戸色沮ヒテ品評ヲ厭フ〕云々。

万年青流行のことは当時の俗謡大津絵《おおつえ》にも唱《うた》われている。「この頃のお触書《ふれがき》。士農工商ある中に、両替仲間相場立ち、大銭《おおぜにこ》小銭《ぜに》を打並べ出しゃ、お白洲《しらす》でしかりゃせぬ。しわん棒がこそこそとしまい置く。諸職人はわずかな銭でまじめ顔。なかにも慾深い万年青好きが、陽気をながめ、コイツは妙だとよろこぶ中に、きびしい御触。シモタ屋に料理茶屋、迷惑千万、火事場見物、切捨《きりすて》御免。」

十一月に入って冬至の節に、大垣侯戸田氏正《うじまさ》の家老小原鉄心《おばらてつしん》が溜池《ためいけ》の邸舎に詩筵を開いた。戸田氏の邸は今日の赤坂榎坂町《えのきざかちょう》にあった。『鉄心遺稿』に「至日《しじつ》邸舎小集、磐渓《ばんけい》、嶺南《れいなん》、畏堂《いどう》、可医《かい》、枕山、湖山、南園、秋航、雲如、豹隠《ひょういん》、蘆洲《ろしゅう》、瓦雞《がけい》ノ諸子ト同ジク賦ス。(略)コノ日歓甚シ。痛飲シテ兵ヲ談ズ。」としてある。

小原鉄心、名は寛、字は栗卿、通称仁兵衛。大垣侯戸田氏の世臣である。鉄心は天保十三年より一藩の政務を執り大に治績を挙げた。鉄心は実務の才に富むのみならず文学の造詣《ぞうけい》もまた浅からず、執務の旁《かたわら》暇あれば詩人墨客を招いて詩を唱和し酒豪を以て自ら誇りとなした。詩文を斎藤拙堂に禅を雪爪《せっそう》禅師に学んだ。その書斎を鉄心居と名づけたのは梅花を愛する所より唐の宋広平《そうこうへい》が鉄心石腸の語を取ったのであるという。明治五年四月享年五十四歳を以て没したので、嘉永五年には年三十四である。

来賓の中枕山、湖山、南園上人の三子は最早《もは》や説明するに及ぶまい。磐渓は仙台藩の儒大槻士広《おおつきしこう》。蘭学を善くし西洋砲術の師範である。嶺南は武州川越《かわごえ》藩の儒者保岡元吉《やすおかげんきち》である。安井息軒《やすいそっけん》の『北潜日抄』明治戊辰六月二十九日の記に「保岡元吉衛心ヲ以テ没去ス。年来ノ旧識凋零《ちょうれい》殆ド尽ク。悵然《ちょうぜん》タルモノコレヲ久《ひさし》ウス。」としてある。嶺南の男正太郎は川荘と号し、川荘の男亮吉は鳳鳴《ほうめい》と号し、世々家学を伝え、鳳鳴は大正八年九月十五日に没したという。

可医は竹村可医である。畏堂小林氏と同じく信州松代《まつしろ》の城主真田信濃守幸教《さなだしなののかみゆきのり》の家臣である。秋航は江戸の儒者西島蘭渓《にしじまらんけい》の義子で、『湖山楼詩屛風』の言う所によれば、詩賦書画篆刻《てんこく》等を善くした多芸の才人である。雲如は遠山澹。蘆洲は植村子順である。豹隠瓦雞の二人はいまだ考えない。

第二十二

嘉永六年癸丑《きちゆう》三月三日に横山湖山、鷲津毅堂の二人が羽倉簡堂《はくらかんどう》*に招かれて、その邸に催された蘭亭修禊《しゆうけい》の詩筵に赴いた。簡堂の邸は下谷御徒町藤堂家の裏門前にあった。湖山毅堂の二人はこの日簡堂の邸において佐久間象山に会ったはずである。象山の詩集にこの日の詩筵の作が載っているからである。

蘭亭修禊の宴は晋《しん》の王羲之《おうぎし》が永和九年癸丑の暮春に行ったので、嘉永六年はあたかも千五百一年目に当るのである。

羽倉簡堂は食禄五百石の旗本である。名は用九、字は士乾、通称を外記《げき》という。天保十二年五月簡堂は水野越前守忠邦が革政の際総毛の代官より抜擢《ばってき》せられて勘定吟味役兼納戸頭《なんどがしら》となり、天保十四年六月但馬国生野《たじまのくにいくの》銀山の視察に出張し、同年九月帰府の後、老中水野忠邦の罷免せらるると共に、簡堂もまた罪を得て小普請に入り逼塞《ひっそく》せしめられた。時にその年五十四である。以後簡堂は再び世に出でず読書修史に余生を送った。簡堂は岡本花亭と同じく水野忠邦に信任せられた幕府要路の役人にして、また倶《とも》にその名を後世に伝えた学者である。大正今日の官吏とは大に人品《じんぴん》を異にしている。

天保十四年六月簡堂が生野《いくの》銀山視察の途上、大坂の客舎にあってその母の訃《ふ》に接した時の日記の文の如きはわたくしの愛誦《あいしょう》して措《お》く能《あた》わざるものである。日記に曰く、「二十七日明クルヲ待ツテ客館ニ入ル。江都ノ訃来ル。始メテ母氏《ぼし》本月十九日ヲ以テ没シタルヲ知ル。コレヨリ先母氏膈《かく》ヲ患ヒタリ。余児輩《じはい》ト商量シマサニ起程《きてい》ヲ緩クセントス。慈《じ》コレヲ聞キテ曰ク汝《なんじ》ラワレノ故ヲ以テ起程ヲ延ベント欲スル歟《か》。私情ヲ以テ公事ヲ堕スルハ先君ノ悪《にく》ム所ナリ。不肖此《か》クノ如クンバ子ナキニ如《し》カズト。湯薬ヲ絶ツコト一日ナリ。故ヲ以テ改メテ期ヲ速《すみやか》ニセンコトヲ図ル。慈大《おおい》ニ喜ビ陽ニ快キノ状ヲナス。然レドモ僅ニ稀粥《きしゆく》ヲ通ズル耳《のみ》。途ニ上ルノ日復《ふたた》ビ慈顔ヲ奉ズルコト能ハザルヲ知リ、話シテ刻《とき》ヲ移ス。慈ソノ意ヲ察シ声ヲ励《はげま》シテ発ヲ促ス。終《つい》ニ永訣《えいけつ》トナル。余ヤ庚戌《こうじゆつ》ノ歳ヲ以テ金城ノ官舎ニ生レ而シテ今コレヲ金城ノ館ニ聞ク。ア、降誕ト訃来ト五十四年ヲ隔ツトイヘドモソノ地相距《あいへだた》ルコト百歩ニ過ギズ。コレガタメニ悲感更ニ深シ。浄几《じようき》明水ヲ設ケ灯ヲ点ジ香ヲ焚《た》キ破涕《はてい》コレヲ記ス。」云々。

簡堂は文久二年七月三日享年七十二を以て没した。男子がなかったので林鶴梁の子綱三郎を養い家を継がしめた。その著書の重なるものは明治十二年に刊行せられた『小四海堂叢書』と明治十四年に出版せられた『簡堂叢書』五巻に収められている。わたくしは簡堂の墓を弔わんと欲して三田台町一丁目の正泉寺を尋ねたが、寺は既に壊《こぼ》たれて小学校の校舎が建てられていた。

三月三日蘭亭修禊の宴は羽倉簡堂の邸に催されたのみではない。飯沼弘経寺の梅痴上人もまたこの日を期して詩文の友を招いた。横山湖山がこの日両所の会に赴いたのを以て見れば、梅痴は江戸に来って某処に筵を張ったものと思われる。

米国の軍艦が浦賀に来って国書を呈したのは六月五日である。横山湖山の絶句に「海口無関碧淼漫。妖鯨出没涌狂瀾。羽書不奏安辺議。唯報夷情測得難。」（海口関無ク碧淼漫タリ／妖鯨出没シテ狂瀾涌ク／羽書ハ安辺ノ議ヲ奏セズ／唯夷情測リ得ルコト難キヲ報ズルノミ）

鷲津毅堂は『告詰篇』一巻を著してこれを水戸前中納言斉昭《さきのちゅうなごんなりあき》に献じた。これは藤森弘庵の手を経たものであろうとわたくしは推測している。

藤森弘庵のことは本書の第九回天保十一年の章に言ってある。弘庵は弘化四年土浦の藩校を去り江戸に帰って日本橋槇町《まきちょう》に僦居《しゅうきょ》し翌年麴町平川町に移りまたその翌年下谷三味線堀《しゃみせんぼり》に転じ家塾を開いてこれを轂塾《こうじゅく》と称した。弘庵は夙《はや》くより水戸の家臣藤田東湖《ふじたとうこ》と親しく交っていたので、水戸前中納言は東湖に命じて海防に関する意見を弘庵に問わしめた。弘庵の声名は当時東都の学者中最嘖々《さくさく》としていた故である。弘庵は『芻言《すうげん》』五巻を草して水戸前中納言に献じ以後十人扶持を給せられた。七月に至って弘庵は更に『海防備論』二巻を著した。この著は今『嘉永明治年間録』に採録せられている。

七月二十二日に将軍家慶《いえよし》が薨《こう》じた。年六十一である。その第三子家定《いえさだ》が将軍の職を襲いだ。年三十二である。

藤田東湖、藤森弘庵の二人は十一月徳川家定が将軍宣下《せんげ》の式を行う時勅使の京都より下向《げこう》するを機とし、これより先に京師《けいし》の縉紳公卿《しんしんくぎょう》を遊説《ゆうぜい》し攘夷《じょうい》の勅旨を幕府に下さしめようと謀《はか》った。鷲津毅堂はこの密謀に参与し京師の縉紳を遊説するには最も適した人物としてその友松浦武四郎《まつうらたけしろう》*なるものを弘庵に紹介した。

松浦武四郎、名は弘、字は子重、北海または多気志楼と号した。文政元年二月六日伊勢国一志郡須川村に生れた。幼にして僧とならん事を願ったが父の聴《ゆる》しを得なかったので十三歳の時津藩の督学平松楽斎《ひらまつがくさい》の門生となり、三年の後十六歳にして家を出で東海東山両道を漂泊し、天保九年長崎に抵《いた》り遂に僧となり平戸の某寺に住したが、弘化元年に至り還俗して蝦夷地《えぞち》探険の途に上った。鷲津毅堂は弘化二年江戸に来る以前より早く松浦と相識っていたようである。思うに武四郎は諸国遊歴の途次鷲津益斎が丹羽村の塾に寄寓していた事があったのであろう。毅堂と松浦との交は維新の後に至るまで終生変るところがなかった。わたくしの母の語るところによれば、松浦翁はいつも早朝毅堂先生のなお臥褥《がじょく》を出でざる頃訪い来り、枕頭《ちんとう》に坐し高声に笑談して立ち帰るを常とした。今日下谷の鷲津氏がその家に恒産を有するのは維新の後松浦氏が頻《しきり》に貨殖の道を毅堂に説きかつ教えた故であるという。

松浦武四郎は東湖弘庵の二人より水戸藩の内命を受け、この年の秋京師に赴いた。毅堂はこの行を送って「穿入京城五彩雲。昂然野鶴出雞羣。除非乞詔僧文覚。千歳寥寥独有君。」〔穿入ス京城五彩ノ雲/昂然トシテ野鶴雞羣ヲ出ヅ/除詔《ただ》ヲ乞ヒシ僧文覚ヲ非《のぞ》ケバ/千歳寥寥トシテ独リ君有ルノミ〕の絶句を賦した。武四郎は堤少納言に謁して関白鷹司《たかつかさ》家を説いたが到底事の行われがたきを知って江戸に還ろうとする途中箱根において捕えられた。しかし武四郎は厳しく罪を問わるるに及ばずして放免せられたものらしい。安政二年武四郎は堀織部正《ほりおりべのしよう》が箱館《はこだて》奉行の職にあった時奉行所の筆記役となっている。

松浦武四郎の捕縛せらるるや、山形侯水野家の儒者塩谷宕陰《しおのやとういん》＊は藤森弘庵の安否を憂慮し窃《ひそか》にその家を訪い密事の真偽を問うた後、毅堂との交を避けるように勧告した。しかし幸にしてこの時には弘庵も毅堂も倶《とも》に幕府の嫌疑を受けなかった。三島中洲の作った碑文にこの時の事を記して「癸丑ノ夏米利堅《メリケン》果シテ来テ互市《ごし》ヲ乞《こ》フ。君慨然トシテ『告詰篇』一巻ヲ著シテ水戸烈公ニ献ズ。コノ時ニ当リ徳川温恭公新ニ立ツ。天使マサニ就テ大将軍ニ拝セントス。藤田東湖藤森弘庵窃ニ君ニ謀ツテ曰ク幕吏因循ニシテ恐ラクハ膺懲《ようちょう》ノ任ヲ尽スコト能ハザラン。天使モシ別勅ヲ齎《もたら》シコレヲ責メンカ、アルイハ奮起スル所アラン。預《あらかじ》メコレヲ為《な》サバ如何《いかん》ト。君乃《すなわ》チ一策ヲ進メ京紳ノ間ニ周旋ス。事輙《すなわ》チ行ハレズ。他日石河鵜飼《うがい》ノ諸氏遊説スルヤ別勅終ニ降《くだ》ル。アルイハコレニ基《もとづ》クカ。」としてある。

八月四日前将軍家慶《いえよし》の葬儀が芝増上寺において行われた。枕山らが年々催す中秋の観月はこれがために今年は廃せられた。湖山の絶句に「白雲明月夜悠悠。一酔何堪消百憂。莫怪江湖閑散客。也因世故廃中秋。」〔白雲明月夜悠悠／一酔何ゾ百憂ヲ消スニ堪ヘンヤ／怪シム莫カレ江湖閑散ノ客／也《また》世故ニ因リテ中秋ヲ廃スヲ〕

湖山はこれより先嘉永四年の冬褐《かつ》を釈《と》き、参河国《みかわのくに》吉田の城主松平伊豆守信古《のぶひさ》の儒臣となっていたので、海防に関する意見書を藩主に呈し、また人を介して老中阿部伊勢守正弘の手許《てもと》にも建白する所があった。

十月十七日穀堂枕山の二人は鈴木松塘に誘われ、早朝相携えて家を出で、巣《す》鴨滝野《がもたきの》川《がわ》あたりの勝景を探り、王子村の旗亭《きてい》に酒を酌《く》んで詩を唱和した。穀堂が上総国《かずさのくに》久留里《くるり》の藩主黒田《くろだ》豊前守《ぶぜんのかみ》直静《なおちか》に聘せられ下谷御《お》成道《なりみち》の上屋敷に出仕したのはあたかもこの時分であろう。毅堂は十人扶持を給せられた。この年の『武鑑』及『日本藩史』を見るに、黒田家では翌年四月に豊前守直静が世を去って、六月に直静の弟淡路守直質《なおただ》が封を襲いだ。十一月冬至の日、小原鉄心が今年もまた去年の如く溜池の屋敷に詩筵を催した。招かれた賓客の中に毅堂湖山枕山も加っていた。

第二十三

嘉永七年甲寅の歳枕山は三十七歳、毅堂は三十歳になった。

枕山が「元日下谷幽居」の作に、「乞詩人聚小梅傍。潤筆有贏銭満嚢。一任故人誇厚禄。我家春色未凄涼。」(詩ヲ乞ヒテ人小梅ノ傍ニ聚マリ/潤筆贏《あま》リ有リテ銭嚢ニ満ツ/一任《まま》ヨ故人ノ厚禄ヲ誇ル/我ガ家春色未ダ凄涼ナラズ) 枕山の声名は年と共にいよいよ顕われ門人も次第に多くなって、生計も従ってやや豊かになったのである。

弘化二年の夏梁川星巌が江戸を去り、菊池五山、岡本花亭、宮沢雲山ら寛政文化の諸老が相継いで淪謝《りんしゃ》*するに及び、枕山はおのずから江戸詩壇の牛耳を執るに至ったのである。しかし嘉永安政の世は文化文政の時の如く芸文に幸なる時代ではなかった。枕山が時世に対する感慨は「春懐」と題する長短七首の作に言われている。その一に曰く、「化政極盛日。才俊各馳声。果然文章貴。奎光太照明。上下財用足。交際心存誠。宇内如円月。十分善持盈。耳只聴歌管。目不見甲兵。余沢及花木。名墅争春栄。人非城郭是。我亦老丁令。」〔化政極盛ノ日／才俊各《おのおの》声ヲ馳ス／果然トシテ文章貴ク／奎光太ダ照明タリ／上下財用足リ／交際心ニ誠ヲ存ス／宇内円月ノ如ク／十分ニ善ク盈ヲ持ス／耳ハ只歌管ヲ聴キ／目ハ甲兵ヲ見ズ／余沢花木ニ及ビ／名墅春栄ヲ争フ／人非ニシテ城郭是ナリ／我亦老丁令〕

わたくしは枕山が尊王攘夷の輿論《よろん》日に日に熾《さかん》ならんとするの時、徒《いたずら》に化政極盛の日を追慕して止《や》まざる胸中を想像するにつけて、自《おのずか》ら大正の今日、わたくしは時代思潮変遷の危機に際しながら、独《ひとり》旧時の文芸にのみ恋々としている自家の傾向を顧みて、更に悵然たらざることを得ない。

この年正月十三日、米艦が再び浦賀に来り、翌日本牧《ほんもく》の沖に碇泊《ていはく》して空砲を放った。二月枕山の従弟大沼又三郎が小普請組から下田奉行手附出役を命ぜられた。又三郎は鷲津松隠の末子でこの年三十七歳、枕山と同庚《どうこう》*である。またこの時の下田奉行は伊沢美《みま》作守《さかのかみ》政義、都筑駿河守《つづきするがのかみ》峰重である。

大沼又三郎は柔術と馬術とをよくした。下谷の鷲津文豹翁は幼少の頃又三郎の屋敷に旗本の子弟が乗馬の稽古《けいこ》に来たのを見覚えているとわたくしに語られた。

鷲津毅堂が御徒町に家を借りたのもまたこの時分であろう。卜居の作に、「黄鳥迎人著意啼。新春恰好寄新棲。片茅盖頂無多地。断木撑門有小蹊。咸籍流風聯叔侄。機雲廨舎占東西。蘆簾掲在梅花外。只欠斉眉挙案妻。」〔黄鳥人ヲ迎ヘテ意ヲ著《こ》メテ啼キ／新春恰モ好シ新棲ニ寄スルニ／片茅頂ヲ盖《おお》ヒテ多地無ク／断木門ヲ撑《ささ》ヘテ小蹊有リ／咸籍ノ流風叔侄ヲ聯《つら》ネ／機雲ノ廨舎東西ヲ占ム／蘆簾掲《かか》ゲテ梅花ノ外ニ在ルモ／只欠ク斉眉挙案ノ妻〕この律詩に毅堂はいまだ妻を娶《めと》らざることを言っているが、しかし翌年九月には児を挙げているので、わたくしは毅堂の結婚した時を御徒町卜居の後半年を出でざるものと推測する。

毅堂は御徒町の新居を名《な》づけて遷喬書屋《せんきょうしょおく》となした。御徒町は南の方和泉《いずみ》橋に出る街路なので、泉橋の二字を代えて遷喬となしたのであろう歟《か》。あるいは下谷の語を取って幽谷となしたのであろう歟。いずれにしても孟子滕《とう》文公の章句*に拠ったのは言うまでもない。安政二年九月ここに生れた鷲津文豹翁の語るところによれば遷喬書屋は現時下谷区御徒町二丁目、電車停留場の西側に当るあたりだという。されば枕山が三枚橋の考詩閣と相隔ること僅に一、二町の処にあったわけである。

この年三月某日毅堂は江戸橋の或料理屋で長州の人吉田松陰と相会した。『毅堂丙集』巻之五に見る所の詩の題言中に、「余往歳吉田松陰ト江戸橋ノ酒楼ニ邂逅《かいこう》ス。曰ク我マサニ遠行セントスト。ケダシソノ亜船ニ投ゼントスルノ前数日也。」と言っている。松陰がその門人渋木重之助と共に下田の米艦に投乗せんとして捕えられたのはこの年甲寅の三月二十一日である。そもそも毅堂が初めて松陰と相識ったのは去年癸丑の夏のことで、毅堂の旧友松浦武四郎が松陰を伴って、毅堂を訪問したのである。この逸事は『毅堂丙集』巻之五の評註の中松浦武四郎の記する所である。しかし御徒町卜居の以前毅堂の那辺に居住していたかは詳でない。かつまた吉田松陰と江戸橋の酒楼に邂逅した前後の関係もまたこれを審《つまびらか》にすることができない。

わたくしはまた毅堂が七月中甲州に遊んだことをこの年安政紀元の頃ではないかと推測している。安政五年の春に編成せられた『近世名家詩鈔』に毅堂の作中「七月廿日乞暇遊甲斐留別諸友人。」〔七月廿日暇ヲ乞ヒテ甲斐ニ遊バントシテ諸友人ニ留別ス〕と題して、

「一双遊屐蠟成新。擬賞江山未了因。但覚君恩於我渥。三旬還賜水雲身。」(一双ノ遊屐蠟成リテ新タ/賞セント擬ス江山未了ノ因/但覚ユ君恩ノ我ニ於テ渥《あつ》キヲ/三旬還《ま》タ賜フ水雲ノ身ヲ」その他一首が載せてある。これによって見るに、毅堂の甲州に遊んだのは久留里藩に仕えている間のことである。毅堂が甲州都留《つる》郡花咲村の豪農井上武右衛門なる者の家に滞留していたというのもまたこの時であろう。蒲生褧亭が『近世偉人伝』第四編井上氏の伝に、「江門ノ鷲津毅堂カツテ甲斐《かい》ニ遊ビ武右ノ家ニ宿ス。詩ヲ賦シテコレニ贈ツテ曰ク。君家雖旧徳維新。闔郡皆推賜姓人。曾引渓流漑田畝。一川活得五村民。」(君ガ家ハ旧《ふる》キト雖モ徳維《こ》レ新タナリ/闔郡皆推ス賜姓ノ人ヲ/曾テ渓流ヲ引キテ田畝ヲ漑ス/一川活《い》カシ得タリ五村ノ民)云々。武右衛門は博愛義俠の人にしてまた文学を好んだ。かつて幕府に海防費を献納して姓氏を許された。文久年間家事をその子に托して江戸に来り上野広小路に酒店を開いていたという。

枕山はこの年甲寅の夏駿府《すんぷ》に遊び秋に入って北総に赴いた。中秋墨水の観月は嘉永五年以後遂に廃せられたものと見えて、この年も観月の作を見ない。

十一月二十七日に安政と改元せられた。冬至の夜枕山は安積艮斎《あさかごんさい》、雄禅《ゆうぜん》禅師*の二人と共に目白台に住した書家藤田《ふじた》惇斎《とんさい》の家に招がれた。席上の作に、「年年至日酔君家。」（年年至日君ガ家ニ酔フ）といい「名帖宝絵紛無数。」（名帖宝絵紛トシテ数フル無シ）というを見れば、惇斎は家貧しからず古書画をも多く蔵していたと見える。惇斎、名は金良、字は温卿、惇斎はその号。一に顚顚道人《てんてんどうじん》と号し、通称を啓次郎という。枕山が同人集第三編に「温卿ノ書ハ帖《じょう》ノ出ルゴトニ輙《すなわち》唐宋ノ名家トソノ工巧ヲ争フ。マタ元ノ人顧玉山《こぎょくざん》ノ風ヲ慕フ。」と言ってある。

この年幕府はいよいよ英米露の三国と仮条約を締結したので国論はますます沸騰した。然るに枕山の依然として世事に関せざる態度は「偶感」の一律よくこれを言尽《いいつく》している。「孤身謝俗罷奔馳。且免竿頭百尺危。薄命何妨過壮歳。菲才未必補清時。莫求杜牧論兵筆。且検淵明飲酒詩。小室垂幃温旧業。残樽断簡是生涯。」（孤身俗ヲ謝シ奔馳ヲ罷ム／且ツ免ル竿頭百尺ノ危キヲ／薄命何ゾ壮歳ヲ過《こ》ユルヲ妨ゲンヤ／菲才未ダ必ズシモ清時ヲ補ハズ／求ムル莫カレ杜牧ノ兵ヲ論ズルノ筆ヲ／且ツ検セヨ淵明ノ飲酒ノ詩ヲ／小室幃《い》ヲ垂レテ旧業ヲ温ム／残《ざん》樽《そん》断簡是レ生涯）

わたくしはこの律詩をここに録しながら反復してこれを朗吟した。何となればわたくしは癸亥震災以後、現代の人心は一層険悪になり、風俗は弥《いよいよ》頽廃《たいはい》せんとしている。此《かく》の如き時勢にあって身を処するにいかなる道をか取るべきや。枕山が求むる莫《なか》れ杜牧《とぼく》兵を論ずるの筆。かつ検せよ淵明が飲酒の詩。小室に幃《い》を垂れて旧業を温めん。残樽《ざんそん》断簡これ生涯。と言っているのは、わたくしに取っては洵《まこと》に知己の言を聴くが如くに思われた故である。

安政紀元十二月二十八日の夜、酉《とり》の下《げ》刻《こく》、神田多町二丁目北側の乾物屋三河屋半次郎の店から発火して南の方日本橋まで延焼した。横山湖山がお玉ケ池の家はその門と塀《へい》とを燬《や》かれた。

第二十四

安政二年乙卯《いつぼう》の歳、枕山が元旦の絶句に「一処無恙六迎春。」〔一処恙無ク六タビ春ヲ迎フ〕の語を見る。三枚橋に新居を築造してから六年目の春を迎えたのである。

正月七日毅堂は久留里の藩主黒田淡路守直質《なおただ》に謁し五古一篇を賦して奉った。『六名家詩鈔』に載せられたこの作には干支を記していないが、「新春値新政。我公襲封年。」〔新春新政ニ値《あ》フ／我ガ公襲封ノ年〕の二句によって、わたくしは直質が去年六月に襲封してその翌年の正月であるように解釈したのである。

九月七日に鷲津毅堂の妻佐藤氏みつが男精一郎を生んだ。みつは豊前中津《ぶぜんなかつ》の城主奥《おく》平大膳太夫《だいらだいぜんたいふ》昌服《まさもと》の家臣佐藤某の女である。

十月二日小雨の歇《や》んだ後、夜亥《い》の刻に大地震が起った。枕山湖山毅堂の三家は各罹災《りさい》の詩を賦している。

枕山の妻は七月盂蘭盆《うらぼん》のころから枕《まくら》に伏していた。枕山は老母と病妻とを扶《たす》けて五十日ほど某所に立退《たちの》き、やがて三枚橋の旧居に還った。律詩の対句に「暫棲原北五旬余。重葺橋南数畝居。」〔暫ク棲ム原北五旬余／重ネテ葺ク橋南数畝ノ居〕と言っている。

津藩の督学斎藤拙堂はこの年六月伊勢を発して江戸に滞在していたので、十月二日の震災を目撃した。「震災行」七言古詩の作がある。拙堂は八月十日（一説ニ十五日）水戸藩の会沢正志《あいざわせいし》*、若松藩の黒河内十太夫*、津山藩の箕作阮甫《みつくりげんぽ》*、高崎藩の市川達斎*らと共に将軍家定に謁見した。芳野金陵《よしのきんりょう》*の撰した市川達斎の墓誌には謁見の日を八月望となしている。拙堂は昌平黌教授の内命を辞してこの年の冬江戸を去った。鷲津毅堂は長句を賦して拙堂の西帰を送った。その作の初に、「昨日迎公来。涼颸蘋末弄。今日送公帰。繁霜木葉絳。繁霜涼颸駅南橋。一年此処作迎送。」〔昨日公ノ来ルヲ迎ヘ／涼颸蘋末ヲ弄ス／今日公ノ帰ルヲ送リ／繁霜木葉ヲ絳《あか》ス／繁霜涼颸駅南ノ橋／一年此ノ処ニ迎送ヲ作《な》ス〕云々とあるので、毅堂は拙堂の江戸に入る時にも「駅南ノ橋」まで出迎いに行ったのであった。駅南の橋とは品川本宿の端《はず》れにある橋のことでもあろう。

第二十五

安政三年丙辰ノ歳、枕山は三十九歳の春を震災後再築したその家に迎えた。家は以前に比べると隘《せま》かったのであろう。元日の絶句に「樗散逢春鬢欲斑。船如屋小一家閑。拝年客到無著処。混在図書雞犬間。」〔樗散春ニ逢ヒテ鬢斑ナラント欲ス／船ノ如ク屋小ナレドー家閑ナリ／拝年客到リテ著《つ》ク処無ク／混リテ図書雞犬ノ間ニ在リ〕

正月九日枕山は鈴木松塘を房州谷向村の家に訪うた。その途次武州杉田村にまわり路して梅園の花を手折りこれを携えて海を渡ったのである。これは去年の正月松塘が枕山の家を訪うた時、杉田の梅一枝を土産《みやげ》にした事があったので、今年は枕山の方から松塘を訪問するに莅《のぞ》んで、去年の返礼にと同じ杉田の梅を携えて行ったわけである。松塘が長句に曰く「去年正月尋君時。手挈杉田梅一枝。今年春又君問我。衝門先覚香風吹。担来繁蕊如人白。一堂照映坐為窄。」(去年正月君ヲ尋ネシ時／手ニ挈《ひっさ》グ杉田ノ梅一枝／今年春又君我ヲ問フ／門ニ衝《むか》ヒテ先ヅ覚ユ香風ノ吹クヲ／担《かつ》ギ来ル繁蕊人ノ白キガ如シ／一堂照映シテ坐《おのずか》ラ窄《せま》シト為ス)云々。

二月十九日枕山は松塘と共に房州を発して江戸に還った。松塘は江戸よりはるばる京都に赴きその師梁川星巌に見《まみ》えんことを欲したのである。松塘が西遊の途に上った後枕山は古河に遊び初夏家に帰った。その頃の作に「飲酒」と題する五言古詩一篇がある。枕山は年いまだ四十に至らざるに蚤《はや》くも時人と相容《あいい》れざるに至ったことを悲しみ、それと共に後進の青年らが漫《みだり》に時事を論ずるを聞いてその軽佻《けいちょう》浮薄なるを詈《ののし》ったのである。「憶我少年日。距今僅廿春。当時読書子。風習頗樸醇。接物無辺幅。坦率結交親。儒冠各守分。不追紈袴塵。今時軽薄子。外面表誠純。纔解弄文史。開口説経綸。問其平居業。

未曾及修身。譬猶敗絮質。炫成金色新。世情皆粉飾。哀楽無一真。只此酔郷内。遠求古之人。小児李太白。大児劉伯倫。隔世拚同飲。我酔忘吾貧。」〔憶フ我ガ少年ノ日／今ヲ距《へだ》ツルコト僅《わず》カニ廿春／当時ノ読書子／風習頗ル樸醇／物ニ接シテ辺幅無ク／坦率交親ヲ結ブ／儒冠各《おのおの》分ヲ守リ／紈袴ノ塵ヲ追ハズ／今時ノ軽薄子／外面誠純ヲ表ス／纔ニ文史ヲ弄スルヲ解シ／口ヲ開ケバ経綸ヲ説ク／其ノ平居ノ業ヲ問ヘバ／未ダ曾テ修身ニ及バズ／譬フレバ猶敗絮ノ質ノゴトク／炫《くらま》シテ金色ノ新タナルヲ成ス／世情皆粉飾／哀楽一真無シ／只此ノ酔郷ノ内ニ／遠ク古ノ人ヲ求ム／小児ハ李太白／大児ハ劉伯倫／世ヲ隔テテ同飲ニ拚《まか》セ／我酔ヒテ吾ガ貧ヲ忘レン〕

枕山がこの「飲酒」一篇に言うところはあたかもわたくしが今日の青年文士に対して抱いている嫌厭《けんえん》の情と殊《こと》なる所がない。枕山は酔郷の中に遠く古人を求めた。わたくしが枕山の伝を述ぶることを喜びとなす所以《ゆえん》もまたこれに他《ほか》ならない。

八月二十五日は風雨と海嘯《かいしょう》との江戸を襲った時である。雨は二十三日より降りつづいて二十五日の夜に至り南風と共に次第に激しく遂に築地《つきじ》本願寺の堂宇をも吹倒すほどの勢となった。風雨は暁明に至って纔《わずか》に歇《や》んだが天候は容易に恢復《かいふく》せず重陽《ちょうよう》の節句も雨の中に過ぎた。

「風雨止マズ復《ふたた》ビ長句ヲ賦ス。」と題する作に枕山はその妻の病の漸《ようや》く重くなった事を言っている。「過了重陽残雨朦。江上九月尚多風。縄枢我擬今原子。屋漏誰思古魯公。暮歳有期床下蟋。故人無信水辺鴻。一家渾抱悲秋感。貧病相依風雨中。」(重陽ヲ過了《す》ギテ残雨朦《けむ》リ／江上九月尚風多シ／縄枢我ハ擬ス今ノ原子ニ／屋漏誰カ思ハン古ノ魯公ヲ／暮歳期有リテ床下ニ蟋アリ／故人信《たより》無シ水辺ノ鴻／一家渾《す》ベテ抱《いだ》ク悲秋ノ感／貧病相依ル風雨ノ中《うち》)

九月晦日《かいじつ》病婦は遂に不帰の人となった。枕山が「悼亡」の律詩中に「一火延焼旧草廬。連宵野宿中寒初。」(一火延焼ス旧草廬ヲ／連宵野宿シ寒ニ中《あた》ルノ初)とある。病源は前年の震災から寒気に冒されたのである。内助の功の少《すく》なかったことは、「可憐十一年間苦。井臼親操昼廃梳。」(憐ム可シ十一年間ノ苦／井臼親シク操シ昼梳ヲ廃ス)の二句によって想察せられる。その柔順貞淑であったことは「感君勤苦守中闈。」(感ズ君ガ勤苦シテ中闈ヲ守ルヲ)といい「薄命枉為狂者婦。慧心不羨富児妻。」(薄命枉《ま》ゲテ狂者ノ婦ト為リ／慧心羨マズ富児ノ妻ヲ)といいまた、「金釵換尽長安酒。儘許夫君酔似泥。」(金釵換ヘ尽ス長安ノ酒ニ／儘ク許ス夫君ノ酔ヒテ泥ノ似《ごと》キヲ)の如き詩句に言尽されている。枕山の妻が金釵《きんさい》*を典売して夫君とその友とのために酒を買ったことは鈴木松塘が「寄弔」(弔ヲ寄ス)の作にも「多慚緑酒沽留我。不惜金釵抜附郎。」〔多ク慚ヅ緑酒沽《か》ヒテ我ヲ留ムヲ／惜マズ金釵抜《ぬ》キテ郎ニ附スヲ〕と言ってあるから決して形容の辞ではない。大正当世の細君《さいくん》は金剛石の指環を獲んがためには夫君をして贓蠹《ぞうと》*とならしむるも更に悔るところがない。人心変移の甚しきは人をして唯唖然《あぜん》たらしむるのみである。

枕山が妻はその氏名年齢を詳にしない。初《はじめ》飯沼弘経寺の梅痴上人が媒《なかだち》をなしたという事をわたくしは聞いたのみである。三田台裏町妙荘山薬王寺に葬られて積信院一乗妙道大姉の法諡《ほうし》をおくられた。わたくしは大沼氏家蔵の文書の中から次の如き断簡を見出した。しかしその筆者の何人なるかを詳にしない。「ゆく秋つごもりの夕野辺《のべ》のわかれおくれる。積信院姉《し》へよする。錦してみればさびしき落葉かな。さて〳〵積信院親族のみな〳〵夜もすがら日をついで、そのつかれもいとはず看病いたし下され候だん、一しほかんじ入まゐらせ候。猶《なお》この上他界のものと思はず、朝夕の手向《たむけ》たのみ入候。枕山家内のことは、積信院のこゝろもち我よく〳〵知りつれば、追《おっ》て物がたりに及ぶべく候。かしく。積信の姉へ。白居申ふす。」この文体と筆跡とを見るに婦人であることは疑を入れない。

第二十六

安政四丁巳の歳枕山は四十歳、毅堂は三十三歳になった。横山湖山の『火後憶得詩』の中「墨水看花歌」に「丁巳三月念一日鷲津重光、井上公道、松岡欲訥、田中君山、福岡藤二ト墨水ニ遊ブ。時ニ井上福岡ノ二子帰期近キニアリ。」云々の題言が記してある。これらの人名の中、福岡藤二は土佐の藩士で大正八年頃まで生存していた子爵福岡孝悌《たかちか》である。また松岡欲訥は同じく土佐の藩士松岡七助、号を毅軒《きけん》といった人であろう。

六月京都の書肆《しょし》擁万堂が『安政三十二家絶句』三巻を刊行した。江戸に在住した詩家の吟詠は毅堂が専《もっぱら》之を選択し、関西の詩家は伊勢松阪の儒者家里松濤が択んだ。毅堂は選集の中に遠山雲如の作を除いて載せなかった。これがため二家の間に他日嫌隙《けんげき》を生じた事は毅堂がその郷友森春濤に送った書簡に見えている。

「過日は平三郎へ御托しの御細書下され忝《かたじけな》く拝見仕候。先以《まずもっ》て文履益〻御万福に御座成され欣然に存奉り候。随《したが》つて拙宅無異御省慮下さる可く候。然れば老兄の月旦《げつたん》、上方《かみがた》筋宜しき旨□□□。扨《さて》当今上方筋人物寥寥《りようりよう》。老兄の技倆《ぎりよう》にて勿論《もちろん》の事に御座候。僕も老兄とは同一家。御互に月旦の善悪は疾痛痾痒《あよう》の関《かかわ》るところなれば、僕之を聞きて寝ること能はず。併乍《しかしなが》ら虚名は自然に得易く実行は難きものに御座候間、御同様に勉強致す可きも此事に御座候。家里も才子なれども其議論程には筆まはり兼申《もうしかね》候。此頃一友人西遊。其の者より承り候処、度々京師にて家里へ会晤《かいご》。詩の議論も致候処、此節純然星翁の家法を奉じ候由なり。星翁は詩道には精しき人なれども、其家法を奉ずるもの優孟の衣冠を為《な》さゞる者ほとんど稀《まれ》なり。老兄以て如何《いかん》となす。(此論吾輩《わがはい》才を妬《ねた》み誹論《はいろん》致し候様相聞え候ては不都合に御座候間決して他人へは御吹聴御無用に願奉り候。)老兄御草稿御上木《ごじようぼく》成され度き御思召《おんおぼしめし》一盛事に御座候。就而者《ついては》御草稿を御遣し下され候はゞ骨《ほね》折《おり》拝見仕可く候。此頃高野俊蔵よりも、近業の詩文堆《つい》を成し候得共《そうらえども》一向相談する人も無之《これなく》、何卒《なにとぞ》旧稿と思召し御遠慮なく御删正《ごさんせい》下され度く候。箇様《かよう》申し来り候。

一、雲如生其後御地へ罷《まか》り出候節小生を湯島の芝居と月旦致候由。此れは具テレ体ヲ而モ微なりといふ悪言なり。仰せの通り『安政絶句』中に相洩《あいもら》し候にて微《すこ》しく野心を相挟み、陶奴《とうど》推刃《すいじん》之気味無きにしもあらず。誠に小量と謂《いい》つ可し矣。一体軽薄の人物にて心も雲の如く翻覆定り無く候。夫故《それゆえ》江戸には門戸を維持するあたはず始終田舎へ而已《のみ》飄泊《ひょうはく》致し候次第なり。『安政絶句』に相洩し候は敢《あえ》て意あるに非《あ》らず。唯游歴而已致し候故止《や》むことを得ず相洩し候儀に御座候。併乍ら小生と雲如とは自《おのず》から具眼の人は弁別致し呉《くれ》候間、此等之一些事《さじ》には不平を抱き候儀は小生に於《おい》ては毛頭御座無く候。唯々雲如之世間狭く相成る可く気の毒の儀に御座候。

一、当今天下の形勢晋代五胡《ごこ》雑居の姿にも相成る可く、左侯《さそうら》はゞ堂々たる皇国も羶腥《せんせい》*に汚され歎かはしき事なり。最早有志の士も天下に意なく、山野に隠遁躬耕《いんとんきゅうこう》し、道を守るより向後《こうご》は致方之無《いたしかたこれな》しと存候。老兄以て何如《いかん》と為す。

右の件々御報の旁此《かたがたかく》の如くに御座候。当年は兎角《とかく》不順の気候御保重成され可く候。頓首不宣。五月十三日。毅堂宣拝。春濤森賢契。梧右《ごゆう》。」

わたくしはこの書簡を佐藤六石氏の『春濤先生逸事談』から転載した。書簡の裁せられた年は詳でない。しかし文中「星翁の家法」云々の語によって憶度《おくど》するに安政五年九月星巌の死してより後の如くに思われる。また毅堂の文中遠山雲如が絶えず他国に出遊しているがため『安政絶句』編輯の際その作を択ぶことができなかったと言っているので、わたくしは雲如の遊跡をその詩賦について討《たず》ねて見た。雲如は安政三年丙辰の年には一たび日光山の寓舎から江戸に帰り再び上毛の諸邑を遊歴していたが安政四年には江戸に留っていたらしい。家累を携えて京師に去ったのは翌年戊午の春である。

この年安政四年丁巳の秋、大沼枕山は信州の小布施《おぶせ》、松代《まつしろ》、小諸《こもろ》の各地を遊歴し善光寺に中秋の月を賞した。枕山は小布施の儒者高井《たかい》鴻山《こうざん》と以前より交遊があったらしい。

枕山がその叔父次郎右衛門の媒介で蔵前《くらまえ》の札差《ふださし》太田嘉兵衛の女梅を後妻に迎えたのは信州より帰府した後であろう。翌年戊午元旦の絶句に「新房緑酒新家族。旧物青氈旧主人。」〔新房ノ緑酒新家族／旧物ノ青氈旧主人〕の語を見るが故である。

大沼次郎右衛門は杉井と号し、また槐蔭《かいいん》と号して茶技俳諧を善くした。嘉永元年家を弟又三郎に譲り、致仕《ちし》して後は富商の家に出入して茶技俳句を教えていた。蔵前の札差太田嘉兵衛の家とは殊《こと》に親しく交っていたのでその女梅は杉井の養女となって枕山に嫁した。時に年二十五であった。

第二十七

安政五年戊午七月十一日(アルイハ十五日)、鷲津毅堂の妻佐藤氏みつが時疫の暴瀉《ぼうしゃ》*に罹《かか》って没した。谷中三崎《さんさき》の天竜院に葬り法謚《ほうし》を恭堂貞粛大姉となされた。わたくしは天竜院に赴き墓石と過去帳とを検したが忌辰を記するのみで年齢を知ることができなかった。毅堂が「悼亡」の絶句七首の一に「何由幼稚記風丰。傷逝憐孤感不窮。他日奉衣如見母。余香留在一箱中。」(何ニ由リテカ幼稚風丰ヲ記ス／逝クヲ傷ミ孤ヲ憐ミ感窮マラズ／他日衣ヲ奉ジテ母ニ見《まみ》ユルガ如シ／余香留マリテ在リ一箱ノ中《うち》)男文豹は四歳にして慈母を喪ったのである。わたくしは他の一首によって毅堂の弟光恭《みつやす》がこれより先既に江戸にあって、而してまたこの年帰省したことを知った。絶句の転結に「一年兼作死生別。昨送阿恭今送君。」(一年兼ネテ作《な》ス死生ノ別／昨阿恭ヲ送リテ今君ヲ送ル)

鷲津光恭、通称五郎、字は子礼、蓉裳《ようしょう》と号す。天保四年八月一日に生れたので、安政五年には二十六歳である。蓉裳は江戸にあって昌平黌に入り、また藤森弘庵の彀塾《こうじゅく》に学んだのである。郷里に帰った後兄毅堂に代って家を継ぎ母に事《つか》え門生を教授し、明治二十六年五月十二日、享年六十二歳を以て没した。蓉裳の次男順光が現在尾張丹羽なる鷲津家の当主である。

九月二日に梁川星巌が京師に没した。享年七十歳である。病は暴瀉だという。星巌の忌日を或書には九月四日となしているが、鈴木松塘の『房山楼詩稿』に「横山舒公ノ信ニ接シ星巌先生九月二日ヲ以テ館舎ヲ捐《す》ツト聞キ位ヲ設《す》ケテコレヲ哭《こく》ス。」としてある。わたくしはこれに従った。

九月九日重陽の佳節に飯沼弘経寺の住職梅痴上人が俄《にわか》に病んで寂した。享年六十六。増上寺学頭職より進んで結城弘経寺の住職となること六年。転じて飯沼にあること十三年。この年昇進して鎌倉光明寺《こうみようじ》に移るべき台命《たいめい》*を受け、江戸に来って三日の後俄に病んで寂したという。大槻磐渓がその『詩鈔』の自叙に、「余飯沼ノ梅痴上人ト文字ノ交ヲ訂スルコト此《ここ》ニ年アリ。今秋マサニ鎌倉移住ノ命アラントス。都ニ出デ、三日奄然《えんぜん》トシテ寂セリ。中略 哀《かなし》イカナ。戊午晩秋十三夜月明ノ窓下《そうか》ニ涙ヲ拭《ぬぐ》ヒ敬《つつし》ンデ書ス。」としてある。上人の病は想像するに流行の暴瀉ではなかったろうか。大沼枕山は輓詞《ばんし》七言律五首を賦した。その一に曰く、「廿年門館受恩身。方外情深比父親。只道金裟長慰眼。何図素服忽傷神。登高日是登天日。称寿人為称仏人。従此重陽斎戒過。吾家歳歳廃佳辰。」〔廿年門館恩ヲ受クル身／方外情深シ父親ニ比《なら》ブ／只道《おも》フ金裟長ク眼ヲ慰ムト／何ゾ図ラン素服忽トシテ神ヲ傷《やぶ》ル／登高ノ日是レ登天ノ日／称寿ノ人称仏ノ人ト為ル／此従《これよ》リ重陽斎戒ニ過グ／吾ガ家歳歳佳辰ヲ廃サン〕

　十月四日（アルイハ八日）の夜、藤森弘庵が上野東叡山の寺中凌雲院より下谷長者町の家に帰ろうとする途《みち》すがら、御徒町三枚橋のほとりで捕縛せられた。水戸疑獄の連累によったのである。弘庵は町奉行池田播磨守《はりまのかみ》の尋問を受け一時許されて家に還った。弘庵が捕縛の顚末《てんまつ》はその門人依田学海《よだがっかい》*の談話を坂田篁蔭《さかたこういん》*の手記したるもの、その著『野辺の夕露』に載せてある。その一節に謂《いわ》く、「安政丁巳四年の春師弘庵京師に游《あそ》ぶ。百川及び伊勢亀山の人小崎利準これに従へり 利準は今の岐阜の知事なり 梁川星巌、頼三樹三郎《らいみきさぶろう》*、僧月性《げっしょう》*、又勢州の人世古格太郎《せこかくたろう》*等と親しく交り夫《それ》より両備に游び再び京師にかへり、伊勢にいたり格太郎の家に宿す。格太郎は紀伊家の用達《ようたし》にて家富みたるものなり。和学を好み網代弘訓《あじろひろのり》*を師として国典を読み、又京師の縉紳家にも参して殊に三条《さんじょう》内府実万《さねつむ》公の邸に親しく昵《じつ》近《きん》せり。こゝを以《も》て時事を憂ひて師と物語るにも常に此義にいたる。中略この年師江戸に帰りて家を下谷御徒町に移し教授の業常の如くにありしが、十月八日上野寛永寺の宿坊なる凌雲院に往きて、例の如く寺僧に講義を聞かしめ家に在らず。夜二更の頃俄に町奉行所の与力同心あまた入来り、藤森恭助御不審の次第あり家内の文書類を出して悉《ことごと》く見せられよと、家内の者の驚き騒ぐを叱《しか》りつけ、書斎の内に押入りて几《き》案《あん》簞笥《たんす》ともいはず、こゝかしこを捜り尽《ことごと》く持ち去りぬ。是はいかなる事の出来《いでき》ぬると、門人等も大に恐れ早く師に由を告ぐべしと、一両人の門弟走り出でんとせしに、常に師に従ひて往ける老僕あへぎ〳〵立帰り只今《ただいま》何者とも知らず凌雲院に来り先生の御宅に俄に対面を請ふものあり急ぎ帰らせ給へと申す。師はいそがはしく凌雲院を出で三枚橋の傍に至りし時、左右の小路より人数多く出来り尋問《たずねと》ふべき仔細《しさい》あり町奉行所へ参り候へとて引連れて候と告ぐ。家内のもの等はこゝに於て始て時事に関係せられし嫌疑ゆゑなりと知りぬ。斯くて師は町奉行所に至りしに当時の奉行池田播磨守召出して汝《なんじ》は水戸前《さきの》中納言殿より月扶持を贈らるゝ由、彼の君の事を憂ひ申すやいかにと問ふ。いかにも優遇を蒙《こうむ》りて候へば彼の君厳譴《げんけん》を蒙らせ給ふを憂《う》しとこそ存ずれと申す。播磨守重ねて汝木村某とやらん云へる者に、大目《おおめ》付《つけ》をもて幕府の執政を革《あらた》めざれば政事終《つい》に改革の実を行ふ事能はずとて一通の意見書を托せしに、木村某その書を大目付に出して其のまま逐電すと告る者あり。其事《そのこと》実なりや。又木村とはいかなるものぞ。汝それを家にかくし置きし事ありやと問ふ。是《こ》は思掛けぬ事を承るものかな。執政の人々を傾け申さんにいかで大目付のなし得べき事に候はんや。木村とやらん苗字《みょうじ》を聞くだに始ての事にて候ものをと申ければ、其後勝野吾作と交りしや否やと一、二の尋問ありしのみ。させる糺問《きゅうもん》もなくて、此時師は古賀氏謹一郎号茶渓の家人の名目にてありければ主人に預けらる、とて家に帰り居たり。斯くて別に問はる、事もなくて其年は暮れにけり。以下略之

この記事には弘庵が逮捕の日を十月八日夜となしているが、内藤耻《ないとうち》叟《そう》の『開国起源安政紀事』には十月四日としてある。按ずるにこの時はあたかも南の町奉行の交迭《こうてつ》した時である。大目付池田播磨守頼方が伊沢美作守政義の跡をついで南の町奉行に転任の命を受けたのは十月九日である。北の町奉行は安政五年五月二十四日より石谷因幡守穆清《いしがやいなばのかみぼくせい》が勘定奉行から転任していた。弘庵を尋問した奉行が池田であったとすれば、弘庵逮捕の日は十月四日に非ずして十月八日夜であるらしい。

なおまた依田学海の談話には弘庵の家を御徒町となしているが、これは長者町の誤であろう。弘庵が『近世名家詩鈔』の序に「歳在戊午。書於江戸長者坊之新居弘庵漫士。」〔歳ハ戊午ニ在リ。江戸長者坊ノ新居ニ書ス弘庵漫士〕としてある。弘庵は三味線堀から長者町に転居したのである。

十一月十七日に杉井大沼次郎右衛門が没した。享年七十五。杉井の墓誌その他の事は本書の第二章に言って置いたから再び贅《ぜい》せない。遺族は妻某氏、養子又三郎、その妻村田氏である。又三郎は下田奉行手附でこの年四十一歳である。

十一月十五日、暁丑《うし》の刻、神田《かんだ》相生町《あいおいちょう》から起った大火に横山湖山はお玉ケ池の家を燬《や》かれてその妻と乳児とを扶《たす》けて箱崎町なる武家某氏の長屋に立退《たちの》いた。湖山はこの火災に平生の詩稿を蕩尽《とうじん》した。その集『火後憶得詩』の序を見るに、「余ノ吟詠《ぎんえい》ヲ好ムヤ二十年来作ル所千余首ヲ下ラズ。去月望、都下ノ大災延《ひ》イテワガ廬《ろ》ニ及ベリ。炎威惨虐ニシテ百物蕩尽セリ。稿本マタ一紙ヲ留メズ。但シソノ既ニ梓《し》ニ上セシ者ハ伝播《でんぱ》スルモノ頗《すこぶる》多シ。板葉焚燬《ふんき》ストイヘドモコレヲ索《もとむ》ルコトマタ難カラズ。ソノ他イマダ梓セザルモノ長短七、八百首アリ。獲ント欲スレドモ由ナシ。懊悩《おうのう》スルコト累日。譬《たと》ヘバ児ヲ喪ヒ妾《しよう》ヲ亡《うしな》フガ如ク、痴心イマダ婉惜《えんせき》ヲ免レズ。一夜灯前旧製ヲ追憶シ、漫然コレヲ録シテ三十余首ヲ得タリ。爾後《じご》十数日ノ間相続イテコレヲ得ル者マタ一百余首。因テホヾ前後ヲ整理シ題シテ『火後憶得詩』トイフ。吁《ああ》、古人ハ一タビ経目スルノ書、終身忘レザル者アリ。今余自ラ作ル所ノ者ナホソノ十ノ二、三ヲ記スルコト能ハズ。衰病ニ由ルトイヘドモマタ賦性ノ然ラシムル所。コレ嗟《さ》スベキノミ。戊午杪冬《びようとう》念八日箱崎邸ノ寓楼《ぐうろう》ニ識ス。時ニ新居ノ経営イマダ成ラズ。楼上風雨寒甚シ。乳児ハ乳ニ乏シク夜間シバ〳〵啼《な》ク。頗ル苦境タリ。マタ詩人ノ常ナル歟《か》。」

第二十八

安政六己未の年、枕山は四十二歳、毅堂は三十五歳である。

枕山が「元旦口号《こうごう》」の作に、「世運与時倶一新。野人随分祝王庭。忠君愛国多多意。併向東方拝歳星。」（世運時ト倶《とも》ニ一新ス／野人随分ニ王庭ヲ祝ス／忠君愛国多多ノ意／併《なら》ビテ東方ニ向ヒ歳星ヲ拝ス）といっている。野人の分を忘れ己《おの》れを省ずして妄《みだり》に尊王愛国の説をなすもの多きを見て枕山はこれを諷刺《ふうし》したのである。

　この年秋の初に『枕山詩鈔』初編三巻が刻せられた。天保六年枕山十八歳の時より嘉永二年三十一歳に至る十五年間の吟作を裒《あつ》めたのである。枕山は初め『詩鈔』を刻するに先だって序文を幕府の奥儒者成島確堂《なるしまかくどう》に乞うたことが、確堂の日誌『硯北日録《けんぼくにちろく》』己未の巻に見えている。日誌に「五月二十一日庚寅。晴。小集。雪江、艇斎、枕山、蓑香、檉斎、由道、忠道、恒蔵等来。賦髑髏詩。枕山翁託序其集。」（五月二十一日庚寅。晴。小集アリ。雪江、艇斎、枕山、蓑香、檉斎、由道、忠道、恒蔵等来ル。髑髏ノ詩ヲ賦ス。枕山翁其ノ集ニ序スルヲ託ス。）としてある。しかし『詩鈔』の刊刻せられたものには、枕山躬《みずか》ら千古寸心の四字を書したものが掲載せられているのみで、序も凡例をもつけていない。凡《およそ》江戸時代の詩文集には必《かならず》数人の序跋題辞等が掲げてあるのに、独り枕山の集のみこれを見ないのは頗《すこぶる》異例とすべきである。清末の鴻儒兪曲園《こうじゆゆきよくえん》*が日本人の詩賦を選評した『東《とう》瀛《えい》詩選』にも、この事を賛して「東国人詩集毎集必有数序。此集止於巻首自書千古寸心四字。不乞人一序。頗有名貴之気。」（東国人ノ詩集ハ毎集必ズ数序有リ。此ノ集止《ただ》巻首ニ於テ自ラ千古寸心ノ四字ヲ書シ。人ニ一序ヲ乞ハズ。頗ル名貴ノ気有リ。）となしている。

成島確堂は『柳橋新誌《りゅうきょうしんし》』の戯著あるがために今なお世人にその名を知られている柳北のことで、安政己未の年には齢二十三であった。

八月中秋の夜に枕山は長谷川昆渓、関雪江の二人と今戸《いまど》の有明楼に飲んだ。律詩の前聯に「算来五度秋多雨。看到初更月在天。」〔算来五度秋雨多ク／看テ初更ニ到レバ月天ニ在リ〕

関雪江は土浦の城主土屋《つちや》釆女正《うねめのしょう》寅直《ともなお》の家臣。名は思敬、字は弘道、通称を忠蔵という。細井《ほそい》広沢《こうたく》の門人であった関鳳岡より五世相継いでの書家である。

十月二十五日に薬研堀《やげんぼり》に住した書家中沢雪城*が大槻磐渓、春田九皐《はるたきゅうこう》*、大沼枕山、鷲津毅堂の四家をその居宅なる寿康堂に招飲した。雪城、名は俊卿、字は子国、通称行蔵。初め巻菱湖《まきりょうこ》に学び後市河米庵の門人となった。越後《えちご》長岡の藩主牧野備前守忠恭から扶持米を受けている。

春田九皐、名は翯《こく》、字は景純また九皐、真庵また葆真居士と号す。枕山が同人集第三編に略伝がしるしてある。「九皐ガ家ハ世〻浜松ノ仕籍ニ係ル。九皐生レテ数歳ニシテ孤ナリ。伯父ニ養ハル。初大郷某ニ従テ游ビ、後ニ贄《し》ヲ佐藤一斎先生ニ執ル。年十九、事ニ遇ヒ流移シテ遠州ニ客寓スルコト殆《ほとんど》十年。是《ここ》ニ於テ致仕シ帷《い》ヲ都下ニ下シ徒ヲ聚《あつ》メテ教授ス。名声日ニ興ル。然レドモ九皐詩文ヲ以テ高ク自ラ矜持《きょうじ》シ世ニ售《う》ルコトヲ欲セズ。今四十ヲ過ギテナホ坎壈《かんらん》ヲ抱ク。コレラノ作アル所以《ゆえん》ナリ。方今在位ノ人真才ヲ荒烟寂寞《こうえんじゃくまく》ノ郷ニ取ラズ。吁惜《ああ》ムベキ哉《かな》。」

十月二十七日に水戸大獄の最後の判決があった。藤森弘庵が江戸払《ばらい》*となり、大沼又三郎が五十日の押込《おしこめ》*を申渡された。

弘庵は去年十月八日町奉行所において一通の尋問を受け帰宅を許されたが、今年に至って二月十三日に評定所に呼出された。呼出された者は取調中は縁側に両手をついて居るべき規定であるのに、弘庵は膝《ひざ》の上に片手を置いたので、役人らの怒に触れ牢獄《ろうごく》に投ぜられた。然るに牢内に殺人の嫌疑で捕縛せられた越後生れの僧が牢名主をしていたが、この僧は久しく弘庵の名を聞伝えていたので大にこれを尊敬し、病気療養を名として弘庵の出獄を願い出た。これに依って弘庵は家に還ることを得たが牢内の湿気に冒されて水腫《すいしゅ》を患い、七月十三日二度目の呼出を受けた時には、駕籠《かご》に乗り肩衣《かたぎぬ》をその上に掛けて行った。これは歩行することのできない病人が尋問を受ける時の礼儀だということである。十月二十七日最終の申渡のあった時には病も既に癒《い》えていた。弘庵の罪状は紀伊家の用達世古格太郎に書面を送り水戸家に下賜せられた攘夷の勅諚《ちよくじよう》は偽書であるが如き風説をなして人心を騒し、かつまた、評定所の尋問に対して前後相違の申開《もうしひらき》をなしたのは儒を業とし人の師となる者の為《な》すべき所でないというにあった。中追放《ちゆうついほう》の申渡が済むや否や、同心が縁側から弘庵を突落したので、弘庵は脚を挫《くじ》いた。以上は坂田篁蔭《さかたこういん》の『野辺の夕露』に記載せられた文の大意である。弘庵は下谷長者町の家を追われて行徳《ぎようとく》に移居し、文久二年壬戌《じんじゆつ》十月そのまさに死せんとする頃赦されて江戸に還った。

下田奉行手附大沼又三郎もまたこの疑獄に連坐して押込五十日の申渡を受けた。それは十月七日で、頼三樹三郎、橋本左内らの死刑を宣告せられた日である。又三郎の罪状は詳でない。わたくしは『水戸藩史料』、『嘉永明治年間録』、及び内藤耻叟*の『安政紀事』、勝海舟《かつかいしゆう》の『開国起源』、『写本安政六年御日記』等の諸書を検《しら》べたが、いずれも唯「押込」としてあるのみである。

横山湖山もまた罪を獲てその藩主松平伊豆守信古《のぶひさ》の居城なる三州吉田に送られた。当時の事状は明治十六年に湖山が七十歳になった時、その児内閣書記小野弘の撰した寿詞《よごと》の中に識《しる》されている。寿詞は『花月新誌』*に載っている。その一節に曰く「嘉永癸丑米艦浦賀ニ入ル。海内騒擾《そうじよう》。聖天子旰食《かんしよく》寧《やす》カラズ。幕吏国家ノ大計ヲ以テ模棱《もりよう》コレニ処セント欲ス。天下ノ志士切歯憤惋《ふんわん》セザル者ナシ。家君モマタカツテ交ヲ志士ニ結ブ。東西ニ奔走シ以テ大義ヲ天下ニ伸ベントス。事イマダ成ラズシテ戊午ノ大獄興ル。共ニ謀《はか》ル者相継イデ獄ニ下ル。一夕藩吏突トシテ至リ、家君ヲ以テ去リ吉田城ニ押送シ妻児ヲ谷中《やなか》ノ別邸ニ幽ス。両地音耗《おんこう》全ク絶ユ。時ニ弘ナオ幼ナリ。出デ、羣児《ぐんじ》ト戯ル。輒《すなわ》チ皆罵《ののし》ツテ曰ク汝ノ父ハ賊ナリト。弘独リ走ツテ帰リ泣イテ家慈《かじ》ニ訴フ。家慈嗚咽《おえつ》シテ対《こた》ヘズ。甫《はじ》メテ十歳家慈ニ従ツテ吉田ニ至ル。偕《とも》ニ函嶺《はこね》ヲ踰《こ》ユ。方《まさ》ニ春寒シ。山雨衣袂《いべい》ニ滴《したた》ル。躓《つまず》キカツ仆《たお》ルコトシバ〳〵ナリ。家慈輿中《よちゆう》ヨリコレヲ覘《うかが》ツテ欷歔《ききよ》ス。小弟懐《ふところ》ニアリ呱呱《ここ》乳ヲ索《もと》ム。余モマタ家慈ニ向ツテ頻《しきり》ニ阿爺《あや》ニ見《まみ》ユルコト何《いずれ》ノ日ニアルヤヲ問フ。シカモソノ幽囚ニアルヲ知ラザル也。至レバ則《すなわ》チ老屋一宇。監守スル者六、七人。儼《げん》トシテ檻舎《かんしや》ノ如シ。家君ソノ中央ニ坐ス。左右ニ書巻数冊、夷然《いぜん》トシテ詩ヲ賦スルコト前日ニ異ラズ。」云々。

湖山はその幽屏《ゆうへい》せられた吉田城内の老屋を名づけて松声幽居となした。藩士の監視は始の中は脱走を虞《おそ》れて頗《すこぶる》厳重であったが湖山が日常の様子に安堵《あんど》して次第に寛《ゆるや》かになり、遂には藩士中就いて詩を学ぶものもあるようになったという。蒲生褧亭の『近世偉人伝』中狂狂先生伝にその事がしるされている。湖山が幽囚を赦されたのは文久三年で赦免の後姓名を改めて小野侗之助と称した。

第二十九

万延元年庚申の歳枕山は四十三、毅堂は三十六になった。正月八日書家中沢雪城が枕山毅堂磐渓九皐の四友を招ぎ、妓《ぎ》を携え舟行して向島《むこうじま》の百花園に梅花を賞した後、今戸の有明楼に登って歓を尽した。

有明楼は当時山谷堀に軒を連ねた酒楼の中最《もっとも》繁栄した家で、東両国の妓お菊というものが女の手一つで切廻していた。成島柳北があたかもこの年の秋に著した『柳橋新誌』第一編にお菊の事を記して、「彼ハ傾国ノ色絶世ノ技アルニ非ラズトイヘドモ、繊繊タル女手ノ力ヲ以テ大ニ巨閣高楼ヲ墨水ノ西ニ営ミ、扁《へん》シテ有明楼トイフ。有明ノ名頓《とみ》ニ都内ニ播《ま》ク。豪士冶郎《やろう》コノ楼ニ一酔セザル者ナシ。川口平岩ノ二楼ノ如キヤ、ソノ下ニ就ク。」としている。但しこのお菊は五年の後文久三年の春には既に店を女中に譲って身をひいていた事が、たまたま『枕山詩鈔』第三編巻の中に見えているから此《ここ》に附記して置く。

正月十九日に枕山は成島確堂の家に開かれたその祖錦江先生一百年忌の詩歌会に招かれて、七言古詩一篇を賦した。成島氏の家はもと同朋《どうぼう》であったが、錦江が八代将軍吉宗《よしむね》に寵《ちょう》せられて奥儒者に挙げられてから、これを世襲の職となし、伝えて竜州、衡山、東岳、稼堂より確堂に至った。錦江は荻生徂徠の門人で才学義俠に富んだ有為の人物であった。その伝は原念斎の『先哲叢談』に審《つまびらか》である。錦江は宝暦十年九月十九日に七十二歳で没したので、万延元年は一百一年目に当るわけである。この日の会には詩人のみならず歌人もまた招がれて一堂に集った。これは初め錦江が冷泉《れいぜい》家について和歌を学んだので、その子孫は世〻儒学を修むる旁《かたわら》、国風をも伝えてその家学となしていた故である。確堂が『硯北日録』巻の七にこの日の事を記して、「十九日甲申。詩歌発会。カツ錦江先生百年ノ家祭ヲ挙グ。鳳鳴高岡及ビ春晴ヲ賦ス。和歌ノ題松上霞、梅遠薫。来賓ハ稲見年、篠信喜、小笠一指、遠藤伝之、犬塚喜章、山路市之、渡辺英之、高山熊之、鈴木重枝、筧善太、北角脩明、大沼枕山、田辺樫斎、渡辺奚疑、金子蓑香、関雪江、同礼一、宮本万里、石川確、塚本生、松岡肇、水谷亮、小川佐、円阿信、青木篤、大和協、伊恂、同為助、竹雪夕、大森敬山、襟島、秋山棟、田村逵ナリ。花仙子阿槙ヲ携ヘテ来ル。狩野叔母氏及ビ水無児、須田満子等マタ会ス。細君隼生展婆ト厨《ちゆう》ヲ司ル。」としてある。

この年某月植村蘆洲、真下晩菘の二人が四年前安政四年の夏に編纂した『六名家詩鈔』六巻を刊行した。六名家は藤森弘庵、大槻磐渓、大沼枕山、横山湖山、鷲津毅堂、梅痴上人である。

蘆洲は某組の与力《よりき》であるので、あたかもこの年京師に祗役《しえき》し五月に至って江戸に帰った。侍講成島確堂の『硯北日録』に「五月十五日戊申。雨。登殿。拝賀。侍読例ノ如シ。晩植村義来リ面ス。役ヨリ帰リシナリ。枕山樫斎ヲ招イデ共ニ飲ム。」と識してある。

蘆洲と共に六名家の詩を編選した真下晩菘は蕃書《ばんしよ》取調所の役人で、この時年六十二である。その伝は大正三年坂本三郎氏の著した『晩菘余影』に細説せられている。晩菘、諱《いみな》は穆、字は元教、小字は藤助、後に専之丞と称した。本姓は益田《ますだ》氏、甲斐国大藤村の人。天保七年七月齢三十八の時、真下家の株を買って家督を相続し、西丸表御台所人《にしのまるおもておだいどころにん》となる。天保十二年四十三歳の時支配勘定出役《でやく》。翌年小普請に入る。嘉永五年九月年五十四、御作事方書役《おさくじかたかきやく》出役。翌年品川沖砲台築造の事に従う。安政三年二月より蕃書取調所調役《しらべやく》を命ぜられ、累進して文久二年十二月同所調役組頭《くみがしら》となる。元治元年六月小《こ》十人組御番人。慶応二年十二月陸軍奉行並支配。翌三年十月御留守居支配仰付けられ同年十一月致仕《ちし》。時に年六十九。維新の後横浜野毛《のげ》に家塾を開き生徒を教えていたが、明治八年七月東京に来り十月十七日浅草三筋町《みすじちょう》なる知人某の家に没した。享年七十七。牛込原町三丁目専念寺に葬った。大正三年四月に至ってその孫及び有志の人が碑碣《ひけつ》を郷里なる大藤村慈雲寺先塋《せんえい》の側に建てたという。

この年万延元年六月二日に枕山の長子が生れると間もなく殤《しょう》した。母は太田氏梅である。

十二月十三日に枕山は和泉橋なる藤堂家の祝宴に招がれた。律詩の題言に「伊賀中将公名士ヲ本邸ニ招飲ス余モマタコレニ与《あずか》ル。」云々。藤堂和泉守高猷《たかゆき》は従四位左少将から「出格の思召《おぼしめし》を以て」左中将に昇進したのでその祝宴が開かれたのである。『続徳川実記』には昇進の日を十二月十六日となしている。

第三十

文久紀元辛酉の年枕山は歳四十四、毅堂は歳三十七である。正月三日に雪の降ったことが枕山の『詩鈔』に見えている。

鷲津毅堂は安政戊午の秋その妻佐藤氏を喪いやがて継室川田氏を娶《めと》ったのであるが、その年月を詳にしない。しかし長女友《ゆう》の生れた後、この年文久辛酉の九月四日には次女恒《つね》が生れた。但し明治の後に至って調製せられた下谷区の戸籍簿には恒を以て長女と記している。恒は明治十年七月十日神田五軒町の唐本書肆の主人林櫟窓の媒介で、毅堂の門人尾張の人永井匡温に嫁した。恒は今ここにこの下谷叢話を草しているわたくしの慈母である。

毅堂の継妻川田氏は名を美代という。豊前中津の城主奥平《おくだいら》大膳太夫昌服《まさもと》の家来川田良兵衛、諱《いみな》某の二女。天保十年己亥《きがい》の歳四月二十五日芝汐留《しおどめ》なる奥平家の本邸内に生れ主家の女中になっていた。文久辛酉の年には二十三歳である。わたくしは母氏より聞いた所をここに識《しる》して置く。川田良兵衛は奥平家の勝手方《がた》を勤めた人で五男二女があった。嗣子伊三郎は篤学の士で藩中の者から尊敬せられていた。伊三郎の妻は同藩の足軽《あしがる》村松某の女で容貌《ようぼう》がよかった。美代の姉なる良兵衛の長女何某もまた美人であったので、島津家の重臣某の許《もと》に望まれて適《い》ったが、文久三年麻疹《ましん》流行の時、鷲津氏に嫁《とつ》いだ妹美代の女恒がこの病に感染したのを聞いて見舞に来り、自身もまた感染してそれがために死した。川田伊三郎の弟四人の中、京二郎源三郎の二人は毅堂の家に寄寓していたが、源三郎は剣術に達していたので常にその師毅堂の供をして歩いていた。文久慶応の頃は人心の甚《はなはだ》殺伐な時で、辻斬《つじぎり》がしばしば行われた。源三郎は或夜御成道《おなりみち》で何者にか頤《くび》を斬られた。わたくしの母は源三郎が台所で血まみれになった顔を洗っていたのを今なお記憶していると言われた。維新の後川田源三郎は北海道に赴き屯田兵《とんでんへい》となっていたという事である。また川田氏の嗣子伊三郎の長男英太郎は維新後東京に出で銀座通に砂糖舗を開き一時は繁昌《はんじょう》したという事である。

文久元年十月に『枕山詩鈔』の第二編三巻が刻せられた。

十二月二十二日に枕山の長女嘉禰《かね》が生れた。嘉禰は大正十三年の今日なお健在である。

第三十一

文久二年壬戌《じんじゅう》の春鷲津毅堂は二十歳のころに筆録した『親灯余影』四巻の稿本《こうほん》を、羽倉簡堂に示してその校閲を請うた。但しその刊刻せられたのは明治十五年壬午十月で、あたかも毅堂の病没した時である。自叙に曰く、「丙午ノ春、余昌平黌ニアリ。祝融《しゆくゆう》*ノ災ニ罹《かか》リ、平生ノ稿本蕩然《とうぜん》トシテ烏有《うゆう》トナル。独《ひとり》コノ筆録一友人ノ許ニ託ス。因テ免ル、コトヲ得タリ。コレヲ篋衍《きようえん》*ニ蔵ス。南郭子纂《なんかくし》ノ言ヘルアリ。今ノ几《き》ニ隠《よ》ル者ハ昔ノ几ニ隠ル者ニ非ズト。一隠几《いんき》ノ間ニシテナホ然リ。イハンヤ二十年ノ久シキヲヤ。今出シテコレヲ閲スレバ頗遼豕《すこぶるりようし》*ナルヲ覚ユ。然レドモ当時ノ灯光書影歴歴トシテ目ニアリ。恍《こう》トシテ前生ヲ悟ルガ如シ。乃《すなわ》チ編シテ甲集トナス。文久壬戌ノ冬鷲津宣光識。」

これに由って見るに、『親灯余影』は則《すなわち》毅堂が著述の甲集である。乙集は嘉永より慶応に至る間の詩文を編集したもの、また丙集は慶応元年乙丑より明治十年丁丑まで十二年間の詩文を編成したものである。甲丙の二集は毅堂の生前躬《みずか》ら編次したものであるが、乙集はその死後嫡男文豹と門人村上函峰とが編集した。甲丙の二集は板刻せられたが、乙集はその編集の由来が函峰の文集中に見えているのみで、遂に板刻せられずに終ったものらしく思われる。わたくしはこの乙集を見る機会のないのを悲しんでいる。

毅堂甲集なる『親灯余影』の如何《いか》なる書であるかは、羽倉簡堂の序によって推測されるであろう。序に曰く「忽《たちまち》ニシテ経典ヲ弁証シ忽ニシテ舛漏《せんろう》*ヲ穿鑿《せんさく》シ忽ニシテ名物ヲ考訂シ忽ニシテ軼事《いつじ》異聞ヲ鈔録ス。譬《たと》レバ山陰道中峰ヲ廻リ路ヲ転ジ歩々観ヲ異ニスルガ如シ。近日余病ニ臥《ふ》ス。尊著ヲ得テ一読シトミニ二豎《じゅ》ノ体ニアルヲ忘ル。今渡辺生ニ托シテコレヲ還ス。然レドモ僅《わずか》ニ半部ヲ閲スルノミ。蔗境《しゃきょう》*イマダ尽サズ。殊ニ嗛然《きょうぜん》タルヲ覚ユ。更ニ後巻ヲ送致セヨ。至望至望。壬戌ノ春。羽倉用九識。」

羽倉簡堂はいくばくもなくしてこの年七月三日に没した。享年七十二であった。

三月十五日に侍講成島確堂が広瀬《ひろせ》青村《せいそん》*、大沼枕山、鷲津毅堂、植村蘆洲*、小橋《こばし》橘陰《きついん》*の五子を招ぎ満開の花を看《み》にと舟を隅田川に泛《うか》べた。確堂らの一行は偶然大槻磐渓、桂川《かつらがわ》月池《げっち》*、遠田木堂*、春木南華*らの同じく妓《ぎ》を舟に載せて来るに会い、互に快哉《かいさい》を呼んで某楼に上り満月の昇るを待って長堤を歩んだ。確堂枕山二家の集に各唱和の作が載っている。ここに記載した人名の中説明すべきものは小橋橘陰である。橘陰名は多助、字は季続という。『広益諸家人名録』に「下谷三枚橋、御先手組、儒。」としてある。成島確堂は文久三年八月侍講の職を免ぜられて閑散の身となった時、橘陰をその邸に招いて『荘《そう》子《じ》』を講ぜしめた。

広瀬青村は豊後《ぶんご》の名儒淡窓の義子である。

桂川月池は幕府の侍医桂川甫周法眼《ほしゆうほうげん》である。

遠田木堂もまた幕府の侍医で澄庵法眼と称した。月池は築地《つきじ》に住し木堂は木挽町《こびきちょう》に住していた。

春木南華は画人である。

五月に伊勢の人家里松濤の序を掲げた『文久二十六家絶句』三巻が京師において刊行せられた。

六月武州羽生《はにゅう》村の有志者が詩人森玉岡の墓碑銘の撰を枕山に請い、石に刻してこれをその地に建てた。玉岡はかつて羽生村に住し生徒を教えた因縁があった故である。枕山の文に曰く、「東寧川《とねがわ》ハ上武ノ境ヲ界ス。川ノ南ヲ武ト為《な》ス。川叉《せんさ》ノ関アリ焉。関ノ東南ヲ羽生邑《むら》トイフ。邑ハ官道ヲ距ルコト数里ニ過ギズ。往昔辟陋《へきろう》、人イマダ学ブヲ知ラズ。ソノ俗一変シテ文行ニ篤キ者、玉岡翁ニ始マル。翁諱《いみな》謙。字《あざな》子謙。別号笠翁。江都ノ人。姓ハ森氏。壮歳詩ヲ善クシ兼テ書画ニ工《たくみ》ナリ。官ヲ弃《す》テ髪《はつ》ヲ削リ南総ニ客遊ス。既ニシテ川叉ニ寓シマタ羽生ニ移ル。倏然《しゆくぜん》歌ヲ詠ジソノ性ニ自適ス。頃之《しばらくにして》遠近争ツテ弟子ト為ル。而シテ四方来ツテ書画ヲ請フ者マタ陸続トシテ絶エズ。翁麴蘖《さけ》ヲ嗜《たしな》ミ口ニ瓢杓《ひようしやく》ヲ離サズ。マタ遊覧ヲ好ム。然レドモ脚疾ヲ以テ跋渉《ばつしよう》スルニ便ナラズ。故ニ力ヲ述作ニ肆《ほしいまま》ニス。カツテ『玉岡詩鈔』ヲ著シ余ノ題詞ヲ徴セラル。余ニ詩ヲ賦シテコレヲ贈ル。一ハ楊維禎《ようい てい》ガソノ山水ニ放浪シテ白衣身ヲ終フルニ比シ、一ハ陳其年《ちんき ねん》ガソノ詞場ニ跋扈《ばつこ》シ美髯《びぜん》名ヲ得タルニ比シタリ。嘉永庚戌俄《にわか》ニ帰思アリ。飄然トシテ都下ニ入リ、帷《い》ヲ本街ニ下シ講経ノ余マタ唯書画ヲ以テ自ラ娯《たのし》ム。当時ノ名士蔣塘鼎斎《しようとうていさい》見テ大《おおい》ニコレヲ異トス。人〻マタ此《ここ》ヲ以テ倍《ますます》ソノ蹟ヲ珍トス矣。都ニ居ルコト四年。病ニ罹リテ起《た》タズ。実ニ癸丑六月十日也。享年五十六。牛籠《うしごめ》ノ常敬寺ニ葬ル。配《はい》田中氏善ク疾《や》ミ子ナシ。翁ハ軀貌《くぼう》肥大、風神脱灑《だつさい》*。而シテ人ト交ルヤ胸ニ柴棘《さいきよく》*ナシ。烏山侯ノ愛重スル所ト為ル。カツテ手ヅカラ扁額《へんがく》ヲ書シテ賜ハル。末ニ玉岡先生ニ呈スノ五字ヲ署ス。マタ栄トイフベシ。翁巧思アリ。啻《ただ》ニ金石ニ画ヲ刻スルノミナラズ。平生佩《お》ブル所ノ木剣茶籃《ちやかご》皆ソノ手ニ成ル。ケダシ制造ノ精ナル工人ニ譲ラズトイフ。ソノ逝《ゆ》クニ及ンデ羽生ノ士思慕スルコトイヨ〱深ク故居ニ就イテ一碑ヲ建テント欲ス。イマダ果サズ。今茲《こんじ》壬戌、邑人某某決議シテ都ニ入リ銘ヲ余ニ請フ。余翁ト交一日ニ非ラズ。因テ辞セズ。コレガ銘ヲ為ス。銘ニ曰ク。玉岡美玉。一片韜真。君子比徳。混跡隠淪。天道福謙。不朽其人。文久二年歳次壬戌夏六月江都枕山大沼厚撰。」わたくしは写真に撮影せられた碑の拓本を中島悦次氏から借覧した。

八月中秋、枕山は橋場の酒楼川口屋に登って長谷川昆渓、関雪江、僧智仙の三人と共に月を観《み》た。僧智仙は字は大愚、号を金洞といい、谷中芋坂《いもさか》長善寺の住職で詩を枕山に学んでいる。枕山がこの夜席上の作に「同社幾存仍幾没。廿秋多雨又多陰。」〔同社幾《いくばく》カ存シ仍《すなわ》チ幾カ没ス／廿秋多雨又多陰〕の語を見る。枕山が始めて横山湖山と相携えて墨水観月の遊をなしたのは天保十五年芝山内の学頭寮に寄寓していた時で、この年より文久二年に至るまで正に十九年である。

八月二十三日に枕山の母が没した。『枕山詩鈔』に「先妣《せんぴ》一七日忌辰展墓途上。」〔先妣一七日忌辰展墓ノ途上〕と題して、「野逕蕭条蛩語哀。木犀秋雨浥蒼苔。板輿昨日游春地。今日何堪展墓来。」〔野逕蕭条トシテ蛩語哀シ／木犀秋雨蒼苔ヲ浥《うるお》ス／板輿昨日游春ノ地／今日何ゾ堪ヘン墓ニ展《まい》リ来ルヲ〕そして註に一七日を八月二十九日となしている。三田薬王寺の過去帳は忌日を八月三十日と識している。

この月大沼又三郎が神奈川奉行手附となり一家を横浜に移した。又三郎は安政六年十月水戸の獄に連坐して押込《おしこめ》五十日の罰を受けたのであるが、その後幕府の政事はこの年に至って全く一変しかつて罰せられたものは皆赦された。又三郎も班を進められて支配勘定となり再び出役を命ぜられたのである。

十月八日藤森弘庵が没した。享年六十四。麻布《あざぶ》本村町《ほんむらちょう》の曹渓寺《そうけいじ》に葬られた。弘庵は安政六年十月江戸払《ばらい》の刑を受けてからその号を天山と改めていた。絶命の詞に曰く「伏枕期年鶴骨支。猶聞時事思如糸。空余満腹経綸作。把筆枉書絶命詞。」〔枕ニ伏シテ期年鶴骨ノ支／猶時事ヲ聞ケバ思ヒ糸ノ如シ／空シク余ス満腹ノ経綸ノ作／筆ヲ把リテ枉《ま》ゲテ書ス絶命ノ詞」

十一月冬至の日、松平弾正少弼康爵《だんじょうしょうひつやすかど》がその宴席に枕山を招いた。康爵は奥州棚倉《たなくら》の城主松平周防守康英《すおうのかみやすひで》の隠居で号を誠園という。明治元年五月に五十九歳で没したから、文久二年には五十三である。この日冬至の讌集《えんしゅう》は推測するに築地鉄砲洲の中屋敷に開かれたのであろう。枕山が席上分韻の律詩に「坐看短景疾於帆。」〔坐シテ看ル短景ノ帆ヨリ疾《と》キヲ〕の語がある。

十一月二十三日毅堂の長女友《ゆう》が夭死《ようし》した。谷中三崎《さんさき》の天竜院に葬られて玉梢童女と法諡をつけられた。十二月十三日に鷲津蓉裳が尾張の家にあって丹羽郡西大海道村の豪農鈴木藤蔵の五女ぶんを娶《めと》った。蓉裳時に三十、ぶんは僅に十三であった。

毅堂はこの年某月背部に悪性の腫物疽《そ》を発して病褥《びょうじょく》に就いたので黒田家の扶持を辞した。致仕の作に「晴窓一枕日高眠。無復栄華到夢辺。退位唯当称菩薩。避嫌何必学神仙。」〔晴窓一枕日高クシテ眠リ／復《また》栄華夢辺ニ到ル無シ／退位唯当ニ菩薩ヲ称スベシ／避嫌何ゾ必ズシモ神仙ヲ学バンヤ〕といってある。碑文には藩政改革について意見書を上《たてまつ》ったが用いられなかったために致仕したものとなしている。その文に曰く「文久壬戌。上書シテ藩政ヲ論ズ。報ゼラレズ。遂ニ致仕ス。ナホ待ツニ賓師ノ礼ヲ以テシ三口糧ヲ餼《き》セラル。小島侯亀山侯モマタ糧ヲ餼シテ経ヲ問フ。」云々。わたくしは震災の数日前下谷竹町《たけちよう》の邸に伯父文豹を訪うた時、その客室に「遷喬書屋。丹治瑩斎。」となした古びた一扁額の懸けられてあるのを見た。この額の筆者丹治瑩斎《たんじえいさい》というのは毅堂の仕えた久留里の藩主黒田伊勢守直質の雅号であろう。丹治氏は黒田の本姓である。毅堂は致仕の後も久留里藩から三人扶持を送られまた丹波亀山の松平豊前守信義とその姻戚《いんせき》なる駿州小島の松平丹後守信進との両家からも扶持米を受けていたのである。

十二月十四日、枕山の旧友竹内雲濤が池之端《いけのはた》仲町の家に没した。武田酔霞《たけだすいか》の『墓所集覧』には享年四十九歳、東本願寺末清光院に葬られたとしてあるが、『事実文編』所載の墓誌には十一月二十八日没、年四十八、本郷の某寺に葬るとしてある。墓誌は西島秋航の作る所、次の如くである。「酔死道人没ス。ソノ妻村山氏道人ノ遺墨ト柿木ノ彫几《ちようき》ト己《おの》レノ糸累黍積《しよせき》スル所トヲ出シテ不朽ヲ謀《はか》リ、文ヲ余ニ請フ。道人諱《いみな》ヲ鵬、字ハ九万、別ニ雲濤ト号ス。小倉藩ノ医山上準庵ノ次子ナリ。出デ、同僚竹内氏ヲ継グ。人ト為《な》リ豪放ニシテ詩ヲ好ム。星巌梁翁ニ学ブ。詩モマタソノ人ノ如シ。詩人ヲ以テ居ル。医ハソノ好ム所ニ非ズトイフ。某氏ノ子ヲ養ヒ嗣ト為シテ仕ヲ辞ス。嗣子罪アリ籍ヲ削ラル、ニ迨《およ》ビ、家ヲ携ヘテ四方ニ漫遊ス。性甚《はなはだ》酒ヲ嗜《たしな》ム。獲ル所酒ニ罄《つ》ク。酔ヘバ則チ一世ヲ睥睨《へいげい》シ、モシ意ニ忤《もと》ルコトアレバ、輙《すなわ》チ面折シテ人ヲ辱《はずか》シム。是《ここ》ヲ以テ益〻《ますます》窮ス。シカモソノ志ノ潔ナル世知ル者ナシ。文久二年壬戌十一月二十八日病ンデ江戸不忍池《しのばずのいけ》ノ僑居《きょうきょ》ニ没ス。年四十八。子ナシ。本郷ノ某寺ニ葬ル。銘シテ曰ク、既ニ風月ヲ楽ミ、マタ美禄ニ飽ク。杯ヲ抛《なげう》ツテ一タビ臥《ふ》スルヤ、長《とこしえ》ニ眠ツテ覚メズ。誰カ薄命トイフ。ワレハコレヲ福トイハン。友人西島䫫《げい》。」

雲濤の没した後、枕山が天保以来の旧友として今江戸にある者は独り長谷川昆渓のみとなった。横山湖山は参州吉田の城内にあり、遠山雲如は京摂に流寓している。

この年の除夜、枕山は昆渓と倶《とも》に池の端の酒楼松源に登って歳を餞《せん》した。枕山が律詩の前半に曰く「餞歳依然問水浜。喜看結構画楼新。樽前相会十除夕。城裏誰如両散人。」〔餞歳依然トシテ水浜ヲ問フ／喜ビ看ル結構画楼ノ新《あら》タナルヲ／樽前相会ス十タビノ除夕／城裏誰カ如《し》カン両散人ニ〕松源楼は大正の初まで残っていたので今なお都人に記憶せられている酒楼である。

第三十二

文久三年癸亥には枕山四十六、毅堂は三十九歳である。

五月三日、枕山は上野寛永寺の僧光映《こうえい》*が南部に赴くのを送るがため書家高斎単山《こうさいたんざん》*らと倶《とも》に千住駅の某楼に別宴を張った。光映は俗姓赤松氏、字は曇覚、号を棘樹また一如庵という。豊後国《ぶんごのくに》東郡中村の人。弘化元年九月大阿闍梨《だいあじゃり》に同五年五月大僧都《だいそうず》に進み、文久元年十月より輪王寺の宮の昵近《じっきん》に加えられ清浄林院と号せられた。光映は明治元年五月十五日上野戦争の際輪王寺《りんのうじ》の宮に供奉《ぐぶ》して上野を逃《のが》れ三河島尾久《みかわしまおく》村に潜み、十七日市ケ《いちが》谷《や》富久町《とみひさちょう》の自証院に抵《いた》って暇《いとま》を賜った。以上は森鷗外《もりおうがい》先生の「能久親王《よしひさしんのう》事蹟」に見えている。輪王寺の宮が文久年中詩を枕山について学ばれたこともまた同書に見る所である。

五月十六日遠山雲如《とおやまうんじょ》が京師の寓居《ぐうきょ》に没した。享年五十四。『雲如先生遺稿』には洛北《らくほく》愛宕《あたご》郡浄善寺に葬るとしてあるが、『平安名家墓所一覧』には寺町今出川《いまでがわ》上ル上善寺としてあるそうである。雲如、名は澹、祐斎《ゆうさい》と号しまた雲如山人と称した。本姓は小倉氏、故あって母姓遠山氏を冒した。父大輔は越中の人。江戸に来って資産をつくった。雲如は大輔の三男。文化七年庚午《こうご》の歳に生れ詩を大窪詩仏《おおくぼしぶつ》、菊池五山《きくちござん》に学び、十六歳にして『寰内奇詠《かんないきえい》』を著し神童と称せられた。数年の間修験者《しゅげんじゃ》となり金華《きんか》葛城《かつらぎ》の諸山を巡歴し、江戸に帰って長野豊山《ながのほうざん》*の門に入り経義を学ぶこと一両年。一たび幕府の倉吏となったが、天保の初梁川星巌《やながわせいがん》が詩社を開くに及びこれに参し、職を辞して後放蕩《ほうとう》のため家産を失い、上総《かずさ》東金《とうがね》の漁村に隠棲《いんせい》した。父の訃《ふ》に接して一たび江戸に帰ったが重ねて毛総の諸邑《しょゆう》に漫遊し、安政五年戊午の春には家を京師に遷《うつ》した。漫遊するごとに詩集を刊刻している。わたくしの経目したものを挙ぐれば、嘉永二年刊刻の『雲如山人集』七絶の部及び七律の部二巻。嘉永三年の『墨水四時雑詠』一巻。安政三年に刻せられた『晃山遊草《こうざん》』一巻。文久年間に刻せられた『湘雲詩鈔《しょううん》』四巻。『島雲漁唱』一巻。及『雲如先生遺稿』である。妻某氏は武州八王子《はちおうじ》の人。夫の没した後その晩年の詩稿を携えて生家に帰った。これが明治二十年に至って八王子の人秋山義方、小島為政の二人の刊刻した『雲如先生遺稿』である。大沼枕山の序に曰く「某詩話ニ曰ク、古人ノ詩老イテ頽唐《たいとう》ス。皆少壮ニ若《し》カザルナリト。余イヘラク、コノ語非ナリト。何ゾヤ。則チ少陵《しょうりょう》ハ夔州《きしゅう》以後、山谷《さんこく》ハ随州以後更ニソノ妙ニ臻《いた》ル。而シテ放翁《ほうおう》七十余ノ作イヨ〳〵絶妙ト称セラル。豈《あに》頽唐ニ属センヤ。我邦近世ノ詩人六如師ハ第二集ヲ以テ絶佳トナス。杏坪《きようへい》翁モマタ晩年ノ詩ヲ以テ絶佳トナス。ワガ友雲如山人詩篇太《はなは》ダ富ム。陸続トシテ刻ニ付ス。而シテ今者《こんしや》秋山小島ノ二氏ソノ遺稿ヲ以テマサニコレヲ板《はん》ニ鏤《る》セントス。因テ余ガ一閲ヲ請フ。余コレヲ閲シテ大ニ驚イテ曰ク雲如ノ詩此《ここ》ニ至ツテ別ニ絶佳ヲ加フ。以前ノ詩ハ佳ナラザルニ非ズ。然レドモコノ集ノ絶佳ニ若《し》カズ。コノ集ハ以テ夔州ト随州トニ比スベキナリ。コノ論ハ姑《しばら》クコレヲ置ク。近世人心浮薄ニシテ、父祖ノ詩モアルイハコレヲ刻セズ。イハンヤソノ師ニオイテヲヤ。秋山小島ノ二氏雲如ノ亡ヲ距ルコト殆《ほとんど》二十年ニシテコノ挙アリ。豈《あに》故ヲ忘レザルノ最ナルモノニ非ズヤ。余已《すで》ニ雲如ガ老境ノ詩ヲ賛ス。丼《あわ》セテ二氏ガ至厚ノ誼《よしみ》ヲ賛ストイフ。」云々。

中根香亭の『零砕雑筆』には雲如の忌日を元治甲子六月の如くに言っているが、それは誤である。

五月十九日の夜、家里松濤が刺客のために京師の客舎に害せられ、翌日四条河原に梟《きよう》首《しゆ》せられた。松濤は藤本鉄石、松本奎堂らの義兵を挙げんとするに与《く》みしなかったので、開港論者と誤り認められ、そのまさに伊勢に帰らんとする前夜刺客に害せられたのである。中根香亭の『零砕雑筆』を見るに松濤は遠山雲如の訃を聞いて弔辞を陳べに往ったその夜害に遭《あ》ったと言っている。しかし松濤の殺害せられたのは森春濤の『新々文詩』第四集及びその他の記録にも皆文久三年五月十九日としてある。春濤の『新々文詩』に掲ぐる所を見るに、「家里衡、字ハ誠県、号ハ松濤、通称ハ新太郎。伊勢松坂ノ人ナリ。磊磊軒《らいらいけん》集如干巻アリ。予初メ京師ニ遊ビ星巌先生ノ門ニ入ル。当時文風甚《はなはだ》盛ニシテ、名士踵《くびす》ヲ接シテ壇坫《だんてん》ニ出《い》ヅ。旗幟《きし》林立スルコト雲ノ如シ。頼三樹兄弟、池内陶所《いけうちとうしょ》、藤本鉄石ノ諸人皆与《とも》ニ交ヲ訂ス。詩酒徴逐スルゴトニ縦《ほしいまま》ニ古今ヲ談ズ。シカモ手ヲ握ッテ傾倒スルモ崖岸《がいがん》ニ立タズ、晨夕盤桓《しんせきばんかん》＊シテ謬《あやま》ツテ知己ヲ以テ許サル、者我ガ家里誠県ノ如キハ莫《な》シ。誠県資稟《しひん》明敏、容儀閑雅ナリ。少《わか》クシテ斎藤拙堂翁ニ従ツテ古文ヲ学ブ。議論快截《かいせつ》、筆鋒《ひっぽう》鋭異ニシテ、雅ハ髯蘇《ぜんそ》ノ風アリ。詩ハ剣俠ノ仙ヲ学ブガ如シ。時ニ殺気ヲ見ルノ間綿麗ノ語ヲナス。則《すなわち》マタ黄鸝《こうり》ノ百囀《てん》スルガ如ク、婉約《えんやく》喜ブベシ。然レドモ人ト為《な》リ気ヲ尚《とうと》ビ、厳峻《げんしゅん》ヲ以テ自ラ厲《はげま》ス。頗《すこぶ》ル偏窄《へんさく》ニシテ少シク意ニ愜カザルヤ輒《すなわ》チ咄咄《とつとつ》トシテ慢罵《まんば》ス。多ク人ノ悪《にく》ム所トナル。独リ予及ビ三島遠叔ニオケルヤ盛ニ推許ヲ加ヘ、人前ニ称道シテ唯及ザランコトヲ恐ル。遠叔ハ松山藩士ニシテ即今ノ中洲先生ノ別字ナリ。嗣後《しご》予ハ尾張ニ帰ル。誠県シバ〳〵書ヲ寄セテ再游ヲ勧ム。家事纏擾《てんじょう》*タルヲ以テ果サズ。イクバクモナクシテ攘夷ノ事興ルヤ国論喧豗《けんかい》、争ツテ罪ヲ幕府ニ帰ス。シカモ誠県ノ見ル所独リ異ル。時ニ松山ノ藩主松叟《しょうそう》公幕府ノ元老タリ。遠叔東西ニ奔命シ力ヲ藩事ニ効《いた》ス。人コレヲ以テ頗《すこぶる》疑ヲ誠県ニ致ス。会《たまたま》藤本鉄石松本奎堂勤王ヲ倡《とな》ヘ、兵ヲ帳下ニ挙ゲントス。皆軽躁詭激《けいそうきげき》ノ士ナリ。一日酒ヲ置イテ京師ノ人物ヲ論ズ。鉄石戯《たわむれ》ニ曰ク、家里松濤ハ心両端ヲ挟ム。則チ身首処《しんしゅところ》ヲ異ニセシムルモ固《もと》ヨリ惜シカラザルナリト。席末誠県ニ切歯《せつし》スルモノアリ。コレヲ聞キ喜ンデ即夜刀ヲ抜イテソノ門ニ闖《ちん》入《にゅう》ス。見ルニ帳帷闃寂《ちょういげきせき》、行李《こうり》蕭然《しょうぜん》タリ。*誠県灯火熒熒《けいけい》ノ中ニ端坐ス。ケダシ奇禍測リガタキヲ以テ京師ヲ去リソノ故里松坂ニ潜マント欲シ、天明ヲ待テマサニ発セントセシナリ。刺客ノ至ルヲ見テ大ニ驚キ蹶起《けつき》スルモ及バズ。乃《すなわち》呼ンデ曰ク、我罪ナシ。光明正大白日青天ナリト。語イマダ畢《おわ》ラズ。遂ニ害ニ遇フ。時ニ文久三年五月十九日夜ナリ。年三十七。」云々としてある。

六月十六日大将軍徳川家茂《いえもち》が軍艦開陽丸に乗じて大坂から江戸に帰城した。枕山が

「六月十六日作」に謂《いわ》く、「洛城纔下便江城。火転輪船紫焔明。二百年来修曠典。両三日裏了遐程。海神護送海波穏。天日照臨天気晴。税駕自今親庶政。小儒私擬頌昇平。」〔洛城纔《わず》カニ下レバ便《すなわ》チ江城／火船輪ヲ転ジテ紫焔明ラカナリ／二百年来曠典ヲ修メ／両三日ノ裏《うち》ニ遐程ヲ了《お》ヘリ／海神護送シテ海波穏ヤカ／天日照臨シテ天気晴ル／駕ヲ税《と》キテ今自《よ》リ庶政ヲ親《と》ル／小儒私《ひそ》カニ擬ス昇平ヲ頌《たた》ヘントト〕

六月二十二日大沼又三郎が横浜に没した。三田薬王寺の墓石に刻せられた墓誌を見るに、「君諱基重。称又三郎。姓大沼。考諱基祐。祖諱典。世事征夷府。受禄二百三十苞。君善武技。尤精于拳術馭法。安政元年乙卯春二月為下田奉行手附。尋為神奈川奉行手附。進班支配勘定。文久壬戌秋八月携家移于横浜。明年癸亥六月二十二日病没。享年四十六。帰送于江戸三田薬王寺。配村田氏生二男。」〔君諱《いみな》ハ基重。称ハ又三郎。姓ハ大沼。考ノ諱ハ基祐。祖ノ諱ハ典。世征夷府ニ事《つか》ヘ。禄二百三十苞ヲ受ク。君武技ヲ善クシ。尤モ拳術馭法ニ精《くわ》シ。安政元年乙卯春二月下田奉行手附ト為《な》ル。尋《つ》イデ神奈川奉行手附ト為ル。班ヲ支配勘定ニ進ム。文久壬戌秋八月家ヲ携ヘテ横浜ニ移ル。明年癸亥六月二十二日病没ス。享年四十六。江戸三田ノ薬王寺ニ帰送ス。配ノ村田氏二男ヲ生ム〕としてある。法謚は大運院法道日善居士である。長男は小太郎といい維新の後慶応義塾に学んでいたという事を聞いたのみでその生死を詳にしない。三田薬王寺の住職は、いつの頃であったかまだ枕山が世にあったころ、小太郎が父祖の石塔を石屋に売渡そうとした事をわたくしに語った。わたくしは小太郎の慶応義塾に在学した年代を知りたいと思って義塾に問合せたが返書に接することを得なかった。

七月九日成島確堂が広瀬青村のために別筵《べつえん》をその新邸に張った。枕山が七律の題に「確堂学士ガ柳北ノ新館、広瀬青村ガ豊後ニ帰ルヲ送ル。時ニ七月九日也。」としてある。柳北の新館とは確堂がその側室お蝶のために文久元年六月向柳原《むこうやなぎわら》に築いた有待舎のことであろう。有待舎の記は博文館梓行《しこう》の『柳北全集』に載っている。

七月二十四日にかつて安政中鷲津毅堂の隣家に住んでいた幕府表坊主《おもてぼうず》中山文節という者が病没した。毅堂はその遺族の需に応じて墓誌を撰した。墓誌は『事実文編』に収載せられている。それについて見れば中山文節は号を蟫斎《たんさい》という。表坊主の如き低い身分の者には似合わず読書を好み公務の余暇 楠正成《くすのきまさしげ》に関する旧記を渉猟し『南木志』五巻を著してこれを幕府に献じ白銀を下賜せられた。没した時は年四十五であった。『武鑑』

について文節の居処を検するに安政四年より六年まで下谷御徒町に住んでいた。鷲津毅堂と隣《とな》合《り》いであったのはこの時であろう。万延改元以後の『武鑑』にはその住所を湯島下手代町となしている。毅堂の文に曰く、「予カッテ君ト隣ヲ結ブ。衡ヲ望ミ宇ニ対ス。日ニ相《あい》過従シテ甚ダ親シ。イハンヤ諸孤皆予ニ就イテ学ブ。通家《つうか》ノ誼アルヲヤ。」云々。『南木志』五巻は著者文節の子信敏が翌年元治甲子の冬に至ってこれを板刻した。

この年癸亥十月三日に枕山はその詩友門生らと今戸の有明楼に会して遠山雲如追悼の詩筵を開いた。『枕山詩鈔』にはこの詩筵の作を元治甲子の集に編録しているがその誤であることは『下谷吟社詩』所載の溝口桂巌が詩賦に就いて見れば明である。桂巌が作の題言に「雲如先生今茲《こんじ》癸亥五月十六日病ンデ京師ノ寓居ニ没ス。本年十月三日枕山先生、昆渓翁、雪江、蘆洲、柳圃《りゆうほ》、董園《とうえん》ノ諸先輩及釈智仙、琴抱ノ二師ト同ジク有明楼ニ会シ倶《とも》ニ絶筆ノ韻ヲ次ギ鷲湖《がこ》画ク所ノ肖像一幅ヲ壁間ニ挂《か》ケ酒肉ヲ供ヘテ奠儀《てんぎ》ヲ行フ。」云々。鷲湖は南画家鈴木氏である。

十二月十四日、枕山は亡友竹内雲濤が小祥《しようしよう》の忌辰に再び追悼の詩会を某処に開いた。『枕山先生遺稿』にその時の絶句が二首載せられている。また『慶応十家絶句』には植村蘆洲の作に大沼枕山、長谷川昆渓、関雪江、沢井鶴汀《さわいかくてい》、*釈智仙*らの相会したことが識《しる》されている。雲濤の忌日については十二月十四日と十一月二十八日との二説があるが、以上二家の作について見れば十二月十四日が正しいようである。

第三十三

文久四年甲子正月大将軍徳川家茂が復《ふたた》び海路を取って上洛した。枕山が元旦の絶句に曰く、「文久正当甲子年。吾王千里駕楼船。好将瀲灩曙堂酒。祝向渺漫春海天。」〔文久正ニ当ル甲子ノ年ニ／吾ガ王千里楼船ニ駕ス／好《よ》ミスルニ瀲灩曙堂ノ酒ヲ将《もっ》テシ／祝フニ渺漫春海ノ天ニ向フ〕

三月に至って元治と改元せられた。

六月二日枕山の長男新吉が生れた。

秋の頃鷲津毅堂は帰省して母の安否を問うた。毅堂の撰に成る青木可笑《あおきかしょう》の墓誌中に「元治甲子ノ歳余江戸ヨリ郷里ニ帰ル。」としてある。江戸の家人に留別《りゅうべつ》する絶句に、

「此行不為鱸魚膾。擬把新詩補白華。」（此ノ行鱸魚ノ膾ノ為《ため》ナラズ／新詩ヲ把《と》リテ白華ヲ補ハンコトヲ擬ス）と言ってあるから時節は秋の半過《なかばすぎ》であろうか。毅堂は須臾《しゆゆ》にして江戸に還ったらしい。

八月中秋、枕山は長谷川昆渓、関雪江らと和泉橋から船を買って向島の百花園に秋花を賞し、山谷堀の某楼に登って明月を迎えた。

十一月枕山は先考《せんこう》竹渓の遺稿を集めてこれを刻した。文政十年十二月竹渓が没してより三十七年を経ている。

十二月除夕《じょせき》枕山は再び長谷川昆渓と相携えて池の端の松源楼に歳を餞《せん》した。

第三十四

慶応元年乙丑《いっちゅう》の春より夏にかけて枕山はしばしば芝口一丁目脇坂中務大輔安宅《わきざかなかつかさのたいふやすおり》の邸に招かれて奉和の詩を賦している。脇坂安宅は播磨国竜野の城主で純斎と号した。文久二年四月隠居して家督を養子藤堂和泉守《とうどういずみのかみ》の三男安斐《やすあや》に継がしめ、その年五月老中首席に列したが十一月に至って謹慎を命ぜられた。理由は万延元年三月三日井伊大老遭難の際、安宅は老中の職にあってその措置よろしきを得なかったというにある。安宅は枕山の詩賦によって見ればこの年久々で出府したのである。

四月枕山は画家福田半香《ふくだはんこう》*の碑文を撰した。半香は渡辺崋山《わたなべかざん》の門人。元治甲子の年八月二十一日六十一歳で没し、小石川餌差町《こいしかわえさしちょう》善雄寺に葬られた。

この年秋長谷川昆渓が駒込《こまごめ》吉祥寺門前より家を下谷長者町に移した。枕山は旧友の近隣に来り住したのを喜んで、七律一首を賦して贈った。「南坊北巷望如隣。我往君来数武塵。何幸門庭成接近。恰宜詩酒闘精神。柳橋命妓少年興。駒野参禅前世因。廿歳旧游游未了。又為台麓酔吟人。」〔南坊北巷望ムコト隣リノ如シ／我往キ君来ル数武ノ塵／何ゾ幸《さいわ》ヒナルヤ門庭接近ヲ成シ／恰モ宜シ詩酒精神ヲ闘《たたか》ハスニ／柳橋妓ニ命ズルハ少年ノ興／駒野禅ニ参ズルハ前世ノ因／廿歳旧游游ビテ未ダ了《お》ヘズ／又台麓酔吟ノ人ト為ル〕

昆渓が下谷に来ると間もなく毅堂が下谷を去った。毅堂は尾張徳川家の聘《へい》に応じてその藩校明倫堂の教授とならんがため十一月の初に江戸を出発した。枕山が送別の絶句に、「取士能空冀北群。堂堂大国重斯文。平洲夫子大峰叟。季孟之間合待君。」〔士ヲ取ルニ能《よ》ク空シクス冀北ノ群ヲ／堂堂ノ大国斯文ヲ重ンズ／平洲夫子大峰叟／季孟ノ間ニ合ニ君ヲ待スベシ〕枕山は毅堂を以て細井平洲、冢田《つかだ》大峰《たいほう》の二先儒に比してその栄任を賀したのである。

毅堂の赴任を賀した諸家の詩賦について、わたくしは巌谷《いわや》迂《う》堂《どう》の絶句を摘録して置きたい。迂堂は後の一六《いちろく》先生でわたくしの畏《い》友小波《ゆうさざなみ》先生の先考である。迂堂が送別の作は下の如《ごと》くである。「揚揚匹馬向西行。山複水重程又程。寧厭天気風雪苦。黄金台築在金城。」〔揚揚トシテ匹馬西ニ向ヒテ行ク／山複《かさ》ナリ水重《かさ》ナリ程又程／寧ゾ厭ハンヤ天気風雪ノ苦ヲ／黄金台ハ築イテ金城ニ在リ〕

毅堂はこの時四十一歳である。妻美代は臨月に近かったので長女恒と共に留《とど》まって芝口奥平家の邸内なる生家川田氏の許《もと》に寄寓し、十一歳になる男文豹のみが父に随《したが》って尾張に往《い》った。

十二月七日に美代が次男俊三郎を江戸に生んだ。

第三十五

鷲津毅堂は名古屋城外の新馬場《しんばば》に屋敷を賜った。毅堂がその本藩に聘せられた事は、そのかつて結城久留里の二藩から廩米《りんまい》を給せられた事とは全く事情を異にしていた。毅堂は笈《きゆう》を負うて江戸に出でてより二十年にして始めて錦《にしき》を著て故郷に還ったのである。『毅堂丙集』巻の四に曰く、「乙丑十一月余聘ニ応ジテ尾張ニ帰ル。公城外ノ新馬埒《しんばらち》ニ館《やかた》ヲ授ケラル。待遇一ニ先儒平洲細井翁ノ故事ノ如シ。乃チ翁ガ感懐ノ詩ノ原韻ヲ次イデ以テ事ヲ紀《しる》ス。」云々。

今細井平洲の安永九年庚子の歳始めて尾公徳川宗睦《むねちか》に聘せられて侍読を命ぜられた時の待遇をその墓碑銘について見るに、座席は親衛隊のまさに列せられ廩米三百包を賜ったのである。天明三年に至って明倫堂督学となり、天明四年廩米百包を加増せられ六年改めて歳禄四百石を賜り班を親衛騎将の上に進められたのである。

毅堂の履歴は『日本教育史資料』に収載せられた名古屋藩の記録に審《つまびらか》である。

「慶応二年寅三月五日文学御用向《ごようむき》相勤候に就き御扶持二十人分被下置《くだしおかる》。御表江罷登《まかりのぼ》り可相勤《あいつとむべく》候。御用人支配の事に候。」

「同年五月三日被召出《めしいださる》。奥御儒者被仰付《おおせつけらる》。御切米《おんきりまい》五拾俵被下置候。百俵の高に御足高《おんたしだか》被下之《これをくださる》。座席は明倫堂教授次座たるべき旨。」

「同月同日。元千代様御読書御相手御用。阿部八助と申合せ相勤め幷《ならび》に侍講をも相勤め候様にとの御事に候。」

徳川元千代は尾州家最終の藩主で時に年七歳である。その父前大納言慶勝《よしかつ》が安政五年七月将軍家後嗣《こうし》の事に関して井伊大老の諱《い》む所となり退隠を命ぜられた時、元千代はまだ生れていなかったので、慶勝の弟茂徳《しげのり》が尾州家を継いだ。茂徳は文久三年九月十三日に隠居し名を玄同《げんどう》と改め、慶勝の男元千代が藩主となった。されば当時尾州家の実権は隠居した前大納言慶勝がこれを把《と》っていたので、毅堂は慶勝に信任せられて幼主元千代の教育を委任せられたのである。阿部八助は嘉永六年より明倫堂の督学を勤めていた尾州家の儒者で、名は伯孝、字は某、松園と号した。この年慶応二年十月十八日に没したので、毅堂はその後を継いで督学となったのである。

二月十五日の夜に毅堂は横山湖山が『火後憶得詩』を読んでその賛評を書した。『憶得詩』は安政戊午の冬湖山が神田お玉ケ池の家を燬《や》かれた後躬《みずか》ら編成した詩集である。その事は第二十七回に述べてある。毅堂は集の終に、「客冬《かくとう》予江戸ヲ辞シテ尾張ニ帰ル。旧社分散シ索居《さつきょ》ノ嘆ナキ能《あた》ハズ。忽《たちまち》書ヲ辱《かたじけなく》シ、大集ノ删定《さんてい》ヲ属《しょく》セラル。忙手繙読《はんどく》スルニ一堂ノ上ニ相会晤《かいご》スルガ如シ。楽殊《こと》ニ甚シ。乃《すなわち》一夕ニシテ業ヲ卒《お》フ。然レドモ長短二百余篇、固ヨリ皆連城ノ明珠ナリ。目コレガタメニ奪ハル。イヅレヲカ取リイヅレヲカ舎《す》テン。アルイハ恐ル、ソノ硃批《しゅひ》スル所尊意ニ充《み》タザル者アランコトヲ。敢《あえ》テ謝ス敢テ謝ス。慶応二年二月望。鷲津宣光新馬埒ノ尚志斎ニ閲ス。時ニ侍童ノ齁鼾《こうかん》雷ノ如ク城鼓正ニ五更《ごこう》ヲ報ズ。」云々と書した。

三月二十六日大垣藩の家老小原鉄心《おはらてつしん》が江戸于役《うえき》の途次、随行した同藩の儒者野村藤《とう》陰《いん》*、菱田海鷗《ひしだかいおう》*、菅竹洲*らと名古屋の城下を過ぎて鷲津毅堂を訪うた。その事は鉄心の紀行『亦奇録《えききろく》』に見えている。紀行に曰く、「洲股《すのまた》ノ駅ヲ経テ小越川ニ到《いた》ル。蘇峡《そきょう》ノ下流ニシテ、平沙《へいさ》奇白、湛流瑠璃《たんりゅうるり》ノ如ク碧《あお》シ。麗景掬《きく》スベシ。午ニ近クシテ四谷ニ憩《いこ》ヒ、酒ヲ命ズ。薄醨《はくり》口ニ上ラズ。饂麺《うんめん》ヲ食シテ去ル。琵琶《びわ》橋ニ上ルヤ忽《たちまち》ニシテ光彩ノ雲外ニ閃《ひらめ》クヲ見ル。謂《いわゆ》ル名古屋城ノ金鵄尾《きんしび》ナリ。城下ヲ過ギテ鷲津毅堂ヲ訪フ。歓《よろこ》ビ迎ヘテ酒ヲ置ク。平野泥江森春濤先ニアリ。丹羽、内藤、岡ノ三士及ビ僧円桓《えんかん》モマタ継《つい》デ至ル。談ヲ縦《ほしいまま》ニシテ觴《さかずき》ヲ飛《と》バス。時ニ泥江豊原生ト謀《はか》リ余ノタメニ舟ヲ堀川ニ艤《ぎ》ス。毅堂曰ク藩禁アリ舟ヲ同ジクスルヲ得ズ。君カツ留レト。余乃《すなわち》携《たずさゆ》ル所ノ巨玉巵《きょぎょくし》ヲ出シ自ラ酌《く》ムコト三タビニシテ、コレヲ属シ即チ辞シテ去ラントス。毅堂マタ満ヲ引イテ連酌シ忽《たちまち》ニシテ大酔シ興ニ乗ジテ同ジク門ヲ出デ蹣跚《まんさん》トシテ橋ニ到ル。余コレヲ留メテ曰ク止《や》メヨ止メヨト。毅堂大声ニ曰ク朋友《ほうゆう》ノ誼ハ重シ。瑣々《ささ》タルノ禁何ゾ意トスルニ足ラン哉《や》。春濤ラ要シテ遂ニ止ム。纜《ともづな》ヲ竜《たつ》ノ口ニ解ク。内藤岡ノ二士及ビ泥江春濤円桓同ジク舟ニ入ル。饗具《きょうとも》ニ備《そなわ》ル。潮ハ方《まさ》ニ落チテ舟ノ行クコト太《はなは》ダ駛《すみや》カニ橋ヲ過グルコト七タビ始メテ市廛《してん》ヲ離ル。日已《すで》ニ瞑《くら》シ。」

この紀行に見る所の人名にしてわたくしの討《たず》ね得たものは春濤、円桓、泥江の三人のみである。森春濤は文久三年五月に名古屋桑名町三丁目に卜居《ぼっきょ》し詩社を開いていた。僧円桓は春濤の門人。俗姓神波氏、名は行蔵、字は竜卯、後に孟卿。尾張国海部《かいふ》郡甚目寺の寺中一乗院の住職である。維新の後還俗《げんぞく》して名を神波桓、号を即山と称し東京に来って太政官《だいじようかん》の小吏となり本郷竜岡町に住して詩書を教えた。明治二十四年一月二日没。享年六十歳。谷中三崎の天竜院に葬られた。

平野泥江、名は真章。山本梅逸《やまもとばいいつ》門下の画人。明治十七年某月没。享年七十歳である。

わたくしはまた鉄心の紀行『亦奇録』について、横山湖山の長男亥之吉《いのきち》があたかもこの時毅堂の家にあって勉学していた事を知り得た。亥之吉は小原鉄心の一行に随って参州吉田に赴きその父を省《せい》して直に名古屋に還ったのである。『亦奇録』に曰く、「湖山ノ男亥之吉鷲津氏ノ塾ニアリ。余拉《らつ》シテ東シ二親ヲ省セシム。コノ夜逆旅《げきりよ》*ニ来ツテ寝ス。余コレニイッテ曰ク二親在《おわ》ス。汝ノ来ルハ何ゾヤ。曰ク僕大夫《たいふ》ヲ送ツテ至ル。今二親ニ見《まみ》ユ。実ニ望外ノ幸ナリ。然レドモ学業イマダ成ラズシテ数《しばしば》省スルハコレ二親ノ喜バザル所、僕モマタコレヲ愧《は》ヅ。明朝直ニ西セン耳《のみ》ト。余コノ言ヲ聞キテ甚コレニ感ズ。時ニ亥之吉年十六。他日ノ成業是《ここ》ニオイテカ見ルベシ。」

慶応二年六月八日毅堂は高《たか》弐百俵に御足高《おたしだか》*若干を給せられた。『日本教育史資料』に曰く、

「元千代様御読書御相手御用幷《ならび》に侍講是迄の通相勤候様にとの御事に候。御留書頭之

当番丼に奥入御免遊ばさる。」

「同年九月二十四日御側物頭《おんそばものがしら》格明倫堂教授被仰付《おおせつけらる》。」

「同日当分の内明倫堂督学勤向相勤候様にとの御事に候。」

「同日元千代様御読書御相手御用丼に侍講是迄の通相勤候様にとの御事に候。右に付奥入《おくいり》御免被遊《あそばる》。」

毅堂の妻美代が六歳になる長女恒と二歳になる俊三郎とを引連れて江戸より名古屋に赴いたのはこの年の暮か、さらずば翌年の春であろう。慶応四年正月に三男留次が生れているからである。

この年慶応二年中江戸における枕山の生涯をその『詩鈔』について窺《うかが》うに、六月十八日枕山は関雪江その他の詩人と「浅草水寺」に会して菊池五山が十七年忌の法会《ほうえ》を営んだ。五山が絶筆の韻を次いで枕山は「五門諸彦散。頼有我徒同。蓮寺以詩会。如参氷社中。」〔五門ノ諸彦散ズ／頼《さいわい》ニ我ガ徒ノ同《あつ》マル有リ／蓮寺詩ヲ以テ会ス／氷社ノ中ニ参ズルガ如シ〕と言っている。

八月中秋には枕山は長谷川昆渓、鈴木松塘、関雪江、植村蘆洲、福島柳圃*その他の詩友と橋場の川口屋に観月の詩筵《しえん》を張った。しかし雪江の詩に「酒家蕭索遊人少。」〔酒家蕭索トシテ遊人少《か》ク〕といい、「雲際有時微吐月。」〔雲際時有リテ微《ほの》カニ月ヲ吐ク〕というが如き句がある。空は曇り世は騒しく今戸橋場あたりの酒楼には十五夜の月を観る人もなかったのである。

第三十六

慶応三年丁卯《ていぼう》五月六日、鷲津毅堂は御物頭《おんものがしら》格に座席を進められ明倫堂督学に任ぜられた。藩主元千代の「御読書御相手御用弁に侍講」は従前の通りということである。毅堂が督学に任ぜられた時明倫堂の教授には渡辺忠兵衛《ちゅうべえ》、丹羽嘉七《かしち》、植松茂岳《しげおか》、岡田小八郎がいた。植松岡田の二人は国学の教授である。丹羽は書家である。

毅堂は督学となって明倫堂の学制を改革した。その主なる事項は学館総裁の名目を改めて総教と称した事。これその一である。時々教授をして郡村を巡回せしめ農民に講義を聴《き》かしむる事となした。これ改制の第二である。校内に他藩の諸生の寄宿する事を許し、上級の学生より訓導を選抜して下級の生徒に授業せしめた。これ改制の第三である。武術の師を招聘《しょうへい》して大に武を講じた。これ改制の第四である。

毅堂は江戸下谷にあった頃より武芸を重《おも》んじ門人塾生には読書の旁《かたわら》武芸を練習させた。長男文豹は浅草鳥越明神《とりこえみょうじん》の傍に道場を開いていた剣客大野剣次郎の門人で、父に随って名古屋に来った後十四歳にして明倫堂武芸伍長《ごちょう》となった。剣客大野は幕府講武所師範役伊庭軍兵衛《いばぐんべえ》の高弟である。

慶応三年十月二十三日尾張の老公徳川慶勝が朝命を拝受し病を冒して名古屋城を発し二十七日京師に入り知恩院を旅宿となした。十月二十七日は薩州侯島津忠義《しまづただよし》が西郷吉之助《さいごうきちのすけ》を参謀となし兵を率いて京師に入った日である。尾公慶勝は大将軍慶喜《よしのぶ》のまさに大政を奉還せんとするに際し、時の宰相越前の藩主松平慶永《よしなが》と相議し、幕府と薩長諸藩との間を斡旋《あっせん》し平和に事を解決せしめんと力めたのである。鷲津毅堂は藩主慶勝に扈従《こしょう》しその重臣田宮篤輝、丹羽淳太郎、田中国之輔《くにのすけ》らと同じく京師に赴いた。

あたかもこの時江戸にあって大沼枕山は十月二十五日津山侯の隠居松平確堂が高田村の下屋敷に催した酒宴に陪して林泉の美を詠じている。

十二月十二日将軍徳川慶喜が二条城を出でて大阪城に移った。

十二月二十五日尾張の徳川慶勝が京師より大阪に赴き将軍に謁して会津桑名両藩の兵を帰藩せしめん事を説いた。毅堂は常に慶勝に扈従して二十九日に京師に還った。途上の作に曰く「心知白髪一宵添。客路無由借鏡奩。鉄券何人恃功績。黄裳今日玩爻占。頑雲包月走山角。急霰乗風撲帽尖。遺却身材如纖線。擬将涓滴救炎炎。」(心ニ知ル白髪一宵ニ添フルヲ/客路鏡奩ヲ借ルニ由無シ/鉄券何人カ功績ヲ恃マンヤ/黄裳今日爻占ヲ玩《もてあそ》ブ/頑雲月ヲ包ミテ山角ニ走リ/急霰風ニ乗リテ帽尖ヲ撲《う》ツ/遺却ス身材ハ纖線ノ如シ/擬ス涓滴ヲ将《もっ》テ炎炎ヲ救フニ)

毅堂は時に年四十三。名古屋新馬場の家にあった妻美代は二十九。長男精一郎(字文豹)は十三、長女恒は七歳、次男俊三郎は三歳である。丹羽村の家をついだ鷲津蓉裳は三十五、妻鈴木氏ぶんは十八である。

毅堂兄弟の母磯貝氏貞が病んで没したのはこの年十一月中のことであろう。毅堂は京師にあって母の病の革《すす》んだのを聞き、暇《いとま》を請うて丹羽の家に赴いたが臨終には間に合わなかった。それのみならず毅堂は京師の事変刻々急なるがため家に留って忌に服することを得ず藩公に召されて直に京師に還った。

第三十七

慶応四年戊辰《ぼしん》正月二日、尾公徳川慶勝は前将軍慶喜のまさに大阪城を出発せんとするを聞き、田中国之輔、鷲津毅堂の二人を派遣し、幕府の参政永井《ながい》玄蕃頭《げんばのかみ》、塚原但馬守《つかはらたじまのかみ》に会見して、会桑二藩の兵の伏見に駐屯《ちゅうとん》するものを大阪に引揚げしめん事を説いたが、事既に遅く東西両軍の先鋒《せんぽう》は早くも砲火を交るに至った。この時慶勝は瘧《ぎゃく》を患い出馬することを得なかったので、二日の深夜その家老成瀬《なるせ》隼人正《はやとのしょう》正肥《まさみつ》に鷲津毅堂を随伴せしめ、越前宰相松平慶永の邸に赴き善後の策を講ぜしめた。

正月六日徳川慶喜が松平容保《まつだいらかたもり》、松平定敬《さだあき》、板倉勝静《いたくらかつきよ》らを従えて海路を江戸に走った。

正月十五日徳川慶勝が朝廷に暇を請うてその重臣一同を従えて帰藩した。藩の目付吉田猿松という者が上京して名古屋の家臣中幕府に応援せんと欲するものが当主元千代を擁して江戸に走らんとする風説を伝えた故である。慶勝は二十日名古屋に帰城した当日、年寄《としより》並渡辺新左衛門年四十九、城代格大番頭《おおばんがしら》榊原《さかきばら》勘解由《かげゆ》年五十九、大番頭石川内蔵允《くらのじよう》年四十二の三人を召して二の丸向屋敷に斬首した。この日より続いて二十五日に至るまで死刑に処せられたもの都《すべ》て十四人に及んだ。かつて明倫堂の督学であった冢田《つかだ》大峰《たいほう》の義子謙堂年六十一も二十一日に刑せられた者の一人であった。以上は名古屋市役所の編纂した『名古屋市史』に由って記した。この事件あってより尾張一藩は挙《こぞ》って勤王党に与《くみ》することとなった。

正月二十九日毅堂は御広敷《おひろしき》御用人を仰付けられ御小納戸《おこなんど》頭取を兼ね、明倫堂督学はこれまでの通り、御足高百俵を給せられた。

名古屋藩ではこの時勤王誘引係と称するものを設け、係員を近隣の諸藩及幕府旗本の釆邑《さいゆう》に派遣して、勤王に与みすべき事を遊説した。誘引係の長には鷲津毅堂と丹羽淳太郎の二人が任命せられた。丹羽淳太郎は後に司法省の判事となった人で、花南と号して詩をよくした。勤王誘引係の部員の中わたくしの人名を知り得たものは服部親民、青木可笑の二人のみである。青木可笑、字は陽春、鷲巣《しゆうそう》と号し後に樹堂《じゆどう》と改めた。尾張知多郡大高村長寿寺の住職。後に還俗して東京に来り大蔵省に出仕し明治十四年四月享年七十五を以て没した。晩年の著に『江戸外史』五巻、『皇漢金石文字一覧』一巻等がある。わたくしの先人永井匡温は始め青木可笑に従って詩書を学び、尋《つい》で毅堂の門生となったので、可笑の没後その詩稿を編んでこれを刻した。毅堂の撰に係る墓碑銘の略に曰く「ア、青木君樹堂ノ墓。余ノコレニ銘スルニ非ラザレバ誰カ与《あず》カランヤ。元治甲子ノ歳余江戸ヨリ郷里ニ帰省ス。途名古屋ニ留ルコト数日、君逆旅《げきりよ》ノ主人ヲ介シテソノ著ス所ノ『徳川氏史稿』四巻ヲ以テ贄《し》ヲ為《な》シテ謁ヲ乞《こ》ヘリ。乃《すなわち》命シテコレヲ延《ひ》ク。円顱《えんろ》方袍《ほうほう》。挙止安詳。坐定《さだま》ルヤコレト与《とも》ニ古今ノ得失ヲ談ズ。娓娓《びび》トシテ聴クベシ。遂ニ交ヲ締ス。既ニシテ余聘《へい》ニ応ジ来ツテ藩学ヲ督シ兼テ政務ニ参ス。君時ニ過従ス。情好益〻密ナリ。為人《ひととなり》沈実ニシテ寡言。以テ重事ヲ托スベシ。書ニシテ窺ハザル所靡《な》シ。最《もっとも》経国ノ学ニ志ス。明治元年ノ春王師《おうし》東征ス。藩ハ江戸ト同宗ナリ。間使ヲ発シテ説クニ恭順ヲ以テセントス。シカモ耳目ヲ憚《はばか》リソノ人ヲ難シトス。余藩老成瀬正肥ニイツテ曰クコノ任ニ堪《たゆ》ル者ハワガ客樹堂ナリト。正肥コレヲ然リトナス。君乃チ命ヲ奉ジテ単身東ニ赴キ周旋力ヲ竭《つ》クス。居ルコト五十余日。宗子《そうし》城邑ヲ納メラル、モシカモ朝廷更ニ駿遠参三国ヲ賜ヒ、先祀《せんし》ヲ奉ゼシム。君与《あずか》ツテ力アリ。然レドモ謙冲敢テ功ニ居ラズ。マタカツテ人ニ語ラズ。是《ここ》ヲ以《も》テ世コレヲ識《し》ル者鮮《すくな》シ。」云々。わたくしはこの略文を籾山衣洲《もみやまいしゆう》の『明治詩話』から転載した。

慶応四年三月に内田均なる人が『慶応十家絶句』二巻を刊刻した。十家は大沼枕山、小野湖山、鷲津毅堂、植村蘆洲、佐藤牧山、釈金洞、鈴木松塘、長谷川昆渓、関雪江、釈錦河である。わたくしは江戸城のまさに明渡されようとする兵馬倥偬《こうそう》の際、『十家絶句』の如き選集が江戸において刊刻せられたのを見て奇異の思を禁じ得ない。江戸の開城は四月四日である。

閏四月幕府脱走の一軍が大鳥奎介《おおとりけいすけ》を首将となし信州飯山《いいやま》に拠り東山道より名古屋を襲わんとする風聞があったので、名古屋藩では正気隊と称した精鋭の士卒を先鋒《せんぽう》となし藩主徳川慶勝は信州太田に出陣した。毅堂はこれより先藩命を帯びて京師に赴いたが即日召還せられ藩主に扈従《こしよう》して信州に出陣した。その京師に往きて直に去らんとする時の絶句に曰く、「我馬玄黄風捲沙。又揮鞭策出京華。真成王事倥傯甚。辜負納涼辜負花。」〔我馬玄黄《つか》レ風沙ヲ捲ク／又鞭策ヲ揮ヒテ京華ヨリ出ヅ／真ニ王事ヲ成スハ倥傯甚シ／納涼ニ辜負シ花ニ辜負ス〕

五月に入って名古屋藩の士卒は信州より凱旋《がいせん》した。

八月晦日《かいじつ》毅堂は京師に新設せられた総裁局の徴士に抜擢《ばってき》せられたので、明倫堂督学の職を辞した。徴士は列藩より人材を推薦して新政府の事務に与《あずか》らしめたものをいうのである。『明治史要』戊辰二月の記事に、「徴士ハ定員ナシ諸藩ノ士及都鄙《とひ》有才ノ者公儀ニ執リ抜擢セラル 則《すなわち》徴士ト命ズ。参与職各局ノ判事ニ任ズ。」云々。

毅堂の徴士となって京師に赴いた後、名古屋明倫堂の督学には小永井小舟が招聘せられてこれを襲いだ。小舟名は岳、字は君山、通称を八郎という。もと佐倉の藩士である。安政中幕府の旗本小永井藤左衛門の養子となり万延元年国使に従って米国に渡航したことがある。初《はじめ》野田《のだ》笛浦《てきほ》*、古賀《こが》謹堂《きんどう》*に従って学び後に羽《は》倉簡堂《くらかんどう》に師事した。名古屋藩校の督学を辞して後東京に帰り浅草新堀に学舎を開き明治二十一年十二月某日に没した。享年六十である。その行実《ぎょうじつ》は川田《かわだ》甕江《おうこう》の作った碑文に詳である。

九月八日に明治と改元せられた。この月毅堂は徴士より太政官権《ごん》弁事に任命せられた。『明治史要』戊辰閏四月の記事に、「官制ヲ改定シ太政官ヲ分ツテ議政行政(略)七官ト為シ、行政官ニ輔相《ほしょう》弁事史官ヲ置ク。」云々。また「弁事十人ハ公卿諸侯大夫士庶人ヲ以テコレニ充《あ》ツ。権弁事モマタコレニ倣《なら》フ。内外ノ庶務ヲ受付シ官中ノ庶務ヲ糺判《きゆうはん》スルコトヲ掌《つかさど》ル。」としてある。おもうに弁事は今日の官省における局長あるいは課長に類するものであろう。太政官と行政官との新に制定せられた時、始めてこれが輔相に任ぜられたものは三条実美《さんじようさねとみ》、岩倉具視《いわくらともみ》の二卿である。

毅堂は太政官に出仕して以来三条河原の客舎に寓していたが、その家族は名古屋新馬場の邸に留っていた。

わたくしはここに大沼枕山の依然として下谷三枚橋の家にあったことを記して置かねばならない。明治元年「除夜放歌」の作を見るに、「清明上巳節匆匆。江上花開人悪折。折残千樹稀一紅。絶無歌姫坐画舫。但有行李圧短篷。五月東山兵火発。中略 金銀仏寺付一炬。荒涼只剰枯林叢。」(清明上巳節匆匆タリ／江上花開ケバ人悪《みだ》リニ折ル／折残ス千樹一紅稀ナリ／絶ヘテ歌姫ノ画舫ニ坐ス無シ／但《た》ダ行李ノ短篷ヲ圧スル有リ／五月東山兵火発ス(中略)／金銀仏寺一炬ニ付ス／荒涼只剰《あま》ス枯林ノ叢)云々。

枕山は前将軍徳川慶喜の上野寛永寺に幽居せられた時、手簡を賜り旧幕臣の順逆を誤り王師に抗することのないように徳川氏のために奔走せよとの内命を受けたという。わたくしはこの事を大沼氏の遺族から伝聞した。しかし信夫恕軒《しのぶじょけん》のつくった伝を見るに「先生勝海舟ヲ訪ヒ大ニ時事ヲ論ズ慷慨激昂忌憚《こうがいげっこうきたん》スル所ナシ。」としてある。なおまた恕軒の作った伝には、枕山は東京詞三十首を賦して時事を諷したため弾正台の糺問《きゅうもん》を受けたといわれている。わたくしはこれらの事件を詳にする資料のないことを悲しんでいる。

第三十八

明治二年己巳《きし》三月七日明治天皇の車駕《しゃが》京師を発し同月二十八日に東京城に入った。『毅堂丙集』に曰く「三月　上東京ニ幸ス。宣光鑾輅《のりみつらんろ》ニ後ル、コト十日ニシテ乃京師ヲ発ス。」云々。宣光は毅堂が維新後常に用いた名である。毅堂は維新以前にあっても時々通称を変えている。初は郁太郎と称し嘉永安政の頃には貞助といい、後に名古屋藩に仕えてからは九蔵となした。

毅堂は東京に赴く途次名古屋の邸に留ること数日。この時もまた家族を伴わず長男文豹と二、三の門人を従えて東京に来り、駿河台《するがだい》皀莢阪《さいかちざか》下の官舎に入った。皀莢阪は駿河台の西端より水道橋の方に下る阪である。

七月八日官制の改定が布告せられて毅堂は大学校少丞《しょうじょう》となった。当時の大学校は別当を長官となし大丞少丞以下の官等があった。『明治史要』を見るに、「大学校、別当一人。大学校及ビ開成医学ノ二校病院ヲ監督シ国史ヲ監修シ府藩県ノ学政ヲ総判スルコトヲ掌ル。」としてあるから大抵今日の文部省に似たものである。

八月七日奥羽に白川白石登米《とよま》九戸《くのへ》江刺《えさし》の五県が新置せられ、毅堂は陸前国登米県の権知事に任ぜられた。『明治史要』に「福島県権知事清岡公張《きよおかたかとも》ヲ以テ白河県権知事ト為シ、民部大録武井守正《たけいもりまさ》(逸之助姫路藩士)ヲ白石県権知事ト為シ、大学少丞鷲津宣光(九蔵名古屋藩士)ヲ登米県権知事ト為シ、盛岡藩大参事林友幸《はやしともゆき》(半七)ヲ九戸県権知事ト為シ、小笠原長清《おがさわらながきよ》(弥右衛門二人並ニ山口藩士)ヲ江刺県権知事ト為ス。」としてある。

毅堂が東京を発したのは九月二十一日である。これより先、八月中秋の夕毅堂は二、三の門生を伴って墨田川に舟を泛《うか》べたことが、わたくしの先考永井禾原《かげん》の旧稿に見えている。その題言に曰く「中秋鷲津先生及村上久保田両兄ト同ジク舟ヲ墨水ニ泛ブ。陰雲惨憺終《つい》ニ月ヲ観ズ。」

村上は安政の頃より毅堂に師事した小田原の藩士で、名は珍休、字は季慶、号を函峰《かんぽう》という。あたかもこの年甲府徽典館の教授となった。久保田は登米県大属久保田藤助であるがその人物は詳でない。

わたくしは茲《ここ》に先考永井禾原のことを書添えて置きたい。先考は毅堂の門生であったのみならず、またこの時詩を大沼枕山に学んでいたからである。先考名は匡温、通称は久一郎、字は伯良また耐甫。号を禾原といい後に来青ともいった。嘉永五年壬子八月二日尾州愛知郡鳴尾村に生れた。その家は帯刀を許された豪農である。匡温の曾祖父に襲吉という人があった。星渚また眕斎《しんさい》と号し、安永年間市川鶴鳴《いちかわかくめい》が尾州に流寓中これに従って学んだ。鶴鳴の江戸に没した時永井星渚は鶴鳴の男達斎の嘱を受けて墓碑銘を撰した。その石碑は今なお芝西ノ久保光明寺の後丘に残存している。匡温は曾祖父星渚に肖《に》て学を好み十二、三歳にして夙《はや》く詩を賦した。初め知多郡大高村長寿寺の住職鷲巣上人青木可笑に学び、毅堂の名古屋に来るに及んでその塾生となった。明治元年九月毅堂の徴士となって京師に赴くや、匡温これに随って倶《とも》に三条河原の客居に寓した。明治二年の春師の東行するに及んで、匡温は一たび鳴尾村の家に還り五月十六日家を辞して東京に来り、師が皀莢阪《さいかちざか》の官舎に寄寓し開成校に通学するの旁贄《し》を大沼枕山に執った。わたくしは先考の故紙中に束脩《そくしゅう》二分月謝一分を枕山に贈ったことの記録せられているのを見た。当時森春濤、青木鷲巣、神波即山らかつて先考の郷国にあって詩を学んだ先輩は、なおいまだ上京していなかったのである。先考は明治二年には年十八。その師毅堂は早《は》や四十五歳である。

毅堂が陸前の国登米に赴いた時の状況は幸にしてその著す所の『赴任日録』に詳である。『日録』の巻首に枕山が送別の絶句が掲げてある。「豈比当時遷謫流。東方地大古諸侯。金華松島供遊記。得意還為柳柳州。」(豈ニ比センヤ当時遷謫ニ流サルルニ/東方地大ニシテ古ノ諸侯/金華松島遊記ニ供ス/意ヲ得ルモ還《ま》タ柳柳州ト為レ」

わたくしは毅堂が日録の全文を取って妄《みだり》に次の如くに書きかえた。

「己巳九月二十一日。余東京ヲ発シテ治所ニ赴カントス。藤森少参事、矢野権大属。兼松、矢田、高木ノ三少属。寺西、岡島、信田、遠藤ノ四史生相従フ。黒田権少属熊城史生ハ昨十九日ヲ以テ先ニ発セリ。野口、北村、沼尻ノ三権少属ハ各家累ヲ挈《ひっさ》ゲテ後継ト為《な》ル。コノ日ヤ天気牢霽《ろうせい》、朝暾《ちょうとん》菊章ノ伝符《でんぷ》ニ映ジ閃閃《せんせん》トシテ光アリ。服部、水谷、永井ノ三生、児精一郎ラ送ツテ千住駅ニ到ル。駅吏預《あらかじ》メ亭ヲ掃《はら》ツテ待ツ。乃《すなわ》チ酒ヲ命ジテ飲ンデ別ル。児精一郎ハ藩命ヲ以テ東京ニ留学ス　過午草加《そうか》駅ニ飯ス。越ケ谷《こしがや》大沢ヲ歴《へ》テ粕壁《かすかべ》ノ駅ニ投ズ。諸僚佐皆来ツテ起居ヲ候《うかが》フ。晩間雲意黯淡《あんたん》タリ。明日ノ天気知ルベカラズ。」

わたくしはここに鷲津知事に随行した人々の中に婢妾《ひしよう》しげ次《じ》と呼ばれた女の加《くわわ》っていた事を書添えて置かなければならない。毅堂は妻子を名古屋の家に留めて置いたので、任所に赴くに莅《のぞ》んで縫紉《ほうじん》の労を取らしむるがためにしげ次を雇入れたのである。しげ次は下谷三味線堀に住した左官職人某の娘で、翌年主人が東京に還り家族を呼迎えた後もなお主家に留《とどま》り、主人が世を去る時まで誠実に仕えていたので、正妻川田氏は深くしげ次を憐《あわれ》み、資金を与えて和泉橋通に絵草紙《えぞうし》店を開かせたそうである。わたくしはこの事を母から聞き伝えた。

わたくしはまた先考の旧稿を閲して「送松本佐藤二子従鷲津知事之登米県。馬前落葉乱離愁。朝雨江頭猶未収。部伍令明尤整粛。使君政簡太風流。過時休感白河暮。到日須観松島秋。寄語厳冬多大雪。可無一領白狐裘。」（松本佐藤ノ二子鷲津知事ニ従ヒテ登米県ニ之《ゆ》クヲ送ル　馬前落葉離愁乱レ／朝雨江頭猶未ダ収マラズ／部伍令明ラカニシテ尤モ整粛／使君政箇ニシテ太《はなは》ダ風流／過《よ》ギル時ハ感ズルヲ休《や》メヨ白河ノ暮／到ル日ハ須《すべから》ク観《み》ルベシ松島ノ秋／語ヲ寄セヨ厳冬大雪多カラン／一領ノ白狐ノ裘無カル可ケンヤ」となすものを見た。松本、佐藤二生の名は毅堂の日録には記載せられていない。按《おも》うに随行の書生であろう。藤森少参事以下随行員の中姓名の明なるものは、登米《とよま》県少参事藤森脩蔵、同県権大属矢野児三郎、同県少属兼松修理之助名古屋人のみである。

「二十二日。諸僚佐ニ約束シ毎朝第一柝《たく》ヲ撃ツヤ皆蓐食《じよくしよく》シテ装ヲ結ビ、第二柝ニシテ啓行ス。杉戸駅ヲ過ルヤ微雨驟《にわか》ニ至ル。栗橋駅ニ抵《いた》レバ則チ午ニ近シ。栗橋中田ノ二駅ハ東寧河《とねがわ》ヲ界シテ東西相望ム。コノ日駅吏ワガタメニ供帳《きようちよう》ヲ中田ニ設ク。飯後河水ヲ汲《く》ンデ茶ヲ試ルニ味極メテ美ナリ。駅ヲ出レバ一路古河ニ達ス。青松列植ス。皆二百年外ノ物。蒼翠《そうすい》人ノ衣ヲ染ム。間田駅ニ宿ス。」

「二十三日。早ク発ス。残月天ニアリ。鶏声相送ル。小山駅ニ抵ルニ東方始テ白シ。五里ニシテ石橋駅ニ飯ス。公事アリ書ヲ作ツテ東京留守ノ吏ニ報ゼシム。雀宮ヲ過ルヤ晃峰《こうほう》ヲ乾位《けんい》ニ望ム。突兀《とつこつ》トシテ半空ニ聳《そび》ユ。諸山ソノ麓《ふもと》ヲ擁シ扶輿《ふよ》磅礴《ほうはく》タルコトソノ幾十里ナルヲ知ラズ。時ニ晩霽《ばんせい》。夕陽明媚《めいび》。山色尽《ことごと》ク紫ナリ。昏暮《こんぼ》宇都宮ニ投ズ。地ハ三陸二羽ノ咽喉《いんこう》ヲ占メ、百貨輻湊《ふくそう》シ、東京以北ノ一都会タリ。昨春兵燹《へいせん》ニ係リ闔駅蕩然《こうえきとうぜん》タリ。今往往土木ヲ興ス。然レドモイマダ能《よ》ク前日ノ三分ノ二ニ復セズ。」

「二十四日。驟《にわか》ニ寒シ。白沢駅ニ抵ル。大蛇川ヲ渡ル。湍流《たんりゅう》ノ奔駛《ほんし》スルコト長蛇ノ壑《がく》ヲ走ルガ如シ。直ニ渡ルベカラズ。舟師乃《すなわち》斜ニ上流ニ溯《さかのぼ》リ、中心ヲ過ルニ向ツテ、棹《さお》ヲ転ジテ流ニ任セバ、則チ舟ハ既ニ前岸ニ著セリ。コノ川総州ニ入リテ絹水トナル。余年少総ノ南北ヲ漫游シテシバ〳〵渡レリ。緩流清澈《せいてつ》、宛然《えんぜん》一匹ノ白練《しろねり》ナリ。ケダシソノ大蛇トイヒ絹トイフハ水勢ニ由テ名ヲ得タルナリ。氏家駅ニ飯ス。三里余ニシテ喜連川ノ駅ニ宿ス。夜ニ入ツテ従者皆眠ニ就ク。余独リ寐《い》ネズ。灯前影ヲ弔《とぶろ》フテ彷徨彳亍《ほうこうてきちょく》タリ。忽《たちま》チ声ノ中空ヨリ落ルモノアルヲ聞キ、窓ヲ推シテコレヲ視《み》ルニ、天陰《くも》リ月黒ク、鴻雁《こうがん》嘹喨《りょうりょう》トシテ乍《たちま》チ遠ク乍チ近シ。窃《ひそか》ニ自ラ嘆ズラク、ワガ兄弟三人幸ニシテ故ナシ。然レドモ東西隔絶スルコト千里余ナリ。夫《か》ノ羽族ノ序ヲ逐《お》ヒ影ヲ聯《つら》ネテ飲啄《いんたく》相離ル、コトナキガ如クナルコト能ハズ。悲ミ中ヨリ生ジ老涙腮《さい》ニ交ル。コレガタメニ竟夕《きょうせき》寧《やす》カラズ。坐シテ以テ旦《あした》ヲ待ツ。」

わたくしはここに註を加える。文中に「ワガ兄弟三人」とあるのは毅堂の弟蓉裳と小塚氏に適《い》った妹某をいうのである。

「二十五日。雨。太田原ノ駅ニ飯シ鍋懸ニ憩ヒ越堀駅ニ宿ス。コノ際平岡漫嶺断続シテ相連リ原野ソノ間ヲ補綴《ほてい》ス。弥〻《いよいよ》望ムニ黄茅白葦《こうぼうはくい》ナルハイハユル那須《なす》ノ原ナリ。」

「二十六日。イマダ霽《は》レズ。従者皆襏襫《はつせき》ヲ穿《うが》ツ。山重リ嶺複《かさな》リ、道路崎嶇《きく》タリ。加《くわう》ルニ連日ノ雨ヲ以テス。泥濘滑澾《でいねいかつたつ》、衆足ヲ失センコトヲ恐レ次ヲ乱シ地ヲ択《えら》ビテ行ク。ナホ往往ニシテ顚倒《てんとう》ス。渾身《こんしん》塗ヲ負フ。ソノ苦《くるし》ミヤ想《おも》フベシ。蘆野《あしや》駅ニ飯ス。此《ここ》ニ至ツテ路平坦《へいたん》。雨モマタ歇《や》ム。田塍《でんしよう》数百頃《けい》未収穫ニ及バズ。稲茎僅《わずか》ニ尺余。穂皆直立シ蒼蒼然トシテ七、八月ノ際ノ如シ。輿丁《よてい》相語テ曰ク初秋大風雨ノ傷ル所トナリ、ソノ熟セザルコト是《かく》ノ如シ。二岩三陸ニ連ツテ皆然《しか》リ。就中《なかんずく》南部若松更ニ甚シトナスト。余コレヲ聞キ心窃《ひそか》ニ憂フ。果シテソノ言フガ如クンバ、知ラズ余ガ管スル所ノ人民如何《いか》ニシテカ食ヲ得ベキヤ。車ヲ下ルノ日コレヲ救フノ術如何ニシテ宜シキヲ得ベキヤト。唫唫《ぎんきん》思量ノ際覚エズ睡《ねむり》ニ就ク。忽《たちま》チ人ノ余ガ姓名ヲ問フモノアルヲ聞キ、乃チ睫《しよう》ヲ開イテコレヲ見レバ、白河ノ駅吏ノ来リ迎フルナリ。従者ヲシテ古関ノ遺趾《いし》ヲ問ハシムルニ、曰ク今ノ路ハ中古開ク所、曩者《さきに》僧能因《のういん》ガ詠ゼシ所ノ白河ノ関ハ左方ノ山頂ニアリ。寺アリテ観音ヲ奉ズ。俗呼ンデ関ノ観音トイフハ即ソノ故趾ナリト。即ニシテ館ニ就ク。矢田少属ヲシテ知事清岡氏ヲ存問《そんもん》セシム。清岡氏モマタ僚属ヲシテ来ツテイハシメテ曰ク昨日駕ヲ税シ百事艸艸《そうそう》トシテイマダ就イテ起居ヲ問フノ暇《いとま》アラズ。敢《あえ》テ謝スト。館ノ主人糕《こう》ヲ薦《すす》ム。ソノ味京製ニ減ゼズ。五更《こう》大ニ雨フル。」

「二十七日。従者ノ泥路ニ苦シマンコトヲ慮《おもんばか》リ天ノ曙《あかつき》トナルヲ待ツテ発ス。路山間ニ入ル。岐アリ石ニ勒《ろく》シテ曰ク左スレバ則《すなわち》若松ニシテ此《ここ》ヨリ距ルコト十有七里ナリト。大和久ノ駅ニ飯ス。白河以北破駅荒涼トシテ村落ノ如シ。駄《だ》ハ多ク牝馬ヲ用ユ。往往駒《く》ノ尾ニ跟《つ》キ乳ヲ索《もと》ムルヲ見ル。須賀川《すかがわ》ノ駅ニ宿ス。」

「二十八日。暁霧咫尺《しせき》ヲ弁ゼズ。既ニシテ西風一掃シ碧空拭《ぬぐ》フガ如シ。近日ノ連雨、今仰イデ天日ヲ見ル。衆欣然《きんぜん》トシテ眉《まゆ》ヲ開キ、覚エズ脚力精進セリ。郡山《こおりやま》ニ抵《いた》ルニ朝市マサニ散ゼントシテ日影食時ニ向フ。駅吏午飯ヲ進ム。黒田、熊城ノ二員書ヲ留メテ曰ク前駅皆小ニシテ数十名ノ供給ニ具《そな》ルコト能ハズ。故ニ此《ここ》ニ飯ヲ命ズト。二里余ニシテ本宮駅ニ憩フ。高崎ノ藩士陸続トシテ北ヨリ帰ルニ逢フ。中ニ妻孥《さいど》ヲ挈《たずさゆ》ル者アリ。コレヨリ先朝廷高崎藩ニ命ジテ仮ニ石巻《いしのまき》ヲ鎮セシム。今ソノ帰ルヤ、乃チ知ル知事山中氏任ニ莅《のぞ》ミ交代既ニ畢《おわ》リシヲ。高嶺ヲ左方ニ望ム。コレヲ踰《こゆ》レバ則《すなわち》猪代湖《いなわしろこ》ナリ。（中略）薄暮二本松ノ駅ニ投ズ。」

「二十九日。微雨。午ニ近ク霽《せい》ヲ放ツ。八丁目ニ抵《いた》ル。民舎ノ機《き》杼《じょ》伊《い》鴉《あ》トシテ*相響ク。コノ間古昔信夫文字摺《しのぶもじずり》ヲ出セシ所。今ニ至ルモ蚕桑ヲ業トシ多ク細絹ヲ産ス。（中略）桑折ノ駅ニ宿ス。」

「晦日《かいじつ》。越河ノ駅ニ抵ル。コレヨリ以北ハ仙台藩ノ旧封域ニ係ル。今ハ白石県ノ管内ニ入ル。一峻坂《しゅんはん》ヲ踰《こ》ユルヤ巌石縦横ニ路ヲ遮《さえぎ》ル。騎シテ過レバ石ハ鐙《あぶみ》ト相磨ス。俗因テ磨鐙坂《あぶみすり》トイフ。斎川ノ駅ニ飯ス。一里ニシテ白石ニ抵ル。往者《おうしゃ》長尾景勝《かげかつ》ノ部将甘糟備《あまかすびん》後《ご》ノ拠ル所タリ。慶長中伊達《だて》政宗《まさむね》攻メテコレヲ抜ク。片倉景綱《かたくらかげつな》先登ノ功ヲ以テコノ地ヲ食《は》ム。世〻伊達氏ノ柱石タリ。惜イカナソノ子孫藩主ヲ輔翼スルニ道ヲ以テスルコト能ハズ。コレヲ不義ニ陥ラシム。名ハ辱《はずかし》メラレ地ハ削ラレ、身モマタ城邑《じょうゆう》ヲ失ヒ、笑ヲ四方ニ取レリ。何ゾソノ賢ト不肖トノ異レルヤ。今朝廷県ヲ置ク。旧ノ同僚武井某知事トナル。イマダ任ニ就カズ。更ニ按察使《あんさつ》府ヲ置ク。坊城少将来ツテ焉《これ》ニ莅《のぞ》ム。余府ヲ過ギ面謁セント欲シ駅吏ニ託シテ名刺ヲ通ズ。吏ノ云《い》ハク少将ハ八月十日ヲ以テ陸後ニ赴キ今盛岡ニアリト。故ヲ以テ果サズ。刈田、宮、金瀬ヲ歴《へ》テ大河原ノ駅ニ宿ス。岡千仞《おかせんじん》突然謁ヲ通ズ。千仞ハ仙台藩ノ書生ニシテ文章ヲ善クス。カツテ東京ニ相識《あいし》ル。乃延《すなわちひ》イテコレヲ見ル。髫髪蕭疎《びんぱつしょうそ》顔色憔悴《しょうすい》セリ。シカモコレト当世ノ務ヲ談ズルヤ議論横ザマニ生ジ口角沫《ばつ》ヲ潑《はつ》シソノ気力毫《ごう》モ前日ニ減ゼズ。五更ノ頭ニ到リ辞シテ去ル。ソレ書生タルモノ平時互ニ相誇ルニアルイハ博覧考証ヲ以テシアルイハ詩若シクハ文章ヲ以テシ皆自ラ謂《いえ》ラク天下己《おのれ》ニ若《し》クモノハ莫《な》シト。シカモ大節ニ臨ムニ迨《および》テ私情ニ拘《かか》ハリ公義ヲ失フニ非ラザレバ則《すなわち》畏縮退避シテ活ヲ草間ニ窃《ぬす》ムモノ往往ニシテアリ。独《ひとり》千仞ハ藩論反覆ノ日ニ当ツテ挺然《ていぜん》トシテ正議ヲ持シ一時コレガタメニ獄ニ下リ幾《ほとん》ド死セントス。ア、千仞ノ如クニシテ而シテ《しこう》後始テ書生ノ面目ヲ失ハザルモノトイフベシ。」

わたくしはここに岡千仞の略伝を書入れて置く。岡千仞始の名は振衣、字は天爵、一にまた千仞という。鹿門《ろくもん》はその号。通称を啓輔といったが、維新後通称を廃して名を千仞、字を振衣と改めた。その家は世〻仙台藩大番組の士であった。昌平黌《しょうへいこう》に学び挙げられてその舎長となり、後に大坂に赴き松本奎堂《まつもとけいどう》*、松林飯山*らと双松岡塾を開いた。維新の後太政官修史局また東京府に出仕したが長く官途に留らず明治十七年清国《しんこく》に遊び、帰朝の後悠々《ゆうゆう》として文筆に親しみ大正三年二月十八日享年八十三歳を以て没した。没するに臨んで従《じゅ》五位に叙せられた。著書に『観光遊記』、『尊攘紀事』、『渉史偶筆』、『北遊詩草』その他がある。合帙《がっちつ》して蔵名山房文集及雑著に収められている。

「十月朔《さく》。舟廻槻木ヲ歴《へ》テ岩沼ノ駅ニ飯ス。名取川駅ノ東ヲ遶《めぐ》ツテ海ニ入ル。晡時《ほじ》仙台ニ投ズ。列肆《れつし》皆卑陋《ひろう》。富商大估《たいこ》ヲ見ズ。独芭蕉衢《ばしょうく》ノ屋宇巍然《ぎぜん》トシテ対列スルノミ。然レドモ人烟上国《じんえんじょうこく》ノ中鎮ニ及バズ。」

「二日。今市ヲ過グ。宮城野ノ旧地ニ係ル。今ハ則《すなわち》村落錯互シ鶏犬ノ声相聞ユ。コレヨリ南スルコト四里ニシテ多賀ノ城墟《じょうきょ》アリ。天平中恵美朝獦《えみのあさかり》建ル所ノ碑ナホ存ストイフ。（略）利布ノ駅ニ飯ス。塩竈神祠《しおがましんし》駅ノ南一里バカリニアリ俗呼ンデ一ノ宮トイフ。（略）乃駅吏ニ命ジ前導セシメ駅ヲ出デ、左折シテ一山ヲ踰《こ》ユ。青松茂密スル処ニ到レバ石磴《せきとう》数百級アリ。級尽レバ則チ神祠ニシテ結構頗《すこぶる》壮麗ナリ。尸祝《ししゅく》ニ就イテ幣物《へいもつ》ヲ進ム。烏《う》帽《ぼう》祭服ノ者出デ、粛トシテ壇上ニ延《ひ》ク。余長跪黙禱《ちょうきもくとう》シテ曰ク皇上万寿無疆《むきょう》ナレ。今ワガ部内年穀ノ登ルアリ。黎庶《れいしょ》ソノ所ニ安ンゼヨト。諸僚佐次ヲ以テ進ミテ拝ス。廟ノ門ヲ出デ別路ヲ取ツテ南ニ下リ小橋ヲ過ギテ浦口ニ抵《いた》リ船ヲ買ツテ松島ニ赴ク。微雨偶《たま》マ至ル。篷《とま》ノ避クベキモノナシ。各傘ヲ張ル。少女ノ風コレヲ靡《なび》カス。雨前ノ風ヲ少男トイヒ雨後ノ風ヲ少女トイフ動揺シテ安ラカナラズ。余喜色眉尖《びせん》ニ動ク。側ニ侍スル者怪ンデコレヲ問フ。乃チ告ゲテ曰ク陰陽相和スルニ非ザレバ雨ナラズ。ソノ感応スルヤ知ルベシ。易ニイハズヤ往《ゆ》イテ雨ニ逢ヘバ吉ナリト。コレ余ノ喜アル所以《ゆえん》ナリト。海湾数十里。曲渚廻汀《きよくしよかいてい》相環合ス。独ソノ東ヲ欠ク十二。島嶼《とうしよ》ソノ間ニ星羅碁布《せいらきふ》シ皆青松ニ蔽《おお》ハル。潮ハ退《ひ》キ浪ハ恬《しずか》ニシテ鷗《おう》鷺游嬉《ろゆうき》シ、漁歌相答フ。恍《こう》トシテ画図ニ入ルガ如シ。既ニシテ舟松島ノ駅ニ達ス。岸ニ登リ旗亭《きてい》ニ憩ヒ、主人ニ前駅ヲ距ルコト幾許《いくばく》ナルヤヲ問フ。曰ク八丁余ナリト。立談ノ間蒼然タル暮色遠クヨリ至ル。従者ヲ促シテ程《てい》ニ上ル。輿窓《よそう》ヨリ来路ヲ回顧スレバ則《すなわち》島嶼皆烟雨微茫《えんうびぼう》ノ間ニアリ。依依トシテ相送ル者ノ如シ。高城ノ駅ニ到レバ則《すなわち》灯既ニ点ズ。コノ夜雨。」

「三日。快霽《かいせい》。三浦《みうら》ニ抵ル。路左折スレバ則漸《ようや》ク狭隘《きようあい》ナリ。小渡ヲ過グ。村吏数人路側ニ相迎フ。始テ北岸ノワガ部内ニ係ルヲ知ル。大沢アリ品井トイフ。周廻二、三里。沢ニ沿ヒ沮洳《しよじよ》ノ間ヲ往クコト数里ニシテ鹿島台《かしまだい》ニ飯ス。三本木川ヲ渡ル。田野闢《ひら》ケ黄雲天ニ連レリ。ソノ風害ヲ被ルコト白川前後ノ甚シキガ如クニ至ラズ。我心頗《すこぶる》降ル。晡《ほ》後《ご》県ニ入ル。黒田権少属、熊城史生出デ、郛門《ふもん》*ニ迎フ。コノ地原ハ仙台ノ支族伊達安芸《あき》ノ居所ニ係ル。街衢《がいく》井然《せいぜん》トシテ商估《しょうこ》肆ヲ列《つら》ネ隠然トシテ一諸侯ノ城邑ノ如シ。今春土浦ノ藩士朝命ヲ以テ来リ鎮ス。ソノイマダ交付セザルヲ以テ皆仮ニ民舎ニ館ス。晩ニ際シ諸僚佐来ツテ道路恙《つつが》ナカリシヲ賀ス。土浦藩ノ長吏奥田図書来ル。」

毅堂の一行は十月三日登米の任地に到着したのである。九月二十一日に東京千住の駅を発してから十二日の日数を要した。

「四日。本県ノ管轄スル所ハ土浦藩ノ鎮セシ所ノ遠田志田登米ノ三郡ト宇都宮藩ノ鎮セシ所ノ栗原郡トヲ合シテ総額二十万四千石ナリ。コノ日宇都宮藩ノ長吏人ヲシテ来リ賀セシメカツ交収ノ期ヲ問フ。余矢田少属ヲシテ答ヘシメテ曰ク先《ま》ヅ遠田志田登米ノ版籍ヲ収メテ然ル後栗原ニ迨《およ》バントス。期ハ当ニ九日ヲ以テスベシト。」

「五日。微霰驟《びさんにわか》ニ集ル。」

「六日。野口、北村、沼尻ノ三権少属ラ皆至ル。」

「七日。会計ノ吏申稟《しんぴん》シテ云《いわ》ク。凡《およ》ソ遠国ニ赴任スル者日ニ行クコト十里ニシテソノ地ニ到レバ則三十日以内ニ餼《き》ヲ賜フノ例ナリ。コノ行ヤ生路ニシテカツ連雨泥濘ヲ以テ従者困憊《こんぱい》シ程限ヲ破ルコト二日ナリ。宜シク賜饟ノ額ヲ闕《か》イテ以テ破程ノ費ヲ補フベシト。」

「八日。土浦藩ノ吏遠田志田登米三郡ノ版籍及ビ廨舎《かいしや》府庫ヲ致ス。余微恙《びよう》アリ藤森少参事ヲシテ代ツテコレヲ収メシム。」

「九日。宇都宮藩ノ吏大羽友之進来ツテ栗原郡ノ版籍ヲ致ス。」

「十日。局ヲ分ツテ事ヲ課ス。曰ク第一局ハ訟ヲ聴キ獄ヲ鞠《きく》シ捕亡ヲ督スルコトヲ掌《つかさど》ル。曰ク第二局ハ戸口ヲ正シ租税ヲ督シ出納ヲ算シ物産ヲ殖シ廨舎橋梁堤防ヲ修ルコトヲ掌ル。曰ク第三局ハ諸務ヲ弁ジ諸文書ヲ受付スルコトヲ掌ル。部署既ニ畢《おわ》ルヤ出デ、朝廷頒《わか》ツ所ノ府県奉職規則ヲ示シカツコレニ告ゲテ曰ク、余東京ヲ発スルノ前幾日、皇上便殿《べんでん》ニ宣光ラヲ引見シ詔シテ曰ク民ハ国ノ本ナリ。ソノ安キト否トハ国運ノ由ツテ以テ隆替スル所ナリ。朕ガ身ハ億兆ノ父母ナリ。夙夜怵惕《しゆくやじゆつてき》ス。汝ラソレ焉《これ》ヲ体セヨト。ア、皇上ノ民ヲ憂フルノ深キコト此《か》クノ如シ。宣光不敏ニシテ唯負荷ノ任ニ堪ヘザルコトヲ懼《おそ》ル。汝二、三ノ僚佐モマタ余ガ股肱《ここう》ノ耳目ナリ。冀《こいねがわ》クハ心ヲ同ジクシ力ヲ協《あわ》セ余ガ及バザル所ヲ輔翼シ以テ聖旨ノ万分ノ一ニ報ズルコトアレト。衆皆稽首《けいしゆ》シテ曰ク敢テ謹ンデ命ヲ承《う》ケザランヤト。」

第三十九

明治三年庚午《こうご》の歳毅堂は四十六、枕山は五十三である。二月二十六日に鷲津蓉裳の次子順光が生れた。

わたくしは枕山がこの年庚午の夏古河の客舎にあったことを、たまたま忍藩の人寺崎正憲*の『梅坡《ばいは》詩鈔』という書の題詩によって知るを得た。枕山が古河藩の聘に応じて毎月日を定めて経学詩文の講義に赴いたというのは恐らくこの時であろう。

枕山が維新以後の詩賦には散佚《さんいつ》したものが尠《すくな》くない。『梅坡詩鈔』の題詩の如きも遺稿には載せられていない。かつまたこの題詩において枕山はその亡友舟橋晴潭《せいたん》のことを言っているので、わたくしはこれを左に摘録した。

「其一。後生相継各争工。天保詩人今已空。我与斯人如一社。当年猶及識窪翁。其二。窪翁池叟使人行。門弟誰能得擅場。子寿晴潭称敵手。可堪我在彼先亡。其三。東京西洛

変無窮。詩法如今亦混同。何処江湖存正派。鴛城有個寺崎翁。」(其ノ一　後生相継ギ各工ヲ争フ／天保ノ詩人今已ニ空シ／我ト斯ノ人ト一社ノ如シ／当年猶窪翁ヲ識ルニ及ブ／　其二　窪翁池叟人ヲシテ行《すす》マ使《し》ム／門弟誰カ能ク場ヲ擅《ほしいまま》ニスルヲ得ルカ／子寿晴潭敵手ト称サルニ／堪フ可ケンヤ我在リテ彼先ンジテ亡ブヲ／　其三　東京西洛変ジテ窮リ無シ／詩法如今亦混同ス／何処ノ江湖ニカ正派ヲ存スル／鴛城個《ひと》リ寺崎翁有リ)

この年四月京都の某書肆《しよし》が『明治三十八家絶句』を梓行《しこう》した。

八月十四日、穀堂は登米《とよま》県在任中名古屋の家に留めて置いたその三男留次が六月二十五日に病死した報知に接した。『穀堂内集』の巻之二に「留児墓誌」なる文が載っている。文に曰く

「戊辰ノ春正月、母川田氏汝ヲ挙ゲテ纔《わずか》ニ数日、予西京ヨリ帰ツテ居ルコト半年、徴ニ応ジテ再ビ京ニ入ル。明年己巳ノ春三月東巡ニ扈《こ》シ路次暇ヲ乞ウテ家ニ帰ル。汝能《よ》ク匍匐《ほふく》シ喃喃《なんなん》トシテ語ヲ学ブ。予ヲ視《み》テ外人ト為《な》シ啼泣《ていきゆう》シテ止《や》マズ。留ルコト三日ニシテ乃チ発ス。八月登米県ニ赴任ス。一家東西相隔ツルコト二千余里。汝今茲《こんじ》庚午六月二十五日ヲ以テ殤《しよう》ス。訃《ふ》ハ八月十四日ヲ以テ至ル。嗟乎《ああ》。汝生レテ予ノ面ヲ記セズ。死シテ

予ノ夢ニ接セズ。王事盬《もろ》キコト靡《な》キヲ以テナリトイヘドモ、ソモソモマタ情ノ鍾《あつま》ル所骨肉睽《けい》離《り》ノ感ニ堪ヘザル也。書シテ以テ予ノ哀《かな》ミヲ記ス。」

わたくしはこの文を読んで悽然《せいぜん》として涙なきを得なかった。毅堂集原文の後にしるされた諸家の賛評を見るに、松岡毅軒は「墓誌ノ銘ナキハ例ヲ帰《き》震川《しんせん》ガ『亡児翻孫ノ壙《こう》誌《し》』『寒花葬志』ニ取レリ。而シテ文ノ簡浄紆《う》余《よ》ナルコト殆《ほとんど》コレニ過グ。」と言い、亀谷省軒は「文中悲《ひ》惻《そく》哀傷等ノ字ヲ著ケズ。シカモ句句嗚《お》咽《えつ》篇ヲ終ルニ忍ビズ。コレ文ノ至レル者。」と言っている。

この年中秋、毅堂が看月の絶句中「数口一家三処看。」(数口ノ一家三処ニ看ル)の語がある。そして註に「内子及ビ児俊、女恒ハ尾張ニアリ。長児精ハ東京ニ留ル。」としてある。

毅堂はまた中秋のころ松浦武四郎の著した『林氏雑纂』の序をつくった。『林氏雑纂』は林子平《はやししへい》の遺著を編輯《へんしゅう》したもので、毅堂の叙に、「(前略)余登米県ノ知事ヲ承命シ陸前ノ国ニ来ル。国ノ先哲ニ子平ソノ人アリ。ソノ事迹《じせき》ヲ表章シテ以テ後進ヲ奨励スルハワガ職ナリ。シカモ兵乱ノ余仍《よ》飢《なおき》饉《きん》ヲ以テス。県務ニ鞅掌《おうしょう》シイマダ及ブニ暇《いとま》アラズ。幸ニシテ子重ガコノ挙アリ。故ニ辞スルニ多事ヲ以テセズ。筆ヲ援《ひ》イテ巻首ニ叙ストイフ。明治庚午仲秋鷲津宣光登米県ノ安遇斎ニ撰シ並ニ書ス。」

九月二十八日政府は石巻県《いしのまき》を廃してこれを登米県に合併せしめた。石巻県の知事山中献が登米県知事に転任したので、毅堂はその日任を解かれた。帰京の途に就いたのは十一月三日である。『東京才人絶句』に「十一月三日登米県ヲ発ス。諸僚属ニ留別ス。」と題する作三首が載っている。その一首に、「満野繁霜禾既収。今朝解任意悠悠。帯皇威去了其事。無一殛刑兼瘠溝。」（満野繁霜禾既ニ収メ／今朝任ヲ解カレ意悠悠タリ／皇威ヲ帯ビテ去《ゆ》キ其ノ事ヲ了《お》ヘリ／一ノ殛刑兼《およ》ビ瘠溝無シ）

東京に還って後毅堂は暫く職に就くことなく唯滞京すべき命を受けて水道橋内なる皀《さい》莢阪《かちざか》下の家に留っていた。この歳尾張の老公徳川慶勝が戊辰の勲功に依って朝廷より賞禄一万五千石を賜ったので、その中の一百五十石を分ってこれを毅堂に贈った。

第四十

明治四年辛未の春毅堂は司法省出仕を命ぜられ宣教判官に任ぜられた。以後毅堂は明治十五年の秋病んで没するの時まで司法省の官吏となっていたのである。その官名は官制の改定せらるるごとに変っている。碑文に「辛未、宣教判官ニ拝ス。既ニシテマタ権大法官、五等判事ニ歴任ス。官廃セラレテ罷《や》ム。マタ起《た》ツテ司法少書記官ト為《な》ル。」としてある。

この年三月毅堂は名古屋新馬場の家にあった妻子を東京に呼びよせた。妻子は妻美代、長女恒、二男俊三郎の三人である。三人が東京に著《ちゃく》した時毅堂は既に皀莢阪下の官邸を政府に返還し、下谷竹町四番地に地所家屋を購《あがな》い門生と倶《とも》に移り住んでいたのである。わたくしの母恒は始めて竹町の家に到著した翌日、家人につれられて上野に行き、満開の桜花を看《み》たことを記憶しているとわたくしに語られたことがある。毅堂の新に居を卜《ぼく》した竹町四番地の家は旧寄合《よりあい》生駒《いこま》大内蔵の邸内に祀《まつ》られた金毘羅《こんぴら》神社とその練塀《ねりべい》を連ねた角屋敷《かどやしき》で、旧幕府作事方《さくじかた》の役人が住んでいた屋敷であったということである。角に土蔵があって幅一間ほどの広い下水が塀を廻《めぐ》って流れていた。門前の路を東に向って行けば一、二町にして三味線堀に出るのである。

毅堂が卜居した時には竹町という町名はまだつけられていなかったらしい。『東京地理沿革史』を見るに「下谷竹町はもと佐竹、藤堂、加藤、生駒四氏の邸第《ていだい》並に幕府諸士の宅地なりしを明治五年合併して新に町名を加う。その竹町と唱《となう》るは佐竹邸の西門の扉《とびら》は竹を以て作れるに依りその近傍を竹門と称したれば右に因《ちな》みて町名となせり。」としてある。なおまた現在竹町四番地としてある番地も以前は二十四番地であったらしい。明治十年四月の官員録を見るに大審院五等判事正六位鷲津宣光下谷竹町二十四番地と記してある。明治十一年六月刊行の『東京地主案内』というものにも竹町二十三番地百二十坪、同二十四番地百九十二坪鷲津宣光としてある。明治十四年の官員録に至って始めて鷲津氏の住所が竹町四番地に改められている。

明治五年壬申七月枕山毅堂二人の旧友なる横山湖山がこの年五十九歳にして東京に来り、池の端の某処に居を卜しこれを談風月楼と称した。湖山は安政六年水戸の疑獄に連坐し、五年の間参州吉田の城内に蟄居《ちっきょ》していたが、文久三年に赦免せられてから姓を小野、字を長愿《ちょうげん》、名を侗之助と改めた。湖山は国事に奔走した功によって維新の際太政官権弁事に任ぜられ記録編輯の事を掌ること僅に三個月ばかり、母の病めるを聞き官を辞して故郷近江《おうみ》に帰臥《きが》したのである。毅堂が湖山新居の作の韻を次いだ絶句十首の中に、「幾歳休官鬢有霜。冷然洗尽熱心腸。」〔幾歳カ官ヲ休メテ鬢ニ霜有リ／冷然トシテ洗ヒ尽ス熱心腸〕また「梁門伝法有之子。昨住玉池今小湖。」〔梁門法ヲ伝フ之《こ》ノ子有リ／昨ハ玉池ニ住ミ今ハ小湖〕等の語を見る。

明治六年癸酉《きゆう》十二月一日毅堂の長男精一郎、字文豹が年十九にして上総国《かずさのくに》市原郡宮原村の人元吉元平《もとよしげんぺい》の長女とわを娶《めと》った。

明治七年甲戌《こうじゅつ》十月、名古屋の森春濤がその時十四歳になる一子泰次郎を伴って出京した。泰次郎は後の槐南森大来《かいなんもりたいらい》である。春濤は枕山が仲御徒町《なかおかちまち》三枚橋の家の近くに居を僦《しゅう》し、更に翌年の春頃同じ町内の摩利支天《まりしてん》横町の角に移った。摩利支天の名を取って春濤はその居を茉莉凹巷処《まりおうこうしょ》と称し、その年七月の頃より毎月『新文詩』という雑誌を発行して諸名家の詩文を掲載した。春濤に贈った毅堂の律詩に曰く「家具無多載研移。東台山麓小湖湄。寄身猶係独弥止。増価応同摩利支。万首詩篇一枝筆。十年生計両巓糸。城中早已伝佳句。皆恨才人相遇遅。」〔家具多ク無ク研ヲ載セテ移ル／東台山麓小湖ノ湄／身ヲ寄セルモ猶係《かか》ル独弥止*／価ヲ増スコト応ニ同ジカルベシ摩利支／万首ノ詩篇一枝ノ筆／十年ノ生計両巓ノ糸／城中早ニ已ニ佳句ヲ伝フ／皆恨ム才人相遇フコトノ遅キヲ〕

これより先明治三年の九月、房州の鈴木松塘もまた向柳原二丁目に卜居しその詩社を七曲吟社《ななまがりぎんしゃ》と名づけた。浅草鳥越《とりこえ》の辺から向柳原の地を俚俗《りぞく》七曲りと呼んだのに因ったのである。斯《か》くの如く下谷和泉橋のあたりは明治七、八年の頃に至って再び安政文久当時の如く文人騒客の門墻《もんしょう》を接する地となった。

明治八年乙亥《いつがい》の九月に森春濤は社友の詩を編選して『東京才人絶句』二巻を刊行した。これと時を同じくして枕山の詩社からは『下谷吟社詩』三巻が出版せられた。松塘の社中から『七曲吟社絶句』初編二巻が出たのは少しく後れて明治十二年己卯《きぼう》の秋であった。是《ここ》を以《も》て見るも当時詩賦の盛であったことが知られるであろう。

当時春濤枕山ら諸名家の好んで詩筵《しえん》を張った処は不忍池《しのばずのいけ》上の酒亭三河屋であった。亭主の名が長太というところから、詩人はこの酒亭を呼んで長酡亭《ちょうたてい》となしまた長蛇亭となした。不忍池の周囲が埋立てられて競馬場となったのは明治十八年頃である。さればこの時分には池塘《ちとう》の風景は天保の頃梁川星巌が眺め賞したものとさして異る所がなかったわけであろう。

酒亭三河屋は弁才天《べんざいてん》を安置した嶼《しま》の南岸にあった。維新以前には嶼の周囲に酒亭が檐《ひさし》を接していたのであるが、維新の後悉《ことごと》く取払われて独《ひと》り三河屋のみが酒帘《しゅれん》を掲げることを許された。これは主人長太の妹お徳というものが東京府に出仕する官吏の妾となっていた故であったという。わたくしの母の語る所を聞くに三河屋の妹徳は後に池の端に待合茶屋《まちあいぢゃや》を出した。また三河屋の娘お福は詩会の散じた折にはしばしば妓《ぎ》と共に毅堂の帰を送って竹町の邸に来た。その後三河屋が破産してからお福は零落して三味線堀の小芝居柳盛座の中売《なかうり》になっていたそうである。明治三十二、三年の頃わたくしは三河屋のあった所に岡田という座敷天麩羅《てんぷら》の看板の掲げられてあるのを見た。その後明治四十四年の秋に至って、わたくしはここに森鷗外先生と相会して倶《とも》に荷花《かか》を観《み》たことを忘れ得ない。その時先生はかつて大沼枕山に謁して贄《し》を執らんことを欲して拒絶せられたことを語られた。枕山が花園町に住していた時だと言われたからその没した年である。

鷲津毅堂は連月三河屋に詩筵を開いたのみならずまた儒者と社を結んで経学文章を論究した。碑文によって推察するに同社の学者は三島中洲《みしまちゅうしゅう》、川田甕江《かわだおうこう》、重野成斎《しげのせいさい》、中村敬宇《なかむらけいう》、阪谷朗廬《さかたにろうろ》らである。就中《なかんずく》三島中洲は毅堂とは最も相親しき友であった。『親灯余影』の跋《ばつ》を見るに、中洲は毅堂との交遊について、「弟少年ノトキ斎藤拙堂先生ニ津藩ニ従ヒキ。藩カツテ猪飼敬所《いかいけいしょ》翁ヲ聘《へい》ス。イクバクモナクシテ亡シ。遺書具ニ存ス。因ツテコレヲ借覧シ私淑スル所アリ。既ニシテ江戸ニ遊ビ始メテ毅堂鷲津君ト交ル。君ハ翁ガ授業ノ弟子ニシテマタカツテ文ヲ我拙堂先生ニ問ヘリ。是《ここ》ヲ以《も》テ相逢フゴトニ先生ノ文ト翁ノ学トヲ追称ス。交誼《こうぎ》啻《ただ》ニ門ヲ同ジクスルノミニアラズ。頃《このご》ロソノ青年ノ所著『親灯余影』ナル者ヲ示サル。コレ君ガ緒余ナリトイヘドモ、マタ以テソノ博学ノ翁ニ淵源《えんげん》スルヲ見ルニ足レリ。然レドモ君マタ文ヲ能《よ》クス。文名世ニ高キモシカモ或モノハ深クソノ学アルヲ知ラズ。コレヲ知ル者ハ恐ラクハ弟ニ若《し》クハナカラン。故ニ交誼ノ因ル所ヲ書シテ以テ巻末ニ附ス。」と言っている。

毅堂はまた南宗の画家と相会して書画の品評をなした。この品評会は土曜日の午下半日の閑を消するの意で半閑《はんかん》社と名《なづ》けられ、その雅約は毅堂がこれを草した。雅約の文を書き改めると次の如くである。

「社ヲ結ブ。五名ヲ以テ限リトナス。毎月一次茗讌《めいえん》ヲ開ク。輪転シテ主トナル。終レバ復《また》始ム。午後二時ヲ以テ集リ八時ヲ以テ散ズ。客ノ来ルヲ迎ヘズ。客ノ去ルヲ送ラズ。虚礼ヲ省イテ真率ヲ尚《とうと》ブ。名ヲ茗讌ニ託シテ浮世半日ノ閑ヲ偸《ぬす》ム。社ニ名《なづく》ル所以《ゆえん》ナリ。」

「明窓浄几《めいそうじょうき》。一炷《しゅ》ノ香一缾《へい》ノ花。筆硯《ひっけん》紙墨ハ必《かならずそな》具フ。茗ハ甚シク精ナラザルモマタ以テ神ヲ澄スニ足リ、菓ハ甚シク美ナラザルモマタ以テ茗ヲ下スニ足ルベシ。鼎炉銚碗《ていろちょうわん》ハ古キモマタ可ナリ新シキモマタ可ナリ。惟《これ》ソノ有スル所、イヤシクモ尤《ゆう》ヲ誇リ奇ヲ闘《たたかわ》スノ意アレバ器物ニ役セラル。茶博士ニ陥ルニ非ザレバ必骨董《こっとう》者流ニ陥ラン。コレ高人韻士ノ鄙《いや》シム所ナリ。」

「客既ニ集リ炉底火ハ活シ鼎腹沸沸トシテ声アレバ乃《すなわち》茗ヲ瀹《に》テ主客倶ニ啜《すす》ルコト一碗両碗。腋間《えきかん》風生ズルニ至ツテ古人ノ書画ヲ展《の》ブ。アルイハ主ノ蔵スル所、アルイハ客ノ携ル所、心ヲ潜メテ以テ品賞ス。相菲薄《ひはく》セズ。相阿諛《あゆ》セズ。惟公論ヲ然リトナス。」

「興到レバ韻ヲ分ツテ詩ヲ賦シ、翰《かん》ヲ染メテ書画ヲ作ル。倦《う》メバ則《すなわち》アルイハ坐シ、アルイハ臥《が》シ、劇談一餉《しょう》、善ク戯謔《ぎぎゃく》シテシカモ虐ヲナサズ。モシ時事ノ得失人物ノ是非ニ渉《わた》レバ輒《すなわ》チ厭《いと》フベキヲ覚ユ。痛クコレヲ禁ズベシ。」

「夕陽窓《まど》ニアリ自鳴鐘五時ヲ報ズルヤ必酒飯ヲ供ス。山肴野《さんこうや》蔬《そ》三種ヲ出デズ。酒モマタ両三罎《びん》ヲ過サズ。薄酔ニ至ツテ飯ス。飯畢《おわ》ツテ再ビ茗ヲ瀹ル。コレ醼ノ竟《おわ》リトナス。蘇《そ》東坡《とうば》云《いわ》ク、物薄クシテ情厚シト。コレ会ノ準トナス所以ナリ。」

わたくしは五名にかぎられたという会員の誰なるかを詳にしない。かつて某処において見た書画帖《ちょう》によって想察するに福島柳圃《ふくしまりゅうほ》、渡辺小華《しょうか》*、奥原晴湖《おくはらせいこ》*、安田《やすだ》老山《ろうざん》、鷲津毅堂の五人ではないかと思われる。

画家西田春耕《にしだしゅんこう》*が半閑社の会員であったか否かはこれを詳にしない。しかし春耕は毅堂が晩年に交った南画家の中で最親しかったものであった。わたくしの母は春耕の写生した毅堂の画像を蔵している。春耕名は峻、字は子徳。弘化二年江戸に生れ、少《わか》くして大坂に赴き魚住荊石《うおずみけいせき》*の門人となり、江戸に帰って後、秦隆古《はたりゅうこ》*、山本琴谷《きんこく》*、福田《ふくだ》半香《はんこう》の諸家について専《もっぱら》渡辺崋山《かざん》の筆法を学んだ。中年より禅に参し、また幸若《こうわか》の謡《うたい》を娯《たのし》みとなした。明治以後幸若の謡を知るものは川辺御楯*、西田春耕の二人のみであったという。明治二十年春耕は『嗜《し》口《こう》小史』を著して名士聞人の嗜《し》口《こう》を列挙した。その中に大沼枕山は豆腐を好み、毅堂は慈姑《くわい》の苦味を嗜《たしな》んだと言っている。毅堂が壮年の頃より茗茶と菜蔬とを嗜んだことは、嘉永四年北総結城にあった時の詩賦にも見えている。『聴水簃襍吟』の中に「静中愛聴煮茶声。日与風炉訂好盟。」〔静中聴クヲ愛ス茶ヲ煮ルノ声／日ニ風炉ト好盟ヲ訂《むす》ブ〕また房州谷向村の作には「特喜厨婢諳食性。香蔬軟飯薦槃飧。」〔特《た》ダ喜ブ厨婢ノ食性ヲ諳《そら》ズルヲ／香蔬軟飯槃飧ヲ薦ム〕

明治十年丁丑の年毅堂は慶応以後十余年間の詩文稿を編して梓刻《しこく》に取りかからせた。自叙の日附には明治丁丑除夕《じょせき》としてある。叙に曰く、「秦漢以上文藻ヲ尚バズ。故ニ子アッテ集ナシ。コレアルハ六朝《りくちょう》ヨリ始ル。然レドモ唐宋大賢ノ文ヲ観《み》ルニ直ニ胸臆《きょうおく》ヲ抒シ通暢《つうちょう》明白ニシテ切ニ事理ニ当ル。夫《か》ノ彫虫篆刻《てんこく》スル者トハ背馳《はいち》セリ。名ハ集ナリトイヘドモ実ハ子ナリ。凡ソ事ハ名実相副《あいそ》フヲ貴ブ。惟《これ》集ハ則然ラズ。寧《むし》ろ名ニ反シテ実ニ従フ者ナリ。然リトイヘドモ余コレヲ能クストイフニ非ラズ。願ハクハ学バン矣。」

明治十年丁丑七月十日に毅堂の女恒が十七歳にして永井禾原に嫁した。禾原はわたくしが先考の雅号である。先考はこの時年二十六で数年前米国より帰朝し、東京女子師範学校の訓導に任ぜられていた。

明治十四年の夏毅堂は学士会の会員に列せられた。翌年壬午の秋毅堂は胃癌を患い、枕《まくら》に伏すこと三旬あまり、その年の十月五日に簀《さく》を易《か》えた。享年五十八である。碑文に「十五年壬午ノ秋病ンデ家ニ臥ス。就《すなわ》チ司法権大書記官ヲ拝シ、勲五等ニ叙シ双光旭日章《きょくじつしょう》ヲ賜フ。十月五日特旨従五位ニ叙ス。コノ日卒ス。年五十八。谷中天王寺ニ葬ル。儀衛兵ヲ賜ハリテコレヲ送ル。故旧門人会スル者車馬道ニ属ス。観ル者歎息シテ儒者イマダカツテアラザルノ栄トイフ。」としてある。

葬儀は神式を以て行われた。墓誌は門人村上函峰がつくり、墓石の書は門人神波即山が筆を揮《ふる》った。

明治十六年十月毅堂の門人らが先師の名を不朽ならしむるため、石碑を向島白鬚神社《むこうじましらひげ》の境内に建てた。碑の篆題は三条実美が書し、文と銘とは三島中洲が撰した。しかし『明治碑文集』及び『中洲文稿』に載録せられた撰文と石面の文とを対照するにやや異同のあることをわたくしは発見した。石刻の文を以て定稿となすべきものであろう。

毅堂の亡後その家は嫡男精一郎が継いだ。精一郎は字を文豹という。一時官吏となって岩手県に赴任したが須臾《しゅゆ》にして致仕《ちし》した。以後今日にいたるまで幾十年、文豹は世の交を避け閑適《かんてき》の生涯を送っている。近年其角堂《きかくどう》の社中に遊び楊柳庵と号して俳諧《はいかい》を娯《たの》しみとしている。

第四十一

中根香亭の著『天王寺大懺悔《だいざんげ》』なるものに毅堂のことが書いてある。『天王寺大懺悔』は谷中天王寺墓地に埋葬せられた名士聞人が夜半墓より顕《あらわ》れ出で、毘沙門天《びしゃもんてん》の質問に応《こた》えて各生前の事を語るという諷刺《ふうし》の作である。明治十九年十月金港堂から刊行せられた。ここに毅堂に係わる一節を摘載する。

「跡につづいて六十歳ばかりの少し小造りなれど眉毛《まゆげ》濃く目のはっきりとした官員体の人進み出で厚紙の名札を差し出しければ毘沙門天受取って見たもうに従五位鷲津宣光とぞ記したる。その人申しけるよう拙者は別号を毅堂と申す漢学者でござる。昔も下谷辺をあちらこちら住居いたしておりましたが、何を隠そうそのころは至って貧窮で雨天のせつは家の中で引越しをするぐらいなこと。しかしその時分は返って風流で枕山蘆洲雪江などと、ソレ直《じ》きそこの教育博物館の向角《むこうかど》にあった真覚院の詩会などには必ず出掛けたものでござった。そのうち御成道の黒田石川等へ聘せられて藩政の相談にあずかり後には遂に本国の名古屋藩となり、維新のころ頻《しきり》に尽力いたしたゆえ司法省へ召出され判事となったが病み付きでわる気でもないが、(略)それより身分の進むに従い居は気を移すというでもないが何だかやたらに高ぶりたくなりましたゆえ、昔の友人が尋ねて来てもしびれの切れるほど待たせて置きやがて襖《ふすま》を左右へ開かせて静にねり出しなどしました。後ではもうよそうとも思いましたれどいわゆる騎虎《きこ》の勢《いきおい》で俄《にわか》に改めるわけにもゆかず、そのままに推し通しましたが今となって考えて見ると、権大書記官ぐらいであんな容体をいたさなければよかったとぞんじます。」云々。

中根香亭は明治四十二年の頃その知人に送った書簡においても毅堂のことについてはなお次の如く言っている。書簡は文学博士新保磐次氏の編輯した『香亭遺文』に載っている。書簡に曰く「王道焜書幅《おうどうこんしょふく》御手に入りたる由、字数も五十余字ありとの事、値も随分貴《たか》く定めて名幅の事と想像致候。右は故鷲津毅堂の所蔵なりし趣、過《す》ぐる御通信中斎藤君の大金を捐《す》てゝ加納屋より得られたる画帖《がじょう》も本は毅堂の所有品なりしとの事。僕少年の頃枕山並に毅堂などの尻《し》ツぽに附《つい》て東叡山あたりの詩会に赴きし頃毅堂程の貧乏人はなかりしかど、後には大層工面をよくしたるものと見えたり。（略）是《こ》はちと余計なことなれど同人の昔の境界を存じ居るゆゑ筆次手《ついで》に玆《ここ》に及び候也。（略）」

毅堂は小柄《こがら》ですこし前へかがんで歩む癖があった。面長《おもなが》で額はひろく目は大きく眉は濃かったので、壮年の頃には白井権八《しらいごんぱち》＊と綽名《あだな》をつけられたほどの美男子であった。そして言語には尾張の国訛《なま》りがなく純然たる江戸弁であったそうである。三島中洲のつくった碑文には「君ハ龐眉《ほうび》隆準《りゆうじゆん》、孱然《せんぜん》タル虚弱、容《かたち》ハ常人ヲ踰《こ》エズ。」としてある。

毅堂が晩年往々にして人より倨傲《きよごう》の誹《そしり》を受けたのは全く故なき事ではない。毅堂は三礼の攻究に最《もつとも》力を尽した学者で、その平生においても辞容礼儀には極めて厳格で毫《ごう》もこれを忽《ゆるが》せにしなかった。かつまた毅堂は軽々しく人と交を結ばず、その門に来って教を受けようとするものがあってもその人物を見た後でなければ弟子たることを許さなかった。学者にして斯《か》くの如き性行を有するものは往々誤って辺幅《へんぷく》を修《おさむ》るものと見なされやすい。毅堂はまた甚しく癇癖《かんぺき》の強い人であったので、動《やや》もすると家人に対しても温辞を闕《か》くことがあった。門生はいつも「お前たちは蒟蒻《こんにやく》の幽霊のようだ。」と罵《ののし》られた。

蒟蒻の幽霊とは柔弱にして気概なきことをいったのであろう。晩年家にあって『毛詩《もうし》』の講義をなし、また神波即山の依頼に応じて本郷竜岡町なるその詩社に赴いて講義をなしたが早口で声が低いところから聴講の書生には少しも喜ばれなかったという。

岩渓《いわたに》裳川《しょうせん》翁の『詩話感恩珠』に曰く、「明治十一、二年頃なりし。神波即山君が官を罷めて専《もつぱら》斯道《しどう》に従事せらるる事になり月に一、二回ずつ竜岡吟社に会を開き鷲津先生が詩経の講義あり。先生は詩の一章一句の講義を終るごとに必ずこういうても皆には分るまいとの語を添え、または斯く講じてもその意を解し得まいとの語を加えらる。この会に莅《のぞ》む者は多くは初学の徒にして詩の何物たるを知らざるより先生の講義を聴きその解を得んと思うなるに、こう説いても分るまい、こう講じても解し得まいと言われては聴者の耳が悪《あ》しきか、講者の口が善からぬ歟《か》、少しく判断に苦しむなり。先生の講を聴くものは固《もと》より後輩のものなれば、傲然《ごうぜん》としてこの語をなされしとするも深く咎《とが》むることには非らざるも大に聴講者の意を害したりと見え、来会者も会ごとに減少して終に二、三人となりたり。」云々。

第四十二

わたくしは毅堂の門に遊んでその教を受けた人の中その名を討《たず》ね得たものをここに掲げて置こう。

村上函峰は安政の頃より毅堂に従って業を受けた人で、鷲門《しゅうもん》第一の学者である。その著『函峰文鈔』三巻の初に掲げられた自序に曰く、「余天保十四年ヲ以テ小田原ニ生ル。幼ニシテ学ヲ好ミ業ヲ謙斎中垣先生ニ受ク。先生余ヲ子視シ教□特ニ至レリ。既ニシテ長ジテ江戸ニ游ビ贄《し》ヲ毅堂鷲津先生ニ執ル。経史ヲ研鑽シ傍《かたわら》詩文ヲ修ム。歳二十四。始テ褐《かつ》ヲ本藩ニ釈《と》キ儒員ニ列ス。藩命ヲ受ケテ西遊シ諸藩ノ情勢ヲ探リ、兼テ文ヲ朗盧《ろうろ》阪谷《さかたに》先生ニ学ブ。後ニ国ニ帰リ『西藩見聞録』ヲ作ツテコレヲ上《たてまつ》ル。明治中興大学少助教ニ擢《ぬき》ンデラレ、山梨県徽典館ニ掌教タリ。旧ヲ改メ新ヲ布《し》クヤ群議沸騰ス。鞠躬《きつきゆう》緒ニ就ク。三年東京六小学始メテ建ツヤ、第一小学大訓導ニ任ゼラレ、マタ命ヲ蒙《こうむ》ツテ教科書ヲ撰ス。東京府師範学校教諭、中学校教諭ニ歴任シ、傍《かたわら》家塾ヲ開キ徒ヲ聚《あつ》メテ業ヲ講ズ。十八年長崎県師範学校教諭ニ任ゼラル。二十三年中野知事ノ嘱ヲ受ケ勅語述義ヲ編シテコレヲ闔県《こうけん》ニ敷ク。公暇清人蔡伯昂孫藹人《しんじんさいはくこうそんあいじん》ト往来唱和シ頗《すこぶる》益ヲ得タリ。二十五年第四高等中学校教授ニ任ゼラレ、以テ今ニ至ル。余ヤ菲才《ひさい》浅学ニシテ府県ニ文部省ニ奉職シ育英ノ任ニ叨《むさぼ》リ、尺寸《せきすん》ノ功ナク、常ニソノ職ヲ曠《むな》シクセシコトヲ羞《はず》ル耳《のみ》。然レドモ泰西ノ学日ニ盛ナルノ時四十年ノ間身ヲ教育ニ委ネテ幸ニシテ大過ナシ。マタ窃《ひそか》ニ自ラ喜ブ所ナリ。」云々。

神波即山のことは本書の第三十五回にしるした。即山は尾州海部郡甚目寺の末院一乗院の住職であった頃、初めは森春濤について詩を学び、後に毅堂の尾州に赴いた時からその門に遊んだのである。籾山衣洲《もみやまいしゆう》*の『明治詩話』に「神波即山、名ハ桓、初ノ名ハ円桓、尾張甚目寺ノ僧ナリ。詩書並ニ工《たくみ》ナリ。中興ノ初、丹羽花南ノ藩政ヲ執ルニ当ツテ大ニ文士ヲ擢用《てきよう》ス。翁モマタ髪ヲ蓄ヘテ官ニ就ク。イクバクモナクシテ都ニ入ル。坎坷《かんか》不遇。後ニ太政官《だいじょうかん》ニ出仕シ、官ニアルコト十余年、明治庚寅《こういん》病ヲ以テ亡《ほろ》ブ。詩稿散佚《さんいつ》シ流伝スルモノ太《はなは》ダ罕《まれ》ナリ。余多方ニ捜羅《そうら》シ僅ニ数首ヲ得タリ。元旦、張船山《ちょうせんざん》ノ韻《いん》ヲ次グニイハク「五十纔過鬢已華。悠悠心迹送残涯。可無詩夢尋春草。未使朝衫付酒家。老後功名如古暦。酔来顔色似唐花。東風料峭天街遠。力疾還登下沢車。」〔五十纔《わず》カニ過ギテ鬢已ニ華／悠悠心迹残涯ヲ送ル／詩夢ノ春草ヲ尋《と》フコト無カル可ケンヤ／未ダ朝衫ヲシテ酒家ニ付セ使《し》メズ／老後功名古暦ノ如シ／酔来顔色唐花ノ似《ごと》シ／東風料峭トシテ天街遠ク／疾《やまい》ヲ力《お》シテ還《ま》タ下沢車ニ登《の》ル〕」云々としてある。

森春濤の男槐南《かいなん》も毅堂に師事した人である。槐南は公爵伊藤博文《ひろぶみ》の知遇を受け内閣に出仕し、累進して晩年には宮内大臣秘書官より転任して式部官となった。明治四十二年十月伊藤公の哈爾賓《ハルビン》において狙撃《そげき》せられた時槐南も公に随行し同じく銃丸を受け帰朝の後いくばくもなくして世を去った。享年四十九である。

明治二十三年庚寅九月二十六日、毅堂の未亡人川田氏美代が感冒の後肺を病むこと半年ばかりにして下谷竹町の家に没した。天保十年四月二十五日の生より庚を享《う》くること五十二年である。未亡人は本郷壱岐殿阪《ほんごういきどのざか》にあった独逸《ドイツ》ユニテリヤン派の教会の信徒であったので、葬儀はこの教会において執行せられた。儒者の遺族が耶蘇《ヤソ》教の信徒となり外国宣教師の手によって葬らるるに至ったのもまた時勢の然らしめた所であろう。

翌年明治二十四年六月二十九日に次男俊三郎が没した。享年二十六である。俊三郎は医科大学予備門の生徒であったが心臓を病んで久しく廃学していたのである。いずれも谷中墓地先塋《せんえい》の側に葬られた。

第四十三

明治十五年の秋鷲津毅堂の没した頃から大沼枕山は既に中風症に罹《かか》って歩行もどうかすると意の如くでないことがあった。明治二十二年己丑十一月森春濤の葬儀が日暮里《にっぽり》村の経王寺に営まれた時枕山はその女かねに手を引かれて往《い》ったほどで、耳目も漸《ようや》く官を失おうとしていた。

明治二十三年庚寅の春、あたかも上野公園に第三回内国勧業博覧会の開始せられようとする頃、枕山は仲御徒町三枚橋の旧宅を売払って下谷花園町十五番地暗闇阪《くらやみざか》に転居した。その年神戸の人西川久吉の次男善次郎をして家を継がせ長女かねを娶《めと》せた。かねは芳樹と号して詩を父に学んだ。義子善次郎、字は某、鶴林と号し、後に『枕山先生詩話』その他の書を著した。

明治二十四年十月一日枕山は暗闇阪の新居に没した。享年七十四である。谷中瑞輪寺《ずいりんじ》に葬り法名を昇仙院枕山日游居士となされた。中根香亭は鷲津毅堂に対してはその死後に至るもなお好意を持っていないように見えたが、枕山に対しては常に敬慕の念を抱いていたと見え、その訃を聞いた当時の書簡に、「如貴命《きめいのごとく》、枕山翁易簀《えきさく》、誠に惜しき事致候。尤《もっとも》此十年許《ばか》りは余程中風めきて危く見え、且《かつ》耳も遠くなり居られ候故、長くは持つまじと思ひ〳〵是迄《これまで》無事なりしは不幸中の幸なりき。小生は少年の頃隣家に住ひ居り し故能《よ》く人品を存じ居候が、翁は実に迂人《うじん》にて世間利口に立廻る学者の様でなく誠に貴き所有之《これある》人なりき。其内《そのうち》閑を得たらんには一筆し置度存《おきたくぞんじ》候。」と言っている。

信夫恕軒《しのぶじょけん》の作った枕山の伝は最よくその為人《ひととなり》を知らしむるものである。その一節に曰く「先生年已《すで》ニ七十。嗣子遊蕩《ゆうとう》ニシテ家道頓《とみ》ニ衰フ。人アリ慫慂《しょうよう》シテ曰ク高齢古ヨリ稀ナリ。ケダシ賀寿ノ筵《えん》ヲ設ケテ以テソノ窮ヲ救ヘト。先生曰ク、中興以後世ト疎濶《そかつ》ス。彼ノ輩名利ニ奔走ス。我ガ唾棄《だき》スル所。今ムシロ餓死スルモ哀《あわれ》ミヲ儕輩《せいはい》ニ乞《こ》ハズト。晩年尤モ道徳ヲ重《おもん》ズ。人ト談論スルニ経史ニ非ザレバ言ハズ。最忠孝節義ノ事ヲ喜ブ。娓《び》々トシテ聴クベシ。」と。また曰く、「平素他ノ嗜好《しこう》ナシ。終日盃ヲ手ニシ、詩集ヲ繙《ひもと》ク。

尚古人《しょうこじん》ヲ友トス。看花玩月《がんげつ》ノ外復《また》門ヲ出デズ。貌《かお》ハ痩《や》セテ長シ。首髪種々タルモナホ能ク髻《けい》ヲ結ブ。一見シテ旧幕府ノ逸民タルヲ知ル。」云々。枕山は晩年に至るまで髷《まげ》を結んでいたのである。

明治二十六年十二月に至って枕山の女嘉禰《かね》が亡父晩年の作を編成し『枕山先生遺稿』と題してこれを剞劂《きけつ》に付した。杉浦梅潭《ばいたん》*の序に「先生詩酒ニ跌倒《てっとう》シ傾倒淋漓《りんり》、磅礴《ほうはく》際《きわまり》ナシ。噫《ああ》今已《すで》ニ亡《な》シ。頃日《けいじつ》誠ソノ旧居ヲ訪ヒ令愛芳樹女史ヲ見ル。女史遺稿若干首ヲ出シ、誠ニ示シテ曰ク、コレ先人易簀ノ前数日删定《さんてい》スル所ノ者ナリ。恨ムラクハイマダコレヲ刻スルニ及バズシテ瞑《めい》スト。言已《いいおわ》ツテ涕《なみだ》下ル。誠モマタ泫然《げんぜん》タリ。（中略）先生壮時ノ詩ハ既ニ刻スルモノ十余巻。而《しこう》シテ晩年稿ヲ留メズ。僅ニ女史示ス所ノ者ヲ存スルノミ。輯《しゅう》シテ一巻トナシ題シテ『枕山先生遺稿』トイフ。（略）明治二十五年壬辰十月上浣《じょうかん》。杉浦誠謹撰。」

杉浦誠は幕府瓦解《がかい》の際箱館奉行の職にあった杉浦兵庫頭《ひょうごのかみ》勝静である。かつて詩を枕山に学んだ。『枕山詩鈔』三編丁卯の集に「梅潭杉浦君箱館ニ赴任スルヲ送ル。」七絶一首が載っている。

枕山の没した後その遺族はいくばくもなくして花園町の家を去り小石川区《こいしかわ》指ケ谷町《さしがやちょう》に移転した。

明治二十七年甲午正月元旦に未亡人太田氏梅が没した。天保四年六月六日の生を距ること六十二年である。大正二年一月二十八日養子大沼鶴林が享年五十一歳で没した。皆倶《とも》に谷中の瑞輪寺に葬られた。鶴林の女ひさが父の没した翌月二月十九日に秋田県由利《ゆり》郡松ケ崎の人楠荘三郎に嫁し現在麴町《こうじまち》区下六番町《しもろくばんちょう》に住している。枕山の女芳樹女史も今楠氏の家に同居している。

枕山には元治元年に生れた長男新吉がある。新吉は湖雲と号し父について詩を学んだが、父のなお世にあった頃からその家に出入することを禁ぜられていたという。わたくしは下六番町なる大沼氏の遺族について新吉の生死を問うたが、多く語ることを好まない様子に見えたので、そのままわたくしも深く問うことを憚《はばか》った。然るに或日わたくしは大沼竹渓の墓誌を写さんがため三田台裏町の薬王寺に赴き住職に面会した時、住職は大正八年の秋八月の頃、年十二、三歳になる顔色の青ざめた貧し気なる少年が突然二個の壺《つぼ》を携え来って、これは大沼新吉夫婦の遺骨であるから埋葬してくれるようにと言って去った。住職は少年の誰なるかを問うた時新吉の遺子である事を答えたばかりで、その後再び寺へは姿を見せなかったというはなしをわたくしに語った。

わたくしは新吉の事を探知するに何かの手がかりを獲はせまいかと思って、再び下谷区役所に赴き戸籍簿を調べて見た。

大沼新吉は明治十六年十二月二日徴兵猶予のため下谷区西黒門町《にしくろもんちょう》二十一番地に転籍して戸主となった。然るに明治二十六年四月中家出して行衛《ゆくえ》不明となり、明治三十二年七月十九日に立戻った。この間七年に渉《わた》って捜索願の届出がしてある。立戻《たちもどり》の後下谷区西町三十三番地に戸籍が移してある。明治三十四年四月二十三日下谷区御徒町一丁目六番地平民山西兼太郎次女はな(明治八年一月一日生)と婚姻をした届出がしてあって、大正四年三月八日午前九時三十分小石川区大塚辻町十八番地東京市養育院において死亡と書入《かきいれ》がしてあった。享年五十二歳である。

新吉の妻はなも大正四年四月四日午後八時に同じく養育院に死亡し、長女富喜子もまた大正五年六月二日に養育院に死亡した。長男義太郎、二男次郎、三男三郎はなお生存しているらしい。四男忠恕《ただよし》は麹町区下六番町の楠荘三郎方に引取られて生後二年にして大正四年十二月に死亡した。以上は戸籍簿に見る所である。

大沼枕山の嫡男大沼湖雲の一家は東京市養育院に収容せられて死亡したのである。而してその遺骨を薬王寺に携来《たずさえきた》った孤児の生死については遂に知ることを得ない。

注

頁行

九9 **研覈** 詳しく調べること。

一〇7 **掃苔** コケを取り去ること。転じて墓参りの意。

一〇11 **剞劂** 彫刻用の小刀で文字を刻むこと。ここでは剞劂氏で出版社をいう。

一三4 **末造** 末の世。「夏之末造(夏王朝の末期に始まった)」(『儀礼』士冠礼など)に由来する語。

一三1 **六角内輪違** 図1参照。ただし文字面からの推定図。

一三1 **桔梗** 図2参照。

図1

図2

一四2 **佩蘭先生** 藤蘭宇(?〜一七九五)のこと。名古屋の医者。

一四3 **丹丘梅竜両先生** 芥川丹邱(一七一〇〜一七八五)と武田梅竜(一七一六〜一七六六)。京都の儒者。

一四7 **方技** ここでは医術の意。

一四9 三径 隠居。前漢末の蔣詡が庭に松・菊・竹を植えた三つの小道を作って隠棲した故事に基づく。

一四9 **唐人ガ僧院ノ詩ヲ読ミ帯雪松枝掛薜蘿**　唐の詩僧霊一（七二七〜七六二）の「題僧院（僧院に題す）」の句。薜蘿は、つる草の類をいい、隠者の衣類を象徴的にいう語でもある。

一四12 **歌哭**　楽しい時には歌い、悲しい時には泣くこと。

一四13 **騒人緇流**　騒人は、屈原の「離騒」に基づく語で、詩人・文人をいう。緇流は、僧侶。緇は、僧衣の墨染めの色をいう。

一五3 **橐中ノ装**　ふくろに入れて持ち歩く金銀。

一五4 **委墩ス**　墩は、物をずっしりと集積すること。委墩で、まかされて重くのしかかる意か。

一五9 **馬鬣封**　墳墓の形の一つ。高さ四尺、馬のたてがみが生えるあたりは肉が薄く、形が似ているのだという。孔子の父母、及び孔子自身の墳墓の形である（『礼記』檀弓上）。

一五13 **四矢反セズ**　『詩経』斉風「猗嗟」の句に基づく表現で、反は矢が反復して同じ場所に当たること。

一五13 **原芝助**　尾張藩士。大番組。幽林の妻参の父。

一五14 **竹林家**　竹林は弓術の流派名。

一六2 **野乗**　民間の歴史書。

一六4 **征夷府**　幕府。

一六11 **安達清河**　漢詩人。下野烏山の修験者の家に生れた。江戸に出て服部南郭に学ぶ。一七二六〜一七九二。

一六11　**立松東蒙**　戯作、狂歌の作家。内藤新宿の馬借屋に生れた。一七二六〜一七八九。

一七2　**細井平洲**　儒者。尾張知多の農家に次男として生れた。尾張藩の陪臣であった中西淡淵(一七〇九〜一七五二)に学ぶ。諸藩の藩政改革に与かった実践的折衷学派。安永九年(一七八〇)、尾張藩儒。天明三年(一七八三)、藩校明倫堂督学。一七二八〜一八〇一。

一七6　**高瀬代二郎**　正しくは高瀬代次郎。『細井平洲』(平洲会蔵版、隆文館図書発売、一九一九・三)の著がある。

一九1　**稲毛屋山**　篆刻家。讃岐高松藩士の次男。京都で皆川淇園(一七三四〜一八〇七)・柴野栗山(一七三六〜一八〇七)に漢学を学び、江戸で高芙蓉(一七二二〜一七八四)に篆刻を学ぶ。一七五五〜一八二二。

一九2　**菊池桐孫**　菊池五山(一七六九〜一八四九)のこと。桐孫は名。漢詩人。讃岐高松藩儒の家に生れ、京都で柴野栗山に師事。江戸に出て神田お玉ヶ池に江湖詩社を興した市河寛斎(一七四九〜一八二〇)の門下となり、同門の大窪詩仏と共に化政期の詩壇をリードした。

二〇2　**塋域**　塋の原義は、土地の神聖を示すために円く区切ること。塋域で墓地の意。

二四7　**細井徳昌の嚶鳴館至日の詩筵**　徳昌は、細井中台(平洲の養子)の名。嚶鳴館は、平洲が江戸で開いた家塾の名。文化十三年(一八一六)は、平洲の死後十五年。至日は、夏至または冬至をいい、ここでは冬至。詩筵は、詩を作る宴会。

二六6　**尺牘**　手紙のこと。尺は、簡(文字を書く木や竹の札)の長さが一尺であったことによる。

牘は、文字を書きつけた簡。

二六12　箕裘　家業を受け継ぐこと。「良冶の子は必ず裘をつくるを学び、良弓の子は必ず箕をつくるを学ぶ」（『礼記』学記）による。

三〇3　古賀精里　儒者。佐賀藩士の家に生れた。佐賀の藩校弘道館教授、寛政八年（一七九六）に幕府儒官。寛政の三博士の一人。一七五〇～一八一七。

三〇6　古賀侗庵　儒者。古賀精里の三男。幕府儒員。一七八八～一八四七。

三一10　近藤重蔵　幕臣。号は正斎。漢学を山本北山（一七五二～一八一二）に学ぶ。千島方面を探検した。一七七一～一八二九。

三一10　間宮林蔵　探検家。常陸筑波郡の貧農の出身。江戸に出て地理学を学び、さらに伊能忠敬に測量術を学んだ。幕命によって樺太を探検し、間宮海峡を発見。一七七五～一八四四。

三二5　大窪詩仏　漢詩人。常陸多賀郡の医家に生れた。父に従って江戸に出た。市河寛斎の門下。同門の菊池五山と共に詩壇の双璧。一七六七～一八三七。

三二5　館柳湾　漢詩人。新潟の廻船問屋に生れ、江戸に出て下町の儒者亀田鵬斎（一七五二～一八二六）に学んだ。後に幕臣となったが、官途にはめぐまれなかった。一七六二～一八四四。

三三3　陶韋　陶淵明（三六五～四二七）と韋応物（七三六～八一八？）。自然派系統の詩人。

三三3　王劉ヲ憲章シ　王柳は、王維（七〇一～七六一）と柳宗元（七七三～八一九）。陶淵明と韋応物と同じく自然派系統の詩人。憲章は、模範としての価値を明らかにすること。

二四4　**裘茸**　皮衣の織毛。
二四5　**曾南豊**　北宋の曾鞏(一〇一九～一〇八三)のこと。唐宋八大家の一人。南豊は、江西省にある地名で、出身地。
二四5　**霽淞ノ詩**　「冬夜即事」(曾鞏『元豊類稿』巻七所収)を指す。
二四11　**祭酒**　大学頭(昌平黌の長官)の漢語的表現。中国では学政をつかさどる長官のことを祭酒といった。
二五13　**冠山松平定常**　池田冠山(一七六七～一八三三)のこと。因幡若桜藩主。
二五13　**土岐八十郎**　未詳。松浦静山『甲子夜話』巻八十五に見える鉢十郎(幕臣土岐豊州の二子、名は朝茂)であるかも知れない。
二五13　**成島東岳の養子稼堂**　成島東岳(一七七八～一八六二)、稼堂(一八〇三～一八五四)ともに幕府儒官。『柳橋新誌』を著わした柳北(一八三七～一八八四)は、稼堂(別号筑山)の子。
二五14　**林復斎**　昌平黌を法的にも官学として確立し、林家の学問的権威を中興した第七代林述斎(一七六八～一八四一)の第六子。嘉永六年(一八五三)、林家第十一代を継ぐ。大学頭。一八〇〇～一八五九。
二五14　**安積艮斎**　儒者。郡山の神官の家に生れた。江戸に出奔し、佐藤一斎(一七七二～一八五九)、林述斎に学ぶ。二本松藩儒、昌平黌教授。一七九〇～一八六〇。
二六13　**芰荷菰葦**　ヒシ・ハス・マコモ・アシ。水辺の植物。

三六14　**碕沂**　岩石が突き出た岸。
三七1　**槎枿竦樛**　槎枿は、切株から生えたひこばえ。竦樛は、ひこばえが上に下に伸びて繁茂していることをいうのであろう。
三七4　**『好古雑誌』**　古学古物愛好者の会員雑誌。好古社発行。社長福羽美静、編集佐伯利麿。
三七6　**臞脱**　『東京市史稿』遊園篇二所引は、擺脱に作る。擺脱は、抜け出ること。
三七7　**鄭狂淫褻の談**　鄭狂は、未詳。『東京市史稿』遊園篇二所引は、鄙猥に作る。鄙猥は、卑猥に同じ。淫褻は、淫らで穢れていること。
三七10　**孤美**　『東京市史稿』遊園篇二所引は、辜負に作る。辜負は、そむくこと。弧負と書く場合もある。
三七14　**金谷の罰**　富豪として知られる石崇(二四九～三〇〇)の金谷園では、詩を作れなかった客に罰として酒三斗を飲ませた。
三七14　**酗䤄**　度を過ぎて酒に酔うこと。『東京市史稿』遊園篇二所引は、酗醟に作る。意味は同じ。
三八1　**月川七椀**　玉川七椀の誤りかと思われる。盧仝(?～八三五)は、自ら玉川子と号した。「筆を走らせ孟諫議の新茶を寄するに謝す」の詩で、一椀ごとに俗世間を離脱して仙界に遊ぶ心持ちになれる茶の効用を七椀まで歌っている。号の玉川子は、お茶好きの代名詞にも使われる。

三八3　**飛振**　『東京市史稿』遊園篇二所引は、飛報に作る。
三八8　**木萌**　『東京市史稿』遊園篇二所引は、木苗に作る。
三八14　**槃礴**　足を投げ出して不作法に座ること。
三八14　**蘋風**　ウキクサの上を吹く風。
三九2　**西島坤斎**　儒者。江戸の人。別号蘭渓。昌平黌教官西島柳谷(一七六〇～一八二三)の養子。もと下条氏。一七八〇～一八五二。
三九11　**頷聯**　律詩の第二聯。第一聯から順に首聯・頷聯・頸聯・尾聯という。
四〇3　**市河米庵**　書家。幕末の三筆の一人。楷書隷書に長じた。市河寛斎(一七四九～一八二〇)の子。一七七九～一八五八。
四〇4　**柏木如亭**　漢詩人。代々幕府小普請方の大工棟梁の家に生れた。市河寛斎門下で、大窪詩仏・菊池五山と並ぶ逸材。青年期に家産を蕩尽し、三十代から各地を遊歴、京都で客死した。一七六三～一八一九。
四〇5　**梁川星巌**　漢詩人。美濃安八郡曾根村の郷士出身。江戸に出て、古賀精里・山本北山(一七五二～一八一二)に学ぶ。天保五年(一八三四)、神田お玉ヶ池に玉池吟社を開いた。妻紅蘭(一八〇四～一八七九)も詩人として名高い。門下に三高足と称された大沼枕山・横山(小野)湖山・鈴木松塘。一七八九～一八五八。
四〇10　**密乗上人**　詩僧。美濃安八郡小野村の専勝寺(浄土真宗)に生れた。上野山王御供所別当、品川正徳寺住職。京都で中島棕隠・頼山陽(一七八〇〜一八三二)に、江戸で大窪詩仏・大沼竹渓に詩を学んだ。一七九六〜一八八一。

四〇14 **牧野鉅野** 漢詩人。豊前中津郡の農家出身。江戸で井上四明(一七三〇〜一八一九)に学び、芝の赤羽橋で教授した。妻は市河米庵の女。一七六八〜一八二七。

四一4 **林檉宇** 林家第九代。佐藤一斎、松崎慊堂(一七七一〜一八四四)に学ぶ。幕府儒官、大学頭。一七九三〜一八四六。

四三9 **佐藤牧山** 儒者。尾張中島郡山崎村の人。鷲津松陰、古賀侗庵、松崎慊堂に学ぶ。尾張藩儒官、藩校明倫堂教授。廃藩後、大津町(名古屋市中区)に私塾を開き教育にあたった。晩年は東京に移住、斯文学会講師。一八〇一〜一八九一。

四八8 **井上金峩** 儒者。常陸笠間藩の江戸藩邸に生れた。祖父は藩主侍医。井上蘭台(一七〇五〜一七六一)に学ぶ。折衷学に実証的方法を導入し、折衷学台頭の原動力となった。門下に山本北山・亀田鵬斎。一七三二〜一七八四。

四八8 **山本北山** 儒者・漢詩人。家は幕府御家人。井上金峩に学ぶ。寛政異学の禁に反対した五鬼の一人。門下に大窪詩仏・市河寛斎。一七五二〜一八一二。

四八14 **白河楽翁** 白河藩主松平定信(一七五八〜一八二九)のこと。楽翁は号。天明七年(一七八七)、老中首座、天明八年(一七八八)、将軍補佐。寛政二年(一七九〇)、異学の禁(朱子学以外を禁止)を断行した。

五〇13　**刺を通じて**　名刺を差し出す。

五〇13　**謁を請う**　面会を求める。

五一1　**斉東野人**　斉の東部の田舎者、愚かで信ずるに足りない。『孟子』が出典。

五一4　**巻菱湖**　書家。越後蒲原郡福井村に生れ、江戸に出て亀田鵬斎に学ぶ。幕末唐様三名筆の一人。もと池田氏。館柳湾(一七六二～一八四四)の族弟。一七七七～一八四三。

五一4　**岡本花亭**　漢詩人。幕臣。具申した意見が入れられず、五十一歳で職を退いた。晩年、天保の改革を行った水野忠邦(一七九四～一八五一)が花亭の人物を見込んで抜擢し、勘定奉行に至った。一七六八～一八五〇。

五一5　**塩田随斎**　儒者。家は代々津(藤堂家)藩士。江戸藩邸に生れた。古賀精里に学ぶ。津藩の有造館講官、藩主侍読、江戸邸講官。一七九八～一八四五。

五二6　**蒲生褧亭**　越後の村松藩儒。維新後上京し、太政官少史・大学校三等教授。一八三三～一九〇一。

五三2　**僦居**　借家住まい。

五四9　**莫逆の友**　莫逆は、心に逆らわないこと。莫逆の友で、親友の意。『荘子』が出典。

五四10　**竹内雲濤**　漢詩人。小倉藩医の次男として江戸に生れた。梁川星巌門下。貧窮の中で別号の酔死道人のごとく世外に生きた。一八一五～一八六二。

五四10　**鈴木松塘**　漢詩人。安房郡谷向村の医者の家に生れた。梁川星巌門下の高足。維新後、浅草向柳原で七曲吟社を主宰した。一八二三〜一八九八。

二五四11　**横山湖山**　漢詩人。近江東浅井郡高畑村(三河吉田藩領)の郷士出身。字は侗翁。梁川星巌門下の高足。吉田藩(豊橋)儒臣。水戸学の中心人物藤田東湖(一八〇六〜一八五五)と親交があった。安政の大獄に関連し、吉田で八年間の幽閉生活を送り、このとき姓を小野と改めている(横山氏は小野篁が祖という)。維新後、一時官にも着いたが、数ヶ月で辞任。廃藩後は、詩と酒を楽しみ、各地の後進を指導した。大阪で指導した優遊吟社が知られる。一八一四〜一九一〇。

二五四11　**長谷川昆渓**　漢詩人。高崎藩士。梁川星巌門下。一八一六〜一八六八。

二五四11　**関雪江**　書家・漢詩人。土浦藩儒。下谷に家塾雪香楼を開く。維新後、集議院に出仕。一八二七〜一八七七。

二五五12　**畑銀雞**　医者・狂歌狂文作家。上野七日市藩医。高田与清(一七八三〜一八四七)・石川雅望(一七五三〜一八三〇)などに和学を学ぶ。一七九〇〜一八七〇。

二五七12　**寺門静軒**　儒者。父は常陸石塚の豪農の出で、水戸藩の財政危機に貢献し、藩士に取り立てられた。妾腹の子である静軒は、江戸で生れている。天保年間、漢文体の戯作『江戸繁昌記』を著わし、好評を得た。しかし、自らを無用の人と見定めた視点からの鋭い風刺性が天保の改革を推進する当局の忌諱に触れ、武家奉公禁止処分を受けた。以後は漂泊に身をゆだね、講説と執筆を業とした。一七九六〜一八六八。

二七12　**駒籠**　駒込のこと。文京区の本駒込から豊島区の駒込にいたる地域。
二九8　**顖顱**　顖は、ひよめき。顱は、頭骨。顖顱科で小児科の意。
二六三5　**孑立**　孤立。孑は一人ぼっちのさま。
二六三12　**成島柳北の『硯北日録』**　成島柳北(一八三七〜一八八四)は稼堂の子。字は確堂。幕政を狂詩で以て風刺し将軍侍読を解職された。その後も時勢の急変を反映して、登用と解職・辞職が繰り返され、幕府最末期に会計副総裁の要職を辞任、隅田川の辺(向島須崎村)に隠居した。維新後は、政府批判の健筆をふるい、ジャーナリストとして活躍した。『硯北日録』は、安政元年(一八五四)から万延元年(一八六〇)までの柳北の日記。『硯北日録：成島柳北日記』(太平書屋、一九九七)がある。
二六四8　**酒巻立兆**　江戸の画家。下野の人。一七九一〜一八五七。
二六四9　**塩田士鄂**　塩田随斎(一七九七〜一八四五)のこと。士鄂は字。
二六四9　**天野九成**　『玉池吟社詩』巻一によれば、名は韶、字は九成、号は錦園、江戸の人。『五山堂詩話』補遺巻五によれば、名は好之、字は子楽、号は錦園。翠松観とも号した。
二六四9　**大沼子寿**　大沼枕山(一八一八〜一八九一)のこと。子寿は字。
二六四9　**門田堯佐**　門田樸斎(一七九七〜一八七三)のこと。堯佐は字。菅茶山、頼山陽に学ぶ。福山藩侍読。
二六四9　**名越士篤**　書家・漢詩人。水戸の人。梁川星巌に学ぶ。士篤は字。別号は一庵。『玉池吟社詩』によれば、号は緑阜。一八一三～一八九三。

六四10　**三上九如**　医者・漢詩人。上野の人。九如は字。別号は赤城。天保年間(一八三〇～一八四四)没。

六四10　**服部士誠**　津藩士。名は保明。字は士誠。通称は三郎。

六六2　**贄**　入門の時の礼物。

六七3　**清明の節**　二十四節気の一つで、四月五日頃。春分と穀雨の間。

六七6　**蓮塘の小寓**　蓮塘は、ハスの咲く池のことで、ここでは不忍池を指す。寓は、仮住まい。小は、謙譲語だが、文字通り小さいのであろう。

六八12　**琴書**　琴(音楽)と書(学問)は、中国における伝統的文人像を象徴する。

七〇7　**大沢順軒**　名は定永。字は子世。通称は秀之助。天保(一八四〇～一八四四)頃の人。『台桜雑詠』(天保十一年刊)がある。

七二9　**大岡松堂**　医者・儒者。近江東浅井郡曾根村の人。医業のかたわら儒学を修めた。彦根藩侍講。大岡笙洲(一七九九～一八三六)の兄。一七九七～一八七五。

七二12　**中村敬宇**　儒者・教育者。幕臣の出。名は正直。漢学、蘭学、英学を学ぶ。甲府徽典館学頭、幕府儒官。幕府派遣英国留学生の監督としてロンドンに滞在し、明治元年(一八六八)に帰国。静岡学問所一等教授、大蔵省翻訳御用、東京女子師範学校摂理、東京大学教授、貴族院議員。『西国立志編』(スマイルズの『セルフ・ヘルプ』を敬宇が邦訳)は、明治初期のベストセラー。私塾同人社は慶応義塾と並称され、また明六社のメンバーとして啓蒙活動につとめた。明治初期の慈善団体楽善会に参加し、訓盲院の設立にも尽力している。一八三二〜一八九一。

七三11　**土屋采女正寅直**　常陸土浦藩主。采女正は通称。寅直は名。大阪城代等を歴任し、慶応四年(一八六八)に隠居。一八二〇〜一八九五。

七三11　**藤森弘庵**　儒者。播磨小野藩士の出。常陸土浦藩に招かれ、藩校の郁文館で教授し、また藩政にも与かったが、妬まれて致仕、下谷に㝅塾を開いた。安政の大獄に連坐し、江戸追放処分を受けた。晩年の号は天山。門下に依田学海(一八三三〜一九〇九)。一七九九〜一八六二。

七五4　**中根淑**　中根香亭(一八三九〜一九一三)のこと。淑は名。幕臣。維新後、沼津兵学校三等教授、陸軍参謀局・文部省に出仕。明治十九年(一八八六)退官。

七六3　**貫主**　天台宗で最高の僧職。座主。

七六7　**中島棕隠**　儒者・漢詩人。京都の代々儒者の家に生れた。一生仕官せず、好事儒者を自ら任じていた。戯作・狂詩の作家でもあった。一七七九〜一八五五。

八二11　**彝倫**　不変の人の道。

八三11　**岡本黄石**　漢詩人。彦根藩家老。中島棕隠、梁川星巌、菊池五山、大窪詩仏、頼山陽、安積艮斎に学ぶ。藩主井伊直弼が暗殺された後、藩政方針を百八十度転じ、危うい時期を支えた。明治元年(一八六八)に隠居。後に上京し、麹町に麹坊吟社(一名読杜詩社)を開いた。一八一一〜一八九八。

八四1　**大槻磐渓**　儒者。蘭方医・蘭学者であった大槻玄沢(一七五七〜一八二七)の次男。江戸の生れ。仙台藩の江戸藩邸侍講、藩校の養賢堂学頭副役。維新の後、佐幕派であったため投獄された。晩年を東京で隠棲。子に考証学者の大槻如電(一八四五〜一九三一)、国語学者の大槻文彦(一八四七〜一九二八)。一八〇一〜一八七八。

八四1　**森田梅磵**　漢詩人。土佐藩士。詩を梁川星巌に学ぶ。一八一九〜一八六五。

八四2　**西島秋航**　長州赤間関の人。名は輗。西島蘭渓(一七八〇〜一八五二)の養子(もと広江氏)。

八七9　**柴野栗山**　儒者。讃岐牟礼の医者の家に生れた。若くして江戸に出て昌平黌に学ぶ。阿波藩儒。松平定信に招かれて昌平黌教授。松平定信に異学の禁を勧めた。寛政の三博士の一人。一七三六〜一八〇七。

九三11　**町田柳塘**　作家。名は源太郎。『石川丈山』(裳華書房、一八九八)・『南洋王：探険小説』(晴光館、一九〇六)・『滑稽徳川明治史』(晴光館、一九〇七)・『空中軍艦』(晴光館、一九〇七)・『地下戦争』(晴光館、一九〇七)・『日本奇人傳』(晴光館、一九〇九)・『山縣大貳』(顯光閣、一九一〇)・『日本熱血史：悲歌慷慨』(日本書院、一九一四)などがある。

九三13　**小野湖山**　横山湖山(一八一四〜一九一〇)のこと。

九四4　**永阪石埭**　漢詩人・医者。名古屋の代々医者の家に生れた。中年にして東京帝国大学医科大学に学び、開業した。森春濤門下の四天王の一人。一八四五〜一九二四。

九七4　**中洲三島毅**　儒者・教育者。備中都窪郡中島村の村役人の家に生れた。松山藩(備中高梁)

の藩儒山田方谷(一八〇五～一八七七)に学び、さらに江戸に出て昌平黌に学んだ。松山藩の藩校有終館学頭となり、また家塾虎口渓舎を開いて教育にあたった。明治五年(一八七二)に司法省に出仕、裁判所長等を歴任。明治十年(一八七七)に退官し、二松学舎を創設。その後、東京高等師範学校教授、東京帝国大学文科大学教授、東宮侍読、宮中顧問官を歴任した。一八三〇～一九一九。

九七5 **猪飼敬所** 儒者。京都西陣の糸商の家に生れた。はじめ心学を学び、その後岩垣竜渓(一七四一～一八〇八)の遵古堂で漢学を学び、西陣に家塾を開いた。伊勢津藩(藤堂家)に招かれ、藩校有造館の設立に尽力、居も津に移し、藤堂家の賓師として学を講じた。一七六一～一八四五。

九七11 **丹羽花南** 漢詩人。尾張藩学官。維新後、三重県令・権大検事等を歴任し、将来を嘱望されていたが、三十三歳で夭折。森春濤門下。一八四六～一八七八。

九七14 **斎藤拙堂** 儒者。伊賀の東柘植村出身の父(もと増村氏)が伊勢津藩士斎藤氏の養子となり、江戸藩邸で生れた。昌平黌で古賀精里に学び、藩校有造館で教授した。弘化元年(一八四四)、有造館督学。一七九七～一八六五。

九七14 **石川竹崖** 石川竹厓(一七九四～一八四四)のこと。儒者。近江膳所の人。石川丈山(一五八三～一六七二)の子孫。祇園袋町にあった村瀬栲亭(一七四四～一八一八)の家塾に学んだ。伊勢津藩に招かれて、藩校有造館講官、後に督学。

九八1　**川村竹坡**　儒者。伊勢津藩士。京都で猪飼敬所に学ぶ。藩校有造館講官。安政六年(一八五九)、督学。明治二年(一八六九)、隠退。一七九七～一八七五。

九八1　**平松楽斎**　儒者。伊勢津藩医の家(河野氏)に生れ、藩士平松氏の養子となる。猪飼敬所に学ぶ。藩政における要職を歴任し、藩校有造館の設立・運営に参与した。一七九二～一八五二。

九八1　**土井聱牙**　儒者。伊勢津藩の儒医の家に生れ、斉藤拙堂・石川竹厓・川村竹坡に学ぶ。藩校有造館講官。明治二年(一八六九)、督学。明治四年(一八七一)、隠退。一八一七～一八八〇。

九八12　**郷閭**　故郷の村。閭は、村の門。

一〇〇1　**青木可笑**　青木樹堂(一八〇七～一八八一)のこと。尾張知多郡大高村長寿寺の住職。荷風の父永井久一郎の師。還俗して大蔵省に出仕した。『江戸将軍外史』(東京、西山堂、明治十一年六月)などがある。

一〇〇5　**菊池秋峰**　漢詩人・画家。菊池五山の嫡男。別号は秋浦。没年は文久三年(一八六三)以後。

一〇二8　**阨窮**　行き詰まって苦しむ。

一〇三6　**宮沢雲山**　漢詩人。秩父の人。市河寛斎門下。一七八〇～一八五二。

一〇三10　**霄漢ノ間**　天下。霄は高く遠い空、漢は天の川。

一〇三10　**抖擻シテ**　振り払う。

一〇四10　**佳迪**　未詳。満足のいく状態で日々を過ごすの意か。佳適の誤りかとも思う。

一〇四10　**朶雲**　垂れ下がった雲。人から来た手紙をいう。

一〇八13　**高田与清**　小山田与清(一七八三〜一八四七)のこと。国学者・蔵書家。武蔵多摩郡小山田村の郷士の家(田中氏)に生れ、江戸神田花房町の豪商高田氏の養子となり、家業を継ぐ。四十六歳で隠居し、小山田姓を称した。村田春海(一七四六〜一八一一)に和学を学び、古屋昔陽(一七三四〜一八〇六)に漢学を学んだ。水戸藩主徳川斉昭(一八〇〇〜一八六〇)に招かれ、小石川史館に出仕した。一七八三〜一八四七。

一三二2　**儇子佻夫**　儇子は、素早い人。佻は、身が軽い人。

一三三5　**梨棗**　版木をいう。梨の木と棗の木が版木として最上とされる。

一三三8　**佐藤六石**　漢詩人・教育者・ジャーナリスト・経済人。越後新発田藩士の家に生れた。森春濤・槐南父子門下。慶応義塾大学教授。李王家顧問。やまと新聞理事。日本洋瓦株式会社社長。一八六四〜一九二七。

一三三13　**後藤春草**　美濃大垣の人。別号松陰。頼山陽(一七八〇〜一八三二)に学び、大阪で教授した。篠崎小竹の女婿。一七九七〜一八六四。

一三三13　**篠崎小竹**　儒者。大阪の医家(加藤氏)に生れ、儒者篠崎三島(一七三七〜一八一三)の養子となる。昌平黌で古賀精里に学び、大阪で三島の梅花書屋を継いだ。淡路の稲田氏(徳島藩筆頭家老)の賓師。一七八一〜一八五一。

一三四13　**遠山雲如**　漢詩人。越中から江戸に移住した富商の家(小倉氏)に生れた。遠山は母方の姓。梁川星巌門下。その放蕩と遊歴の生涯は、柏木如亭に似る。京都で客死。一八一〇〜一八六三。

一二四 13 **石川鞬斎** 儒者。尾張藩士。市河寛斎に学ぶ。安政年間(一八五四～一八六〇)没。

一二四 13 **秋場桂園** 漢詩人。下総結城郡水海道村の名主で、上総飯沼の豪農秋葉氏の一族。佐藤一斎、大窪詩仏に学ぶ。一八一三～一八九五。

一二六 13 **松浦宏** 東京本所の人。『東京大小区分絵図』は、全三十枚。

一二八 4 **頼士峰** 頼支峰(一八二三～一八八九)のこと。頼山陽の次男。

一二八 7 **溝口桂巌** 漢詩人。相模津久井郡千木良村の人。下谷吟社に学ぶ。一時期埼玉県庁に出仕したが、故郷に帰り地域の文化活動に余生をおくった。一八一六～一八九七。

一三二 13 **遠山左衛門尉景元** 幕臣。江戸の名町奉行。遠山の金さんは、通称の金四郎から。一七九三～一八五五。

一三二 13 **井戸対馬守覚弘** 幕臣。長崎奉行、江戸町奉行、大目付を歴任。日米和親条約に署名調印した一人。安政五年(一八五八)没。

一三〇 2 **晁言** 序文のこと。晁は弁に通じる。

一三二 10 **佐田白茅** 久留米藩士・文筆家。久留米藩主侍読佐田竹水(一七九八～一八六五)の長男。江戸に遊学して、昌平黌に学ぶ。幕末期に尊王攘夷派として活動した。明治初期に一時外務省に出仕し、朝鮮に対する強硬論を具申している。晩年は維新史編纂のために設けられた史談会の幹事をつとめた。一八三二～一九〇七。

一三九 8 **羽倉簡堂** 儒者。幕臣。父の任地大阪で生れた。古賀精里に学ぶ。天保の改革で水野忠邦に抜擢され、忠邦の失脚とともに蟄居の処分を受けた。その後は学者としての道を歩んだ。一七九〇～一八六三。

一四三 4　**松浦武四郎**　探検家。伊勢一志郡須川村の郷士の家に生れた。伊勢津藩儒平松楽斎に学び、京都で本草学を山本亡羊(一七七八～一八五九)に学んだ。一時出家したが、北方事情への関心から還俗し、独力で蝦夷地・樺太・択捉・国後を探査した。幕府からは安政二年(一八五五)に蝦夷地御用掛に、新政府からは明治二年(一八六九)に開拓使判官に任じられたが、いずれも政策方針に異議を覚えて辞任し、北方事情の啓発のため、著述のかたわら各地を遊歴した。一八一八～一八八八。

一四四 9　**塩谷宕陰**　儒者・文章家。江戸愛宕山下に生れた。宕陰の号は、出生地にちなむ。祖父は伊豆出身の江戸の医者。昌平黌に学び、浜松藩主水野忠邦に仕えた。天保の改革では顧問として水野忠邦を補佐した。文久二年(一八六二)、幕府儒官。一八〇九～一八六七。

一四六 12　**淪謝**　逝去。

一四七 14　**同庚**　同い年。

一四八 13　**孟子滕文公の章句**　吾聞出於幽谷遷于喬木者、未聞下喬木而入於幽谷者(吾幽谷を出でて喬木に遷る者を聞けども、未だ喬木を下りて幽谷に入る者を聞かず)」

一五〇 14　**雄禅禅師**　臨済宗僧侶。一七六二～一八五七。三)京都妙心寺住持。享和三年(一八〇三)江戸小日向の竜興寺住持。文化十年(一八一

一五二 3　**幃を垂れて**　下帷に同じ。塾を開いて教授すること。前漢の学者董仲舒(前一七六～前一〇四)の故事に基づく。

一五三 13　**会沢正志**　会沢正志斎(一七八二～一八六三)のこと。水戸藩儒。藤田幽谷に学ぶ。水戸の彰考館総裁。藩校弘道館を創設した。水戸学伝統の大義名分論を尊王攘夷思想に展開して、幕末の政治的運動に大きな影響を与えた。

一五三 13　**黒河内十太夫**　会津藩士・兵学者。一七九四～一八五八。

一五三 13　**箕作阮甫**　洋学者。美作津山藩医の家に生れた。江戸で古賀侗庵に漢学を、宇田川玄真(一七六九～一八三四)に蘭学を学ぶ。天保十年(一八三九)、幕府天文方蕃書和解御用。安政三年(一八五六)蕃書調所教授。文久二年(一八六二)、陪臣から幕臣となる。一七九九～一八六三。

一五三 13　**市川達斎**　高崎藩儒・兵学者。上野高崎藩儒の家に生れ、昌平黌に学ぶ。江戸下谷に兵学塾を開き、諸藩の子弟に教授した。一七七八～一八五八。

一五三 14　**芳野金陵**　儒者。下総葛飾郡松崎村の医者の家に生れた。江戸に出て、亀田綾瀬(一七七八～一八五三)に学ぶ。弘化四年(一八四七)、駿河田中藩儒員。文久二年(一八六二)、昌平黌儒官。明治三年(一八七〇)、大塚に隠居し、余暇に教授した。一八〇一～一八七八。

一五七 13　**金釵**　金のかんざし。

一五八 3　**贓蠹**　賄賂を懐にして物事を損なう人。蠹は、木・衣・紙を食い破る虫。

一六一 7　**羶腥**　なまぐさい。ここでは肉食文化の欧米諸国を指す。

一六四4　**暴瀉**　漢方の用語で、急性腸炎をいう。安政五年(一八五八)は、長崎から始まったコレラが全国に蔓延した。

一六四10　**台命**　幕府の命令。

一六五9　**依田学海**　佐倉藩士・文化人。名は百川。藤森弘庵に学び、佐倉藩の郡代官・留守居役などを歴任した。維新後は、佐倉藩権大参事。明治五年(一八七二)、東京会議所書記官。明治十四年(一八八一)、文部省書記官。明治十八年(一八八五)に退官、文筆生活に入った。演劇の改良運動に尽力し、明治文化界の重鎮であった。『学海日録』(岩波書店)には『下谷叢話』の人物が数多く登場する。一八三三〜一九〇九。

一六五9　**坂田篁蔭**　筑前秋月藩士・国学者。安政五年(一八五八)に隠居したが、維新後外務省に出仕した。門下に平野国臣(一八二八〜一八六四)がいる。平野国臣は、福岡藩の脱藩浪士で、生野代官所を襲撃、失敗して斬首刑に処せられた。一八一〇〜一八九七。

一六五11　**頼三樹三郎**　漢詩人。頼山陽の三男。京都に生れ、大阪で後藤松陰・篠崎小竹に学んだ。天保十四年(一八四三)、羽倉簡堂に伴われ昌平黌に入った。弘化三年(一八四六)に素行不良で退寮処分。その後、京都で尊王攘夷運動に奔走し、安政の大獄に連坐、処刑された。一八二五〜一八五九。

一六五11　**月性**　僧侶(浄土真宗)。父は、周防の光福寺住職。海防を論じる憂国の僧として知られ、各地の志士と交わった。一八一七〜一八五八。

一六五12　**世古格太郎**　世古延世(一八二四〜一八七六)のこと。格太郎は通称。伊勢松坂の造り酒屋に生れ、斉藤拙堂に漢学を、足代弘訓に国学を学んだ。諸藩の志士と交わり、獄にも繋がれた。維新後は宮内権大丞などを歴任し、古社寺保存会を結成した。一八二四〜一八七六。

一六五13　**網代弘訓**　足代弘訓(一七八四〜一八五六)のこと。伊勢外宮の権禰宜・国学者。本居学派の中心的人物として幅広い業績を残している。

一七〇11　**兪曲園**　兪樾(一八二一〜一九〇六)のこと。曲園は号。清末の考証学者。浙江徳清の人。道光三十年(一八五〇)の進士。『春在堂全書』四百八十巻がある。

一七一8　**中沢雪城**　書家。越後長岡藩士の家に生れ、藩校崇徳館に学ぶ。天保七年(一八三六)に江戸に出て、巻菱湖に書を学んだ。一八一〇〜一八六六。

一七一8　**春田九皐**　儒者。浜松藩士の家に生れ、佐藤一斎に学んだ。その後、藩を致仕し、江戸に家塾を開いた。曽我耐軒(一八一六〜一八七〇)の兄。一八一二〜一八六二。

一七二5　**江戸払**　追放刑の一つ。江戸からの追放。

一七二6　**押込**　自由刑の一つ。一定の期間、自宅に謹慎させ、門を閉じて外出を禁止した。

一七三10　**内藤耻叟**　水戸藩士・歴史家。別号は碧海。水戸藩士の家に生れ、会沢正志斎・藤田東湖に学んだ。慶応元年(一八六五)、藩校弘道館教授頭取。幕末を謹慎、再登用、逃亡と波乱の中で過ごした。維新後、小石川区長、東京帝国大学文科大学教授などを歴任し、『安政紀事』など多数の著書がある。一八二七〜一九〇三。

一七四1　『花月新誌』　随筆雑誌。朝野新聞社社長であった成島柳北が創刊した。明治十年(一八七七)一月四日創刊。明治十七年(一八八四)十月末日第百五十五号で廃刊。

一八一6　祝融　中国の火の神。祝融の災で火災をいう。

一八一8　篋衍　箱をいう。篋も衍も箱の一種。

一八一10　遼豕　視野が狭くてひとりよがりであること。遼東の豕ともいう。遼東の人が白頭のブタが生れたのを珍しく思い、献上しようと河東まで来たところ、河東では白頭のブタばかりであった。『後漢書』朱浮伝に見える。

一八二7　舛漏　錯誤と遺漏。

一八二10　蔗境　読んでいて次第に面白くなっていく部分。佳境に同じ。蔗は、さとうきび。先端から食べ始めて根元に近づく程あまくなる。『世説新語』排調篇に見える顧愷之の言に基づく。

一八三13　広瀬青村　儒者。広瀬淡窓の養子。もと矢野氏。豊前下毛郡真坂村の人。淡窓の咸宜園で学び、二代塾主をつとめた。文久二年(一八六二)、豊後府内藩賓師となり、藩校遊焉館で教授。明治に入って、修史局などに出仕した後、東京牛込神楽坂に東宜園を開いた。その後、華族学校・山梨県学徽典館に勤務。一八一九～一八八四。

一八三13　植村蘆洲　漢詩人。幕府与力の家に生れた。大沼枕山の門下。一八三〇～一八八五。

一八三13　小橋橘陰　尊王攘夷派の儒者。讃岐香川郡円座村の人。藤森弘庵に学んだという。江戸で私塾を開き、幕府の内情を探った。越後与板藩の賓師。一八二四～一八七九。

一八二14　**桂川月池**　医者。弘化三年(一八四六)、将軍侍医。西洋医学所教授。受業生に中村正直がいた。『和蘭辞彙』を出版。文久三年(一八六三)、成島柳北と英学研究を始めた。明治元年(一八六八)、隠居。森島新悟と改名して、浅草に薬局を開いた。森島は、桂川家一世の元の姓。一八二六〜一八八一。

一八三1　**遠田木堂**　奥医者。別号は澄庵。

一八三1　**春木南華**　画家。名は麟。通称は扇之助。祖父の南湖も父の南溟(一七九五〜一八七八)も画家。南画を基礎に洋画を能くした。一八一九〜一八六六。

一八五1　**風神脱灑**　風神は、人柄。脱灑は、洒脱に同じで、俗気がなくさっぱりしている。

一八五1　**柴棘**　しばやいばら。ここでは先が尖っていて傷つけるものという意。『世説新語』軽詆篇に見える竺法深の語に基づく。

一九〇3　**光映**　僧侶(天台宗)。俗姓は、一説に財前氏。文政十三年(一八三〇)に出家。佐幕派の僧として活動した。維新後は比叡山に帰り、第二百三十三代座主。一八一九〜一八九五。

一九〇3　**高斎単山**　書家・漢詩人。信濃長野村の人。田安家の家臣高斎氏の養子となる。もと滝沢氏。書を巻菱湖に学ぶ。門人に諸大名の他アーネスト・サトウ。一八一八〜一八九〇。

一九一4　**長野豊山**　儒者。伊予川之江の人。大阪で中井竹山に学び、さらに江戸に出て昌平黌で柴野栗山・古賀精里・尾藤二洲に学んだ。麻布に家塾啓秀社を開く。伊勢神戸藩の藩校教倫堂、また上野前橋藩の藩校博喩堂で教授した。一七八三〜一八三七。

一九三9　**盤桓**　ぐるぐるめぐることだが、ここでは一緒にたむろしたことをいうのであろう。

一九四2　**纒擾**　まとわりついて煩わしい状態。口語系統の語彙。

一九四9　**帳帷関寂、行李蕭然タリ**　帳帷は、とばり。関寂は、人気がなく静まりかえっているさま。行李は、旅行の荷物。蕭然は、もの寂しいさま。

一九八1　**沢井鶴汀**　儒者。遠江榛原郡金谷町の商家に生れ、江戸で漢学を学び、長崎で医学を学んだ。各地を遊歴し、江戸で没した。一八一二～一八六一。

一九八1　**釈智仙**　法願(一八〇五～一八五八)のこと。智仙は字。俗姓は高埜。武蔵埼玉郡麦塚村の人。武蔵児玉郡最法寺(真言律)四世。

二〇〇4　**福田半香**　画家。遠江磐田郡見付の人。掛川藩の絵師村松笠斎に学び、江戸に出て渡辺崋山(一七九三～一八四一)に学んだ。一五〇四～一八六四。

二〇四10　**野村藤陰**　儒者。美濃大垣藩士の家に生れた。大阪の後藤松陰、伊勢津藩儒斉藤拙堂に学び、さらに藩命によって江戸に出て塩谷宕陰に学んだ。藩校講官、侍講、督学をつとめ、明治以後、一時出仕したが、帰郷して鶏鳴塾を開いて教授した。一八二七～一八九九。

二〇四11　**菱田海鷗**　儒者。美濃大垣藩侍講菱田毅斎(一七八四～一八五七)の六男。江戸に出て安積艮斎に学び、藩老の小原鉄心(一八一七～一八七二)に認められ、藩校で教授。維新後は福島県知事などを歴任した。一八三六～一八九五。

二〇四11　**菅竹洲**　大垣藩の儒官。『亦奇録』は、小原鉄心・野村藤陰・菱田海鷗・菅竹洲の作。

二〇六7　**逆旅**　宿屋。

二〇六12　**御足高**　禄高の低いものを重要な役職に着けた場合、不足分を手当てした制度で、八代将軍徳川吉宗が人材登用などを目的に採用した。

二〇七14　**福島柳圃**　画家。武蔵那珂郡湯本村の人。はじめ四条派の柴田是真(一八〇七〜一八九一)に学び、のち南画に転じて、明治初期の南画壇に重きをなした。一八二〇〜一八八九。

二二五9　**野田笛浦**　儒者。丹後田辺の人。江戸に出て、古賀精里・侗庵に学ぶ。帰郷して田辺藩儒臣。一七九九〜一八五九。

二二五9　**古賀謹堂**　古賀茶渓(一八一六〜一八八四)のこと。謹堂は別号。古賀侗庵の子。弘化三年(一八四六)、昌平黌儒者見習。その後、洋学を志し、蕃書調所頭取などを歴任した。明治政府には出仕しなかった。

二二六3　**機杼伊鴉トシテ**　機杼は、機織のハタとヒ。伊鴉は、擬音語で、咿啞に同じ。舟のかいがきしるような音を表わす。

二二七13　**松本奎堂**　三河刈谷藩士。昌平黌に学び、藩の教授となったが、辞職。後に天誅組の乱を起こし、自刃した。一八三一〜一八六三。

二二七13　**松林飯山**　儒者。肥前大村藩医の家に生れた。藩命で江戸に出て、昌平黌に学び、また京阪にも遊学した。郷里で藩政に参画したが、佐幕派に暗殺された。一八三九〜一八六七。

二三〇1　**郛門**　城壁の門。

二三三5　**寺崎正憲**　武蔵忍藩儒。号は梅坡。『梅坡詩鈔』がある。明治二十年(一八八七)頃没。

二三三12　**喃喃トシテ**　よく口を動かすさま。

二三九3　**独弥止**　当て字で、一宮(尾張)をいうか。

二四三6　**渡辺小華**　画家。渡辺崋山の次男。崋山の自刃後、福田半香の勧めで、椿椿山に入門。明治初期の南画壇の重鎮。一八三五〜一八八七。

二四三6　**奥原晴湖**　下総古河藩家老の三女。福田半香に学ぶ。慶応元年(一八六五)、下谷摩利支天横丁に移り住んだ。明治七年(一八七四)、鷲津毅堂・川上冬崖ら下谷文人グループで半閑社を結成した。一八三七〜一九一三。

二四三8　**西田春耕**　画家。江戸の人。南画を能くした。一八四五〜一九一〇。

二四三11　**魚住荊石**　画家。越後の人。大阪に在住し、南画を能くした。安政(一八五四〜一八六〇)頃の人。

二四三11　**秦隆古**　高久隆古(一八〇一〜一八五九)のこと。画家。奥州白河の人。一説に下野の人。依田竹谷に学ぶ。

二四三11　**山本琴谷**　画家。石見津和野の人。渡辺崋山に学ぶ。一八一一〜一八七三。

二四三13　**川辺御楯**　画家。筑後山門郡柳川上町の人。狩野派を学び、土佐派を研究。幕末期には国事に奔走した。明治十年代半ばより、数々の秀作歴史画を残す。一八三八〜一九〇五。

二四八5　**白井権八**　歌舞伎(「鈴ヶ森」など)の登場人物で、美男のおたずね者。

二三一9　籾山衣洲　漢詩人。尾張布土の人。詩を森春濤・鈴木松塘に学ぶ。荷風の父永井久一郎の友人。転々と各地の新聞・雑誌などの編集に携わった。明治の末に大阪で通信教育の崇文会を起して生活の糧とし、独自の詩境を追求した。一八五五〜一九一九。

二五五5　杉浦梅潭　漢詩人。幕臣の家に生れ、同じ幕臣の杉浦氏の養子となる。もと久須美氏。儒学を大橋訥庵(一八一六〜一八六二)に学び、詩を大沼枕山に学ぶ。実務処理に長けた開明的な幕府官僚として開成所頭取・箱館奉行などを歴任した。また明治政府に出仕し、開拓使判官などを歴任。明治十年(一八七七)に隠退し、翌年には向山黄村と晩翠吟社を開いた。恩師大沼枕山の晩年の窮状に援助の手を差し伸べ、また礼を尽くした弟子である。日記の一部が『杉浦梅潭目付日記：文久二年—元治元年』(みずうみ書房、一九九一)、『杉浦梅潭箱館日記：慶応二年—慶応四年』(みずうみ書房、一九九一)として公刊されている。なお杉浦家で保存されてきた梅潭資料の一切が国文学研究資料館に寄贈され、現在は同館に所蔵されている。一八二六〜一九〇〇。

(成瀬哲生)

解説

一、『下谷叢話』小史

幕末明治初期の漢詩人大沼枕山《おおぬまちんざん》と鷲津毅堂《わしづきどう》、対照的な二人の伝を軸に語られる『下谷叢話』は、この岩波文庫版で、テキストとして、七度目のバージョンになる。そして荷風の与《あず》かり知らぬ手が多く加わっているという点では、最初のテキストである。どのような手が加わっているかについては、後に述べるとして、はじめに『下谷叢話』がテキストとして経てきた変遷を素描しておきたい。

大正十三年(一九二四)二月一日発行の雑誌『女性』第五巻第二号に「下谷のはなし」として「一」から「四」までが掲載された。これが『下谷叢話』が世間の目に触れた最初である。以後毎月連載され、七月一日発行第六巻第一号の「二十三」から「二十九」の掲載を以て終わった。「自序」に「初稿ノ前半ヲ月刊ノ一雑誌ニ連載」とあるのは、『下谷叢話』が鷲津毅堂(明治十五年十月五日没、享年五十八)と大沼枕山(明治二十四年十月一日没、享年七十四)の死後にまで話が及ぶのに対して、「下谷のはなし」は、毅堂四十三歳・枕山五十歳の慶応三年(一八六七)で擱筆《かくひつ》されているからである。連載中の「下谷のはなし」に対して、菊池寛が「自分の名前」(『文芸春秋』大正十三年三月・高松市菊池寛記念館『菊池寛全集』第二十四巻所収)と題して、「現代文人の無学無文字を嘲《あざけ》っている荷風先生にして、肝心の姓名を誤書するに至っては沙汰の限りである。」と菊池五山(菊池寛の遠祖の実弟)が菊地五山と誤書されていることを取り上げて批難した。この「下谷のはなし」(『下谷叢話』初出)は、『荷風全集』(岩波書店)の旧版は第二十九巻に、新版では第十五巻に収められている。いわば参考資料であるから、初出の原形を保ち、たとえば菊池は菊地のままである。

その後、「下谷のはなし」の完成に向かって荷風の努力が続けられた。大正十三年(一九二四)十二月に第一次脱稿、大正十四年(一九二五)二月十七日に第二次脱稿、「下谷のはなし」は、『下谷叢話』と改題された。しかし、第二次脱稿でも不十分で、その後も手が加えられ、ようやく六月十七日に荷風は『下谷叢話』の草稿を製本している。大正十五年初春に書かれた「自序」で「当初稿ヲ脱セシ時ヨリ半歳ヲ過ギ」の「稿ヲ脱セシ時」は、『下谷叢話』の草稿を製本した六月十七日と照応する。この『下谷叢話』草稿本が大正十五年(一九二六)三月二十日発行の『下谷叢話』(春陽堂)になる。

ところが、春陽堂版『下谷叢話』の発行に先立って、正宗白鳥が「土と荷風集」と題して、『女性』に連載された「下谷のはなし」にも言及し、「豊艶の才華も色が褪《あ》せ香《にお》いの薄れたことを認めないではいられなかった。芸術的神経の硬化したことが感ぜられた。若い頃の美人が俄《にわ》かに歳を取ったのを見るような痛ましさを覚えた。鷗外氏は老いるにつれて芸がかれて、考証的伝記を編むに相応《ふさわ》しいのであったが、荷風氏の近作は、昔の美人が皺の目立った顔に白粉を塗っているような感じがしだした。」(『中央公論』第四十一年第三号、三月一日発行・福武書店『正宗白鳥全集』第二十三巻所収)と否定的に論評した。菊池寛の批難は黙殺した荷風だが、この論評に対しては「白鳥正宗氏に答《こた》うるの書」(『女性』第九巻第四号、四月一日発行・岩波書店『荷風全集』旧版第十六巻所収、同新版第十五巻所収)を書いて、怒りも露《あら》わに正宗白鳥に反問している。荷風にしてみれば、出端《でばな》をくじこうとする悪意に映ったのかも知れない。正宗白鳥は「荷風氏の反問について」(『中央公論』第四十一年第五号、五月一日発行、福武書店『正宗白鳥全集』第二十三巻所収)で荷風の感情的な反問を沈着冷静に退《しりぞ》けている。詳しくはそれぞれの全集を参照していただきたいが、論争としては、誰が見ても、正宗白鳥の勝ちである。「鷗外の述作を読むと、当時の儒者の生活状態がよく分る上に、ある人間の一生が髣髴《ほうふつ》として眼前に浮んでくるのである。」と、荷風の尊敬する鷗外を尺度に、「荷風氏は、花柳小説その他に於いては、鷗外とはちがった傑《すぐ》れた文才を発揮しているのであるが、考証的伝記に於いては、まだ故人に及ばないことを私は見たのであった。」と再び否定的見解を示した。正宗白鳥が読んだ初出の「下谷のはなし」のみならず、『下谷叢話』も夥《おびただ》しい人名と詩文の引用によって、一般的には「雑然紛然たる雑叙」(日夏耿之介『荷風文学』所収の「下谷文人補註」の語)の印象をあたえるのは確かで、『下谷叢話』を考証的伝記として読むかぎり、正宗白鳥の見解は、今なお正しい。荷風は、鷗外に及ばないのである。

『下谷叢話』が鷗外の史伝に刺激されたものであることは、荷風の日記『断腸亭日乗』にうかがえる。大正十一年(一九二二)七月九日、鷗外が没した。鷗外没後、荷風は『鷗外全集』編纂委員の一人となり、たびたび編纂委員会に出席している。大正十二年(一九二三)二月、月一回のペースで配本が始まる。五月十七日、『渋江抽斎』(五月配本の『鷗外全集』第七巻所収)を読み、その感銘を次のように記している。

夜森先生の渋江抽斎伝を読み覚えず深更に至る。先生の文この伝記に至り更に一新機軸を出せるもの、如し。叙事細密、気魄雄勁なるのみに非らず、文致高達蒼古にして一字一句含蓄の味あり。言文一致の文体もこゝに至つて品致自ら具備し、始めて古文と頡頏することを得べし。

鷗外に私淑した荷風らしい賛辞であるが、荷風でなくては書けない賛辞とまではいえない。しかし、次の五月二十日の日記は、荷風でなくては書けない。

鷗外先生の抽斎伝をよみ本所旧津軽藩邸附近の町を歩みたくなりしかば、此日風ありしかど午後より家を出づ。津軽藩邸の跡は今寿座といふ小芝居の在るあたりなり。総武鉄道高架線の下になりて汚き小家の立つゞくのみなり。

『渋江抽斎』を読んで、本所の旧津軽藩邸跡に足を運ぶ人は、そうざらにはいないであろう。足を運んだ荷風は、足を運ばせる人でもある。『日和下駄』や『濹東綺譚』は、下町に足を運ばせる。少なくとも地図を傍《かたわ》らに読めば、遥かに興を増す作家である。空間を言語化するという点では、比類なき作家であると思う。

七月二十五日、荷風は『伊沢蘭軒』を読了し、七月二十七日、『断腸亭日乗』に「毅堂鷲津先生の事蹟を考証せんと欲す。」と記した。『下谷叢話』考証の開始である。『下谷叢話』の「第一」に「下谷の家は去年癸亥《きがい》(大正十二年)九月の一日、東京市の大半を灰にした震後の火に燬《や》かれてしまった。わたくしが茲《ここ》に下谷叢話と題して下谷の家の旧事を記述しようと思立ったのは、これによって聊《いささか》災禍の悲しみを慰めようとするの意に他《ほか》ならない。」とあるが、考証そのものは既に始めていたのである。日記の記載がより正しいとすれば、大正十五年三月の春陽堂版を遡《さかのぼ》ること、二年と半年余前である。

考証の開始から出版まで二年と半年余をかけた『下谷叢話』であるが、昭和三年(一九二八)七月三十日、鷲津毅堂の高弟村上珍休の『函峰文鈔』を購入、『下谷叢話』の謬誤遺漏の甚だしきを知り、『断腸亭日乗』に「徒《いたずら》にかゝる杜撰《ずさん》なる著述を印刷して世に公にしたることを悔るのみ」と記すこととなる。

以後『下谷叢話』の修訂作業が折々に続けられ、昭和十三年(一九三八)十一月二十八日、冨山房から『改訂下谷叢話』(冨山房百科文庫94)として出版された。冨山房版には大沼枕山の肖像が掲げられている(カバー参照)。現在最もよく知られている大沼枕山の肖像である。この肖像との出会いについて、『断腸亭日乗』の昭和六年(一九三一)十二月五日に「午後森銑三来り訪はる、帝国大学史料編纂所に蔵せらる、大沼枕山の肖像を示さる、旧武州川越なる法善寺の住職嵩古香の蔵幅なりし由」とある。荷風は、「枕山中年のころの如し」と推定している。枕山の肖像は、あと二つある。一つは、昭和十五年(一九四〇)一月二十七日、やはり森銑三に示されたもので、『文武高名録』(金港堂、明治二十六年)所載の肖像(図1)である。荷風は、枕山晩年の画像としている。枕山の没年(明治二十四年)から当然の推定と思われる。この肖像は、『永井荷風』(新潮日本文学アルバム)にも転載されており、他でも見かけることがままある。残り一つは、木下彪『明治詩話』(文中堂、昭和十八年)に見える像(図2)だが、出所がわからない。たまたま『下谷叢話』に関連する文献に眼を通していて、先にも引用した日夏耿之介の『下谷文人補註』で出所を知った。『下谷文人補註』は、枕山の肖像を掲げていないが、「明治十四年板明治人物志といふ肖像集の大沼枕山の条り」の歌と眉註を引用し、また肖像の構図を説明している。これが『明治詩話』掲載の枕山の肖像と全く一致している。前二者の中間に位置す

図 1

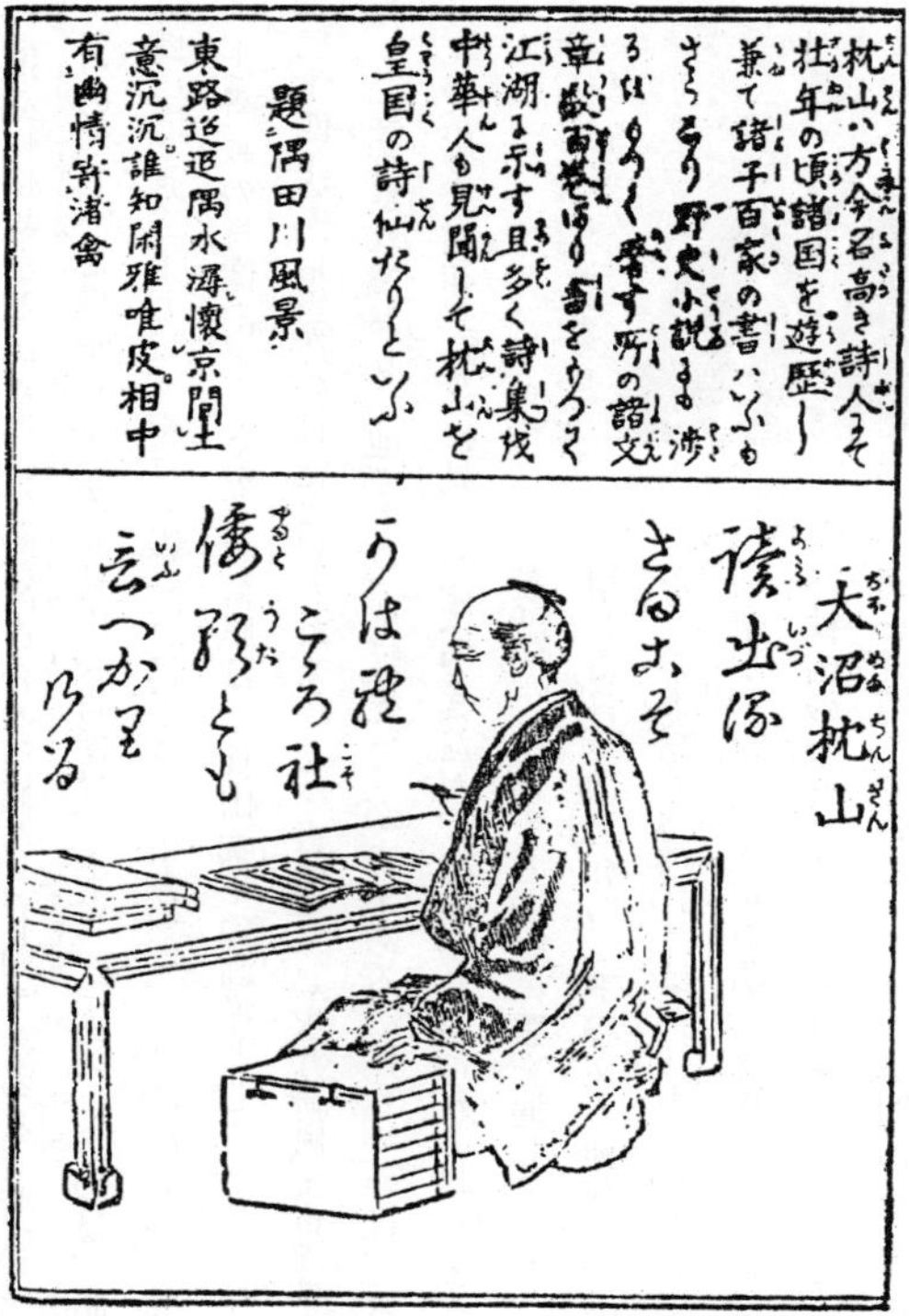
枕山ハ方今名高き詩人にそ
壮年の頃諸国を遊歴し
兼て諸子百家の書ハいふも
さらなり野史小説まで渉
るはもちろん著す所の諸文
章数百巻ほどの書をうつし
江湖に示す且多く詩集ありて
中華人も見聞して枕山を
皇国の詩仙なりといふ
題隅田川風景
東路迢迢隅水潯懐京聞土
意沉沉誰知閑雅唯皮相中
有幽情寄渚禽
大沼《おほぬま》枕《ちん》山《ざん》

図 2

る肖像ということになる。

昭和二十五年(一九五〇)八月二十五日、部分的に補筆修訂された『下谷叢話』を収める『荷風全集』第十三巻(中央公論社)が出版された。荷風自身による『下谷叢話』の修訂作業は、これが最後になった。荷風は、『下谷叢話』と大正十二年(一九二三)から二十七年も付き合ったのである。年齢(満年齢)でいえば、四十四歳から七十一歳である。

昭和三十四年(一九五九)四月三十日、荷風死去。享年八十。胃潰瘍の吐血による心臓麻痺と診断されている。『渋江抽斎』が四分の一ほどのところの頁をひらいたままになっていたという。

昭和三十八年(一九六三)十一月十二日、『下谷叢話』を収める『荷風全集』第十五巻(岩波書店、全二十八巻)が出版された。その「後記」に、中央公論社版全集第十三巻の著者控本所収本文を底本としたこと、また引用について「校定にあたっては、なるべく原典に従い、原典による批正は、少数にとどめた。」とある。岩波書店版全集は、昭和四十年代後半つまり一九七〇年代前半に第二刷(全二十九巻)、一九九〇年代前半に新版(全三十巻)が出版されている。新版第十五巻(一九九三年一二月二二日発行)所収の『下谷叢話』は、冨山房版を底本とし、原則として常用漢字表にあるものはその字体(新字体)が用いられた。同じ巻に初出（『女性』連載）を収め、また春陽堂版と中央公論社版との校異表が付されている。旧版の第一刷と第二刷にはテキスト上の異同はないので、一つのバージョンとして数えると、初出、春陽堂版、冨山房版、中央公論社全集版、岩波書店全集旧版（第一刷・第二刷）、岩波書店全集新版で六度、そして本文庫版で、既述のごとく、七度目のバージョンとなる。

二、本文庫版について

本文庫は、岩波書店版全集旧版（第二刷）を底本としている。旧字・旧仮名については、原則として、巻末の「岩波文庫（緑帯）の表記について」に従った。ただし、気づいた範囲で、文字の誤り及び句読の誤りを正した。引用の漢詩文で、荷風が訓読を施していないものは、引用原文の参考として解説者が行い、〔　〕で示した。誤りなきを期したが、思い込みは免れがたく、大方のご批正を乞う。なお現在の読者には、訓読だけでは不親切なので、注を付ける必要があるのかも知れないが、ほとんど割愛した。典故の説明も含めて注を付けるとなると、おそらく本文をしのぐ量となるであろう。解説者の今回の経験でいえば、わずかな例外を除き、『大漢和辞典』（大修館書店）と『漢語大詞典』（漢語大詞典出版社）の範囲内である。語義の曖昧が気になる向きは、手に取っていただきたい。

　ついでながら、この面倒は、近い将来、相当に軽減されるはずである。わが国で漢文と読み慣わしている古典中国語は、複数の用例から意味を帰納しやすい特色がある。この特色と中国の伝統的な知識主義とは無関係ではあるまい。用例のストックがどれだけあるか、それが読解力と表現力を左右する。中国の伝統的な知識人を読書人と呼ぶのは、ことの本質をとらえているかと思う。かつて漢詩文は、原文のままか、せいぜい返り点を付しただけで出版された。知識の集積がそれを可能にしていた。荷風の引用の仕方も知識の集積を多かれ少なかれ前提にしている。『下谷叢話』の登場人物たちは、日本の風土に現れた読書人である。読書人ならざる解説者は、多くを『大漢和辞典』と『漢語大詞典』に頼らざるを得なかった。思うに、戦後世代で辞書を引かずに中国の古典を読める人はいないであろう。『大漢和辞典』や『漢語大詞典』の出現は、読書人退場の裏返しである。

　しかし、そろそろ調べることに時間とエネルギーを費やす必要はなくなりそうである。中国の膨大な古典が恐るべきスピードで電子化され、その多くがインターネット上で公開されているからである。のみならず、巻数でいえば、七万九千七十巻の『四庫全書』

が既に全文検索版でCD-ROM化されている。漢字は、特に検索という点で、コンピュータとすこぶる相性がよい。本書のような書物も今後は格段に読みやすくなることと予想される。

またもともと日本の漢詩文には異言語異文化の受容と変容という普遍的なテーマが隠されている。幕末明治初期の高度に日本語と中国語という二重言語を楽しんだ時代の様相を広く眺めわたせる条件が、特に漢詩については、整いつつあると思う。ここで敢えて中国語ということばを使ったが、多少の理由がある。彼らが中国語でオーラル・コミュニケーションができたということではなく、彼らの用語に口語系統の語彙《ごい》(俗語)が目立つからである。言い換えると、漢和辞典には載っておらず、中国語辞典には載っているというような語彙が目立つ。この俗語への関心は、以後の欧米をモデルとした近代日本から急速に失われていく。しかし、中国語学習者が増えて中国語の辞書がふんだんに出回る最近では、このことはさほどの障害ではなくなってきている。一方で汲古書院から『詞華集日本漢詩』(全十一巻)、『詩集日本漢詩』(全二十巻)、『紀行日本漢詩』(全四巻)が出版されており、文献によっては、荷風の時代よりも身近に提供されている。既に楽しもうと思えば、それなりに楽しめないことはないのである。

三、『下谷叢話』の魅力

荷風は、幕末明治初期の下谷という小さな地点からの眺めが記録に値するものであることを、『下谷叢話』で残そうとした。鷗外の史伝と異なるのは、この眺めるという空間的感覚なのだと思う。下谷という小さな地点からの眺めであるために、昌平黌《しょうへいこう》系統の漢詩人たちの多くが視野から外れているが、荷風は、枕山と毅堂のみならず、眺めの中に入ってくる人物を可能なかぎり、読み手の脳裏に刻まれるよう、資料を小説的に駆使した。たとえば『渋江抽斎』に続編が書かれることは想像しがたい。しかし、『下谷叢話』には、続編があり得るのである。枕山や毅堂の周辺に点綴《てんてつ》される人物たちは、その人物像に刺激があって、別に伝があればと思うような、そんな魅力に富んでいる。最初その名に言及したに過ぎなかったはずの人物が、読み進むにつれて、輪郭のある人物像として示される。荷風が意識的に構成した技巧と思うが、実に効果的である。こいつは誰だろうと気になった場合はもとより、気にならなかった場合も、数多くの人物との出会いが周到に用意されている。『下谷叢話』の読者の中から、点綴された人物への興味をかきたてられ、『下谷叢話』の続編ともいうべき考証が生れてくるのは、一種の必然である。

『下谷叢話』の方法には、考証が考証を呼んで広がる力がある。この力は、鷗外の史伝を上回る。鷗外の史伝の二番煎じと見るのは、単純に過ぎよう。荷風は、鷗外と異なる方法を意識的に選んでいるのである。

たとえば、前田愛氏の一連の仕事、とりわけ『成島柳北』(朝日評伝選11、朝日新聞社・『前田愛著作集』第一巻所収、筑摩書房)を読めば、驚くべきすぐれた『下谷叢話』続編であると知られる。『下谷叢話』は、『成島柳北』という続編の登場によって、作品としての構造的力を鮮やかに証明されたのだと思う。その意味で、『成島柳北』は、最も魅惑的な『下谷叢話』論でもあると思う。荷風は、「自序」において石黒万逸郎『有隣舎と其学徒』(一宮高等女学校校友会)の併読を勧めているが、今日では稀覯本《きこうぼん》に属し、所蔵機関も極めて限られている。一般には不可能に近い。むしろ今日において併読すべきは、前田愛『成島柳北』であることを疑わない。荷風が借覧し、『下谷叢話』に引用されてもいる成島柳北の日記『硯北日録』、その一部が前田愛氏の手に入る奇縁と介在する人間模様といい、日記の解読から浮び上がる柳北像といい、『下谷叢話』を凌《しの》ぐ面白さである。

解説者は、たまたま古書店の目録で『硯北日録――成島柳北日記』(太平書屋、平成九年十一月)を見かけ、ただちに購入して、一種のショックを受けた。前田愛氏が以前に亡くなられたことは知っていたが、前田愛氏旧蔵の『硯北日録』が海を越えて、コーネル大学所蔵となっていることを全く知らなかったのである。

購入した『硯北日録――成島柳北日記』は、前田愛氏旧蔵の『硯北日録』の影印本で、一枚のコピーが挿まれていた。前所有者が心覚えにコピーされ、挿んでおかれたのであろう。コピーは、延広真治「コーネル大学所蔵前田文庫」である。前所有者の手で、岩波季刊『文学』一九九八冬(九巻一号)〝文学のひろば〟欄、とメモされていた。このコピーが挿まれていなければ、海を渡ったことを今も知らなかったと思う。グローバル化とは、日本から出て行くことでもあると、つくづく思い知らされた。海を渡るに際して、延広真治氏の尽力によって影印本が刊行されたのであるから、かえってよかったのかも知れないが、閑却視されている日本の漢詩文に対する文化状況を考えると、海外への流出は、おそらく『硯北日録』に止まらないであろう。

横道に逸れ過ぎたが、『下谷叢話』には、読み手の関心を引き出すために、考証というスタイルを逆用し、事実の記述に止めることで、かえって理由を謎めかしたと思えるフシもある。

第四十三は、一人での歩行もままならず、耳目の感覚機能も失おうとしていた最晩年の枕山を読み手にイメージさせた上で、死の前年である明治二十三年春、仲御徒町《なかおかちまち》三枚橋の旧宅を売り払って下谷花園町十五番地暗闇坂に転居した事実が記されている。続いて「その年神戸の人西川久吉の次男善次郎をして家を継がせ長女かねを娶せた。」とあるので、読み手としては、老いて身体も不自由になった枕山が娘夫婦のために敢えて転居したのだと思う。ところが読み進むと、「枕山の没した後その遺族は幾くもなくして花園町の家を去り小石川区指ヶ谷町に移転した。」という一文にぶつかる。最晩年の転居が必ずしも娘夫婦のためのものではなかったらしいと、ここで気づかされる一方、何のための転居であったのか、疑問が宙吊りになるように仕向けられてもいる。

調べてみると、如何にも枕山らしい理由がある。枕山の長女かねに取材した荷風が知らなかったはずがない。荷風は、読者に枕山晩年の真骨頂を探させようとしたのだと思う。

作者が書かなかったことを、解説者が書くわけにはいかない。不親切かつもったいぶった話だが、書かないこととする。その気になれば、誰にでも調べられることと思う。そこにおのずと人それぞれの物語も生じよう。ことほどさように、『下谷叢話』は、実に多くの物語の始まりなのである。

成瀬哲生

〔編集付記〕

一、本書の底本には、『荷風全集』第十五巻(岩波書店、一九七二年四月)を用いた。

一、左記の要項に従って表記を改めた。

岩波文庫(緑帯)の表記について

近代日本文学の鑑賞が若い読者にとって少しでも容易となるよう、旧字・旧仮名で書かれた作品の表記の現代化をはかった。そのさい、原文の趣をできるだけ損なうことがないように配慮しながら、次の方針にのっとって表記がえをおこなった。

(一) 旧仮名づかいを現代仮名づかいに改める。ただし、原文が文語文であるときは旧仮名づかいのままとする。

(二) 「常用漢字表」に掲げられている漢字は新字体に改める。

(三) 漢字語のうち代名詞・副詞・接続詞など、使用頻度の高いものを一定の枠内で平仮名に改める。

(四) 平仮名を漢字に、あるいは漢字を別の漢字にかえることは、原則としておこなわない。

(五) 振り仮名を次のように使用する。

(イ) 読みにくい語、読み誤りやすい語には現代仮名づかいで振り仮名を付す。

(ロ) 送り仮名は原文どおりとし、その過不足は振り仮名によって処理する。

例、明に→明《あきらか》に

(岩波文庫編集部)

下谷叢話《したやそうわ》

2000年9月14日　第1刷発行
2019年7月12日　第3刷発行

著　者　永井荷風《ながいかふう》

発行者　岡本　厚

発行所　株式会社　岩波書店
〒101-8002　東京都千代田区一ツ橋2-5-5
案内 03-5210-4000　営業部 03-5210-4111
文庫編集部 03-5210-4051
https://www.iwanami.co.jp/

印刷・三陽社　カバー・精興社　製本・中永製本

ISBN 4-00-310428-5　　Printed in Japan

読書子に寄す

——岩波文庫発刊に際して——

岩波茂雄

真理は万人によって求められることを自ら欲し、芸術は万人によって愛されることを自ら望む。かつては民を愚昧ならしめるために学芸が最も狭き堂宇に閉鎖されたことがあった。今や知識と美とを特権階級の独占より奪い返すことはつねに進取的なる民衆の切実なる要求である。岩波文庫はこの要求に応じそれに励まされて生まれた。それは生命ある不朽の書を少数者の書斎と研究室とより解放して街頭にくまなく立たしめ民衆に伍せしめるであろう。近時大量生産予約出版の流行を見る。その広告宣伝の狂態はしばらくおくも、後代にのこすと誇称する全集がその編集に万全の用意をなしたるか。千古の典籍の翻訳企図に敬虔の態度を欠かざりしか。さらに分売を許さず読者を繫縛して数十冊を強うるがごとき、はたしてその揚言する学芸解放のゆえんなりや。吾人は天下の名士の声に和してこれを推挙するに躊躇するものである。このときにあたって、岩波書店は自己の責務のいよいよ重大なるを思い、従来の方針の徹底を期するため、すでに十数年以前より志して来た計画を慎重審議この際断然実行することにした。吾人は範をかのレクラム文庫にとり、古今東西にわたって文芸・哲学・社会科学・自然科学等種類のいかんを問わず、いやしくも万人の必読すべき真に古典的価値ある書をきわめて簡易なる形式において逐次刊行し、あらゆる人間に須要なる生活向上の資料、生活批判の原理を提供せんと欲する。この文庫は予約出版の方法を排したるがゆえに、読者は自己の欲する時に自己の欲する書物を各個に自由に選択することができる。携帯に便にして価格の低きを最主とするがゆえに、外観を顧みざるも内容に至っては厳選最も力を尽くし、従来の岩波出版物の特色をますます発揮せしめようとする。この計画たるや世間の一時の投機的なるものと異なり、永遠の事業として吾人は微力を傾倒し、あらゆる犠牲を忍んで今後永久に継続発展せしめ、もって文庫の使命を遺憾なく果たさしめることを期する。芸術を愛し知識を求むる士の自ら進んでこの挙に参加し、希望と忠言とを寄せられることは吾人の熱望するところである。その性質上経済的には最も困難多きこの事業にあえて当たらんとする吾人の志を諒として、その達成のため世の読書子とのうるわしき共同を期待する。

昭和二年七月

《日本文学（古典）》〔黄〕

古事記　倉野憲司校注
記紀歌謡集　武田祐吉校註
日本書紀　全五冊　坂本太郎・家永三郎・井上光貞・大野晋校注
万葉集　全五冊　佐竹昭広・山田英雄・工藤力男・大谷雅夫・山崎福之校注
原文 万葉集　全二冊　佐竹昭広・山田英雄・工藤力男・大谷雅夫・山崎福之校注
竹取物語　阪倉篤義校訂
伊勢物語　大津有一校注
玉造小町子壮衰書 ―小野小町物語　杤尾武校注
古今和歌集　佐伯梅友校注
土左日記　紀貫之　鈴木知太郎校注
蜻蛉日記　今西祐一郎校注
源氏物語　全九冊（既刊二冊）　柳井滋・室伏信助・大朝雄二・鈴木日出男・藤井貞和・今西祐一郎校注
枕草子　池田亀鑑校訂
和泉式部日記　清水文雄校注
和泉式部集・和泉式部続集　清水文雄校注
更級日記　西下経一校注

今昔物語集　全四冊　池上洵一編
三条西家本 栄花物語　全三冊　三条西公正校訂
堤中納言物語　大槻修校注
新訂 梁塵秘抄　後白河院撰　佐佐木信綱校訂
西行全歌集　久保田淳・吉野朋美校注
梅沢本 古本説話集　川口久雄校訂
後撰和歌集　松田武夫校訂
古語拾遺　斎部広成撰　西宮一民校注
王朝漢詩選　小島憲之編
王朝物語秀歌選　全二冊　樋口芳麻呂校注
落窪物語　藤井貞和校注
新訂 方丈記　市古貞次校注
新訂 新古今和歌集　佐佐木信綱校訂
金槐和歌集　源実朝　斎藤茂吉校訂
新訂 徒然草　西尾実・安良岡康作校注
平家物語　全四冊　梶原正昭・山下宏明校注
水鏡　和田英松校訂

神皇正統記　北畠親房　岩佐正校注
吾妻鏡　全八冊　竜粛訳注
宗長日記　島津忠夫校注
御伽草子　全二冊　市古貞次校注
王朝秀歌選　樋口芳麻呂校注
わらんべ草　大蔵虎明　笹野堅校訂
千載和歌集　久保田淳校注　藤原俊成撰
謡曲選集 読む能の本　野上豊一郎編
東関紀行・海道記　玉井幸助校訂
おもろさうし　外間守善校注
太平記　全六冊　兵藤裕己校注
好色五人女　井原西鶴　東明雅校註
日本永代蔵　井原西鶴　東明雅校訂
武道伝来記　井原西鶴　横山重・前田金五郎校注
芭蕉紀行文集 付嵯峨日記　中村俊定校注
芭蕉おくのほそ道 付曾良旅日記・奥細道菅菰抄　萩原恭男校注
芭蕉俳句集　中村俊定校注

芭蕉文集　潁原退蔵編註
芭蕉俳文集 全二冊　堀切実編注
芭蕉自筆 奥の細道　上野洋三・櫻井武次郎校注
蕪村俳句集 付 春風馬堤曲 他二篇　尾形仂校注
蕪村書簡集　大谷篤蔵・藤田真一校注
蕪村七部集　伊藤松宇校訂
蕪村文集　藤田真一編注
曾根崎心中・冥途の飛脚 他五篇　近松門左衛門　祐田善雄校注
国性爺合戦・鑓の権三重帷子　近松門左衛門　和田万吉校訂
東海道四谷怪談　鶴屋南北　河竹繁俊校訂
鶉衣 全二冊　横井也有　堀切実校注
近世畸人伝　伴蒿蹊　森銑三校註
玉くしげ・秘本玉くしげ　本居宣長　村岡典嗣校訂
雨月物語　上田秋成　長島弘明校注
新訂 一茶俳句集　丸山一彦校注
増補 俳諧歳時記栞草 全二冊　曲亭馬琴編　藍亭青藍補　堀切実校注
近世物之本江戸作者部類　曲亭馬琴　徳田武校注

北越雪譜　鈴木牧之編撰　京山人百樹刪定　岡田武松校訂
東海道中膝栗毛 全二冊　十返舎一九　麻生磯次校注
浮世床　式亭三馬　和田万吉校訂
日本外史 全三冊　頼山陽　頼成一・頼惟勤訳
百人一首一夕話 全二冊　尾崎雅嘉　古川久校訂
わらべうた ―日本の伝承童謡　町田嘉章・浅野建二編
誹諧 武玉川 全四冊　山澤英雄校訂
雑兵物語・おあむ物語 附 おきく物語　中村通夫・湯沢幸吉郎校訂
芭蕉臨終記 花屋日記 付 芭蕉翁終焉記・前後日記・行状記　小宮豊隆校訂
俳家奇人談・続俳家奇人談　竹内玄玄一　雲英末雄校注
砂払 ―江戸小百科 全二冊　山中共古　中野三敏校訂
与話情浮名横櫛 切られ与三　瀬川如皐　河竹繁俊校訂
江戸怪談集 全三冊　高田衛編・校注
蕉門名家句選 全二冊　堀切実編注
耳嚢 全三冊　根岸鎮衛　長谷川強校注
色道諸分 難波鉦 ―遊女評判記　酉水庵無底居士　中野三敏校注
弁天小僧・鳩の平右衛門　黙阿弥　河竹繁俊校訂

実録先代萩　黙阿弥　河竹繁俊校訂
橘曙覧全歌集　水島直文・橋本政宣編注
嬉遊笑覧 全五冊　喜多村筠庭　長谷川強・江本裕・渡辺守邦・岡雅彦・花田富二夫・石川了校訂
井月句集　復本一郎編
江戸端唄集　倉田喜弘編

《日本思想》〔青〕

風姿花伝 (花伝書)　世阿弥　野上豊一郎・西尾実校訂
世阿弥 申楽談儀　表章校註
五輪書　宮本武蔵　渡辺一郎校注
政談　荻生徂徠　辻達也校注
葉隠 全三冊　山本常朝　和辻哲郎・古川哲史校訂
童子問　伊藤仁斎　清水茂校注
養生訓・和俗童子訓　貝原益軒　石川謙校訂
貝原益軒 大和俗訓　石川謙校訂
都鄙問答　石田梅岩　足立栗園校訂
町人嚢・百姓嚢・長崎夜話草　西川如見　飯島忠夫・西川忠幸校訂
日本水土考・水土解弁・増補華夷通商考　西川如見　飯島忠夫・西川忠幸校訂

蘭学事始　杉田玄白　緒方富雄校註
吉田松陰書簡集　広瀬豊編
塵劫記　吉田光由　大矢真一校注
兵法家伝書　付 新陰流兵法目録事　柳生宗矩　渡辺一郎校注
南方録　西山松之助校注
人国記・新人国記　浅野建二校注
上宮聖徳法王帝説　東野治之校注
霊の真柱　平田篤胤　子安宣邦校注
世事見聞録　武陽隠士　本庄栄治郎校訂　奈良本辰也補訂
茶湯一会集・閑夜茶話　井伊直弼　戸田勝久校注
新訂 海舟座談　巌本善治編　勝部真長校注
西郷南洲遺訓　附 手抄言志録及遺文　山田済斎編
文明論之概略　福沢諭吉　松沢弘陽校注
新訂 福翁自伝　富田正文校訂
学問のすゝめ　福沢諭吉
日本道徳論　西村茂樹　吉田熊次校
新島襄の手紙　同志社編

新島襄 教育宗教論集　同志社編
近時政論考　陸羯南
日本の下層社会　横山源之助
中江兆民 三酔人経綸問答　桑原武夫・島田虔次訳・校注
新訂 蹇蹇録　―日清戦争外交秘録　陸奥宗光　中塚明校注
茶の本　岡倉覚三　村岡博訳
新撰讃美歌　植村正久・奥野昌綱・松山高吉編
武士道　新渡戸稲造　矢内原忠雄訳
余はいかにしてキリスト信徒となりしか　内村鑑三　鈴木範久訳
代表的日本人　内村鑑三　鈴木範久訳
後世への最大遺物・デンマルク国の話　内村鑑三
内村鑑三所感集　鈴木俊郎編
求安録　内村鑑三
宗教座談　内村鑑三
ヨブ記講演　内村鑑三
足利尊氏　山路愛山
豊臣秀吉 全二冊　山路愛山

善の研究　西田幾多郎
西田幾多郎哲学論集 I　―場所・私と汝 他六篇　上田閑照編
西田幾多郎哲学論集 II　―論理と生命 他四篇　上田閑照編
西田幾多郎哲学論集 III　―自覚について 他四篇　上田閑照編
西田幾多郎随筆集　上田閑照編
帝国主義　幸徳秋水　山泉進校注
日本の労働運動　片山潜
明六雑誌 全三冊　山室信一・中野目徹校注
吉野作造評論集　岡義武編
貧乏物語　河上肇　大内兵衛解題
河上肇 自叙伝 全五冊　杉原四郎・一海知義編
河上肇評論集　杉原四郎編
中国文明論集　宮崎市定　礪波護編
中国史 全二冊　宮崎市定
大杉栄評論集　飛鳥井雅道編
女工哀史　細井和喜蔵
寒村自伝 全二冊　荒畑寒村

遠野物語・山の人生　柳田国男
青年と学問　柳田国男
木綿以前の事　柳田国男
こども風土記・母の手毬歌　柳田国男
不幸なる芸術・笑の本願　柳田国男
海上の道　柳田国男
野草雑記・野鳥雑記　柳田国男
婚姻の話　柳田国男
都市と農村　柳田国男
十二支考　全二冊　南方熊楠
文学に現はれたる我が国民思想の研究　全八冊　津田左右吉
特命全権大使 米欧回覧実記　全五冊　久米邦武編　田中彰校注
明治維新史研究　羽仁五郎
古寺巡礼　和辻哲郎
風土—人間学的考察　和辻哲郎
イタリア古寺巡礼　和辻哲郎
日本精神史研究　和辻哲郎

倫理学　全四冊　和辻哲郎
人間の学としての倫理学　和辻哲郎
日本倫理思想史　全四冊　和辻哲郎
時と永遠　他八篇　波多野精一
宗教哲学序論・宗教哲学　波多野精一
「いき」の構造　他二篇　九鬼周造
九鬼周造随筆集　菅野昭正編
偶然性の問題　九鬼周造
時間論　他二篇　九鬼周造　小浜善信編
人間と実存　九鬼周造
法窓夜話　全二冊　穂積陳重
復讐と法律　穂積陳重
パスカルにおける人間の研究　三木清
古代国語の音韻に就いて　他二篇　橋本進吉
漱石詩注　吉川幸次郎
吉田松陰　徳富蘇峰
林達夫評論集　中川久定編

新版 きけわだつみのこえ—日本戦没学生の手記　日本戦没学生記念会編
新版 第二集 きけわだつみのこえ—日本戦没学生の手記　日本戦没学生記念会編
君たちはどう生きるか　吉野源三郎
地震・憲兵・火事・巡査　山崎今朝弥　森長英三郎編
懐旧九十年　石黒忠悳
武家の女性　山川菊栄
わが住む村　山川菊栄
山川菊栄評論集　鈴木裕子編
覚書 幕末の水戸藩　山川菊栄
おんな二代の記　山川菊栄
忘れられた日本人　宮本常一
家郷の訓　宮本常一
酒の肴・抱樽酒話　青木正児
大阪と堺　三浦周行　朝尾直弘編
新編 歴史と人物　三浦周行　林屋辰三郎・朝尾直弘編
国家と宗教—ヨーロッパ精神史の研究　南原繁
石橋湛山評論集　松尾尊兊編

民藝四十年　柳宗悦
手仕事の日本　柳宗悦
南無阿弥陀仏 付 心偈　柳宗悦
柳宗悦 茶道論集　熊倉功夫編
柳宗悦随筆集　水尾比呂志編
雨夜譚—渋沢栄一自伝　長幸男校注
中世の文学伝統　風巻景次郎
日本の民家　今和次郎
長谷川如是閑評論集　飯田泰三・山領健二編
倫敦《ロンドン》！倫敦《ロンドン》？　長谷川如是閑
原爆の子—広島の少年少女のうったえ 全二冊　長田新編
幕末遣外使節物語—夷狄の国へ　尾佐竹猛・吉良芳恵校注
イスラーム文化—その根柢にあるもの　井筒俊彦
意識と本質—精神的東洋を索めて　井筒俊彦
被差別部落一千年史　高橋貞樹・沖浦和光校注
花田清輝評論集　粉川哲夫編
新版 河童駒引考—比較民族学的研究　石田英一郎

英国の近代文学　吉田健一
訳詩集 葡萄酒の色　吉田健一訳
山びこ学校　無着成恭編
古琉球　伊波普猷・外間守善校訂
福沢諭吉の哲学 他六篇　丸山眞男・松沢弘陽編
政治の世界 他十篇　丸山眞男・松本礼二編注
超国家主義の論理と心理 他八篇　丸山眞男・古矢旬編
朝鮮民芸論集　浅川巧・高崎宗司編
娘巡礼記　高群逸枝・堀場清子校注
田中正造文集 全二冊　由井正臣・小松裕編
新日本史 全二冊　竹越与三郎・西田毅校注
国語学原論 続篇　時枝誠記
国語学史　時枝誠記
定本 育児の百科 全三冊　松田道雄
ある老学徒の手記　鳥居龍蔵
大西祝選集 全三冊　小坂国継編
哲学の三つの伝統 他十二篇　野田又夫

信仰の遺産　岩下壮一
わたしの「女工哀史」　高井としを
中国近世史　内藤湖南
大隈重信自叙伝　早稲田大学編
大隈重信演説談話集　早稲田大学編
通論考古学　濱田耕作
転回期の政治　宮沢俊義
世界の共同主観的存在構造　廣松渉
何が私をこうさせたか—獄中手記　金子文子

《別冊》

増補 フランス文学案内　渡辺一夫・鈴木力衛
増補 ドイツ文学案内　手塚富雄・神品芳夫
ことばの贈物—岩波文庫の名句365　岩波文庫編集部編
近代日本思想案内　鹿野政直
岩波文庫の80年　岩波文庫編集部編
ポケットアンソロジー この愛のゆくえ　中村邦生編
スペイン文学案内　佐竹謙一

《日本文学(現代)》〔緑〕

怪談 牡丹燈籠　三遊亭円朝
真景累ヶ淵　三遊亭円朝
塩原多助一代記　三遊亭円朝
小説神髄　坪内逍遥
当世書生気質　坪内逍遥
役の行者　坪内逍遥
桐一葉・沓手鳥孤城落月　坪内逍遥
ウィタ・セクスアリス　森鷗外
青年　森鷗外
雁　森鷗外
山椒大夫・高瀬舟 他四篇　森鷗外
渋江抽斎　森鷗外
舞姫・うたかたの記 他三篇　森鷗外
ファウスト 全二冊　森林太郎訳
みれん　シュニッツラー 森鷗外訳
うた日記　森鷗外

森鷗外 椋鳥通信 全三冊　池内紀編注
浮雲　二葉亭四迷 十川信介校注
平凡 他六篇　二葉亭四迷
其面影　二葉亭四迷
今戸心中 他二篇　広津柳浪
河内屋・黒蜴蜓 他一篇　広津柳浪
野菊の墓 他四篇　伊藤左千夫
漱石文芸論集　磯田光一編
吾輩は猫である　夏目漱石
坊っちゃん　夏目漱石
草枕　夏目漱石
虞美人草　夏目漱石
三四郎　夏目漱石
それから　夏目漱石
門　夏目漱石
彼岸過迄　夏目漱石
行人　夏目漱石

こころ　夏目漱石
硝子戸の中　夏目漱石
道草　夏目漱石
明暗　夏目漱石
文学評論 全二冊　夏目漱石
思い出す事など 他七篇　夏目漱石
夢十夜 他二篇　夏目漱石
漱石文明論集　三好行雄編
倫敦塔・幻影の盾 他五篇　夏目漱石
漱石日記　平岡敏夫編
漱石書簡集　三好行雄編
漱石俳句集　坪内稔典編
漱石・子規往復書簡集　和田茂樹編
文学論 全二冊　夏目漱石
坑夫　夏目漱石
漱石紀行文集　藤井淑禎編
二百十日・野分　夏目漱石

五重塔　幸田露伴
運命 他一篇　幸田露伴
努力論　幸田露伴
幻談・観画談 他三篇　幸田露伴
連環記 他一篇　幸田露伴
天うつ浪 全二冊　幸田露伴
子規句集　高浜虚子選
病牀六尺　正岡子規
子規歌集　土屋文明編
墨汁一滴　正岡子規
仰臥漫録　正岡子規
歌よみに与ふる書　正岡子規
俳諧大要　正岡子規
獺祭書屋俳話・芭蕉雑談　正岡子規
金色夜叉 全二冊　尾崎紅葉
三人妻　尾崎紅葉
不如帰　徳冨蘆花

謀叛論 他六篇 日記　徳冨健次郎 中野好夫編
北村透谷選集　北村透谷 勝本清一郎校訂
武蔵野　国木田独歩
愛弟通信　国木田独歩
蒲団・一兵卒　田山花袋
田舎教師　田山花袋
東京の三十年　田山花袋
藤村詩抄　島崎藤村自選
破戒　島崎藤村
春　島崎藤村
千曲川のスケッチ　島崎藤村
桜の実の熟する時　島崎藤村
新生 全二冊　島崎藤村
夜明け前 全四冊　島崎藤村
藤村文明論集　十川信介編
藤村随筆集　十川信介編
にごりえ・たけくらべ　樋口一葉

大つごもり・十三夜 他五篇　樋口一葉
高野聖・眉かくしの霊　泉鏡花
歌行燈　泉鏡花
夜叉ケ池・天守物語　泉鏡花
草迷宮　泉鏡花
春昼・春昼後刻　泉鏡花
鏡花短篇集　川村二郎編
日本橋　泉鏡花
婦系図 全二冊　泉鏡花
外科室・海城発電 他五篇　泉鏡花
鏡花随筆集　吉田昌志編
化鳥・三尺角 他六篇　泉鏡花
鏡花紀行文集　田中励儀編
俳諧師・続俳諧師　高浜虚子
泣菫詩抄　薄田泣菫
有明詩抄　蒲原有明
上田敏全訳詩集　山内義雄 矢野峰人編

赤彦歌集	斎藤茂吉・久保田不二子選
宣言	有島武郎
小さき者へ・生れ出ずる悩み	有島武郎
一房の葡萄 他四篇	有島武郎
寺田寅彦随筆集 全五冊	小宮豊隆編
柿の種	寺田寅彦
与謝野晶子歌集	与謝野晶子自選
入江のほとり 他一篇	正宗白鳥
つゆのあとさき	永井荷風
濹東綺譚	永井荷風
荷風随筆集 全二冊	野口冨士男編
摘録 断腸亭日乗 全二冊	永井荷風・磯田光一編
すみだ川・新橋夜話 他一篇	永井荷風
あめりか物語	永井荷風
ふらんす物語	永井荷風
煤煙	森田草平
斎藤茂吉歌集	山口茂吉・柴生田稔・佐藤佐太郎編
桑の実	鈴木三重吉
小鳥の巣	鈴木三重吉
千鳥 他四篇	鈴木三重吉
小僧の神様 他十篇	志賀直哉
万暦赤絵 他二十二篇	志賀直哉
暗夜行路 全二冊	志賀直哉
志賀直哉随筆集	高橋英夫編
高村光太郎詩集	高村光太郎
白秋愛唱歌集	藤田圭雄編
北原白秋歌集	高野公彦編
北原白秋詩集 全二冊	安藤元雄編
フレップ・トリップ	北原白秋
大石良雄・笛	野上弥生子
野上弥生子随筆集	竹西寛子編
お目出たき人・世間知らず	武者小路実篤
友情	武者小路実篤
釈迦	武者小路実篤
銀の匙	中勘助
犬 他一篇	中勘助
中勘助詩集	谷川俊太郎編
若山牧水歌集	伊藤一彦編
新編 みなかみ紀行	若山牧水・池内紀編
新編 百花譜百選	木下杢太郎画・前川誠郎編
木下杢太郎詩集	河盛好蔵選
新編 啄木歌集	久保田正文編
ISIKAWA TAKUBOKU ROMAZI NIKKI (啄木・ローマ字日記)	石川啄木・桑原武夫編訳
時代閉塞の現状・食うべき詩 他十篇	石川啄木
蓼喰う虫	谷崎潤一郎・小出楢重画
春琴抄・盲目物語	谷崎潤一郎
吉野葛・蘆刈	谷崎潤一郎
卍(まんじ)	谷崎潤一郎
幼少時代	谷崎潤一郎
谷崎潤一郎随筆集	篠田一士編
多情仏心 全二冊	里見弴

文章の話　里見弴
今年竹　全二冊　里見弴
萩原朔太郎詩集　三好達治選
郷愁の詩人 与謝蕪村　萩原朔太郎
猫町　他十七篇　萩原朔太郎　清岡卓行編
恩讐の彼方に・忠直卿行状記　他八篇　菊池寛
父帰る・藤十郎の恋　菊池寛戯曲集　石割透編
春泥・花冷え　久保田万太郎
室生犀星詩集　室生犀星自選
或る少女の死まで　他二篇　室生犀星
犀星王朝小品集　室生犀星
出家とその弟子　倉田百三
愛と認識との出発　倉田百三
神経病時代・若き日　広津和郎
羅生門・鼻・芋粥・偸盗　芥川竜之介
地獄変・邪宗門・好色・藪の中　他七篇　芥川竜之介
河童　他二篇　芥川竜之介

歯車　他二篇　芥川竜之介
蜘蛛の糸・杜子春・トロッコ　他十七篇　芥川竜之介
大導寺信輔の半生・手巾・湖南の扇　他十二篇　芥川竜之介
或日の大石内蔵之助・枯野抄　他十二篇　芥川竜之介
侏儒の言葉・文芸的な、余りに文芸的な　芥川竜之介
芥川竜之介書簡集　石割透編
芥川竜之介随筆集　石割透編
蜜柑・尾生の信　他十八篇　芥川竜之介
年末の一日・浅草公園　他十七篇　芥川竜之介
芥川竜之介紀行文集　山田俊治編
田園の憂鬱　佐藤春夫
都会の憂鬱　佐藤春夫
厭世家の誕生日　他六篇　佐藤春夫
日輪・春は馬車に乗って　他八篇　横光利一
上海　横光利一
旅愁　全二冊　横光利一
宮沢賢治詩集　谷川徹三編

童話集 風の又三郎　他十八篇　宮沢賢治　谷川徹三編
童話集 銀河鉄道の夜　他十四篇　宮沢賢治　谷川徹三編
山椒魚・遙拝隊長　他七篇　井伏鱒二
伊豆の踊子・温泉宿　他四篇　川端康成
雪国　川端康成
川端康成随筆集　川西政明編
詩を読む人のために　三好達治
藝術に関する走り書的覚え書　中野重治
梨の花　中野重治
社会百面相　全二冊　内田魯庵
檸檬《レモン》・冬の日　他九篇　梶井基次郎
蟹工船 一九二八・三・一五　小林多喜二
防雪林・不在地主　小林多喜二
独房・党生活者　小林多喜二
風立ちぬ・美しい村　堀辰雄
菜穂子　他五篇　堀辰雄
富嶽百景・走れメロス　他八篇　太宰治

- 斜陽 他一篇　太宰治
- 人間失格 グッド・バイ 他一篇　太宰治
- 津軽　太宰治
- お伽草紙・新釈諸国噺　太宰治
- 真空地帯　野間宏
- 日本唱歌集　堀内敬三・井上武士編
- 日本童謡集　与田準一編
- 近代日本人の発想の諸形式 他四篇　伊藤整
- 小説の方法　伊藤整
- 小説の認識　伊藤整
- 中原中也詩集　大岡昇平編
- ランボオ詩集　中原中也訳
- 小熊秀雄詩集　岩田宏編
- 風浪・蛙昇天 ―木下順二戯曲選Ⅰ　木下順二
- 玄朴と長英 他三篇　真山青果
- 随筆滝沢馬琴　真山青果
- 新編 近代美人伝 全二冊　長谷川時雨・杉本苑子編

- みそっかす　幸田文
- 土屋文明歌集　土屋文明自選
- 古句を観る　柴田宵曲
- 俳諧随筆 蕉門の人々　柴田宵曲
- 評伝 正岡子規　柴田宵曲
- 新編 俳諧博物誌　柴田宵曲・小出昌洋編
- 随筆集 団扇の画　柴田宵曲・小出昌洋編
- 子規居士の周囲　柴田宵曲
- 小説集 夏の花　原民喜
- 原民喜全詩集
- いちご姫・蝴蝶 他二篇　山田美妙・十川信介校訂
- 貝殻追放抄　水上滝太郎
- 銀座復興 他三篇　水上滝太郎
- 鏑木清方随筆集 東京の四季　山田肇編
- 柳橋新誌　成島柳北・塩田良平校訂
- 島村抱月文芸評論集　島村抱月
- 石橋忍月評論集　石橋忍月

- 立原道造・堀辰雄翻訳集 ―林檎みのる頃・窓
- 野火/ハムレット日記　大岡昇平
- 中谷宇吉郎随筆集　樋口敬二編
- 雪　中谷宇吉郎
- 冥途・旅順入城式　内田百閒
- 東京日記 他六篇　内田百閒
- 佐藤佐太郎歌集　佐藤志満編
- 西脇順三郎詩集　那珂太郎編
- 草野心平詩集　入沢康夫編
- 山岳紀行文集 日本アルプス　小島烏水・近藤信行編
- 雪中梅　末広鉄腸・小林智賀平校訂
- 宮柊二歌集　宮英子・高野公彦編
- 山の絵本　尾崎喜八
- 日本児童文学名作集 全二冊　桑原三郎・千葉俊二編
- 山月記・李陵 他九篇　中島敦
- 眼中の人　小島政二郎
- 新選 山のパンセ　串田孫一自選

小川未明童話集　桑原三郎編
新美南吉童話集　千葉俊二編
岸田劉生随筆集　酒井忠康編
摘録 劉生日記　岸田劉生　酒井忠康編
量子力学と私　朝永振一郎　江沢洋編
科学者の自由な楽園　朝永振一郎　江沢洋編
書物　森銑三　柴田宵曲
新編 明治人物夜話　森銑三　小出昌洋編
自註鹿鳴集　会津八一
窪田空穂随筆集　大岡信編
わが文学体験　窪田空穂
窪田空穂歌集　大岡信編
明治文学回想集 全二冊　十川信介編
梵雲庵雑話　淡島寒月
森鷗外の系族　小金井喜美子
新編 学問の曲り角　河野与一　原二郎編
子規を語る　河東碧梧桐

碧梧桐俳句集　栗田靖編
新編 春の海 ―宮城道雄随筆集　千葉潤之介編
林芙美子紀行集 下駄で歩いた巴里　立松和平編
放浪記　林芙美子
山の旅 全二冊　近藤信行編
日本近代文学評論選 全二冊　千葉俊二　坪内祐三編
観劇偶評　三木竹二　渡辺保編
食道楽 全二冊　村井弦斎
酒道楽　村井弦斎
文楽の研究 全二冊　三宅周太郎
五足の靴　五人づれ
尾崎放哉句集　池内紀編
リルケ詩抄　茅野蕭々訳
ぷえるとりこ日記　有吉佐和子
日本の島々、昔と今。　有吉佐和子
江戸川乱歩短篇集　千葉俊二編
怪人二十面相・青銅の魔人　江戸川乱歩

少年探偵団・超人ニコラ　江戸川乱歩
江戸川乱歩作品集 全三冊　浜田雄介編
堕落論・日本文化私観 他二十二篇　坂口安吾
桜の森の満開の下・白痴 他十二篇　坂口安吾
風と光と二十の私と・いずこへ 他十六篇　坂口安吾
久生十蘭短篇選　川崎賢子編
墓地展望亭・ハムレット 他六篇　久生十蘭
六白金星・可能性の文学 他十一篇　織田作之助
夫婦善哉 正続 他十二篇　織田作之助
わが町・青春の逆説　織田作之助
歌の話・歌の円寂する時 他一篇　折口信夫
死者の書・口ぶえ　折口信夫
釈迢空歌集　折口信夫　富岡多恵子編
折口信夫古典詩歌論集　藤井貞和編
汗血千里の駒 坂本龍馬君之伝　坂崎紫瀾　林原純生校注
山川登美子歌集　今野寿美編
日本近代短篇小説選 全六冊　紅野敏郎・紅野謙介・千葉俊二・宗像和重・山田俊治編

自選 谷川俊太郎詩集
訳詩集 月下の一群　堀口大學訳
訳詩集 白孔雀　西條八十訳
茨木のり子詩集　谷川俊太郎選
第七官界彷徨・琉璃玉の耳輪 他四篇　尾崎翠
大江健三郎自選短篇
M／Tと森のフシギの物語　大江健三郎
辻征夫詩集　谷川俊太郎編
明治詩話　木下彪
石垣りん詩集　伊藤比呂美編
漱石追想　十川信介編
芥川追想　石割透編
自選 大岡信詩集
うたげと孤心　大岡信
日本の詩歌 その骨組みと素肌　大岡信
日本近代随筆選 全三冊　千葉俊二・長谷川郁夫・宗像和重編
尾崎士郎短篇集　紅野謙介編

山之口貘詩集　高良勉編
原爆詩集　峠三吉
近代はやり唄集　倉田喜弘編
竹久夢二詩画集　石川桂子編
まど・みちお詩集　谷川俊太郎編

岩波文庫の最新刊

宇野千代作／尾形明子編
老女マノン 脂粉の顔 他四篇
父親の暴力、継母と異母弟妹に感じる疎外感、幼すぎた不幸な結婚、代用教員時代に見た社会の不正義など、自らの生い立ちを主たるモチーフとした初期の中短篇。
〔緑二二二-二〕 本体七四〇円

川合康三、富永一登、釜谷武志
和田英信、浅見洋二、緑川英樹 訳注
文選 詩篇（六）
六世紀の編纂以降、東アジアの漢字文化圏全域に浸透した『文選』。その「詩篇」を、今日最高の水準で読み解く全訳注が完結。編者・昭明太子の「序」も収載。（全六冊）〔赤四五-六〕 本体一〇七〇円

伊藤博文著／宮沢俊義校註
憲法義解
大日本帝国憲法と皇室典範の準公式的な注釈書。近代日本の憲政史を理解する上で欠かすことのできない重要資料を、読みやすく改版。（解説＝坂本一登）
〔青一一一-一〕 本体八四〇円

永井荷風作
花火・来訪者 他十一篇
同時代への批判と諦観を語る「花火」、男女の交情を描いた問題作「来訪者」など、喪われた時代への挽歌を込めた作品十三篇を精選。（解説＝多田蔵人）
〔緑四二-一二〕 本体七〇〇円

今月の重版再開

永井荷風作
夢の女
本体五六〇円
〔緑四二-四〕

今村与志雄訳
唐宋伝奇集（上） 南柯の一夢 他十一篇
本体七八〇円
〔赤三八-一〕

加賀乙彦編
野上弥生子短篇集
本体八一〇円
〔緑四九-〇〕

今村与志雄訳
唐宋伝奇集（下） 杜子春 他三十九篇
本体九七〇円
〔赤三八-二〕